## Laurent Gounelle

Écrivain, Laurent Gounelle est également un spécialiste des sciences humaines, formé en France et aux États-Unis. Ses livres expriment sa passion pour la philosophie, la psychologie et le développement personnel. Ses romans – *L'homme qui voulait être heureux* (Anne Carrière, 2008), *Dieu voyage toujours incognito* (Anne Carrière, 2010, paru chez Pocket sous le titre *Les dieux voyagent toujours incognito*) et *Le philosophe qui n'était pas sage* (Kero, 2012) – sont des best-sellers internationaux, tout comme son dernier livre, *Le jour où j'ai appris à vivre*, paru aux Éditions Kero en 2014.

**Retrouvez toute l'actualité de l'auteur sur :**
**www.laurentgounelle.com**

D0711854

# LE PHILOSOPHE
# QUI N'ÉTAIT
# PAS SAGE

DU MÊME AUTEUR
*CHEZ POCKET*

L'HOMME QUI VOULAIT ÊTRE HEUREUX
LES DIEUX VOYAGENT TOUJOURS INCOGNITO
LE PHILOSOPHE QUI N'ÉTAIT PAS SAGE
LE JOUR OÙ J'AI APPRIS À VIVRE

# LAURENT GOUNELLE

# LE PHILOSOPHE QUI N'ÉTAIT PAS SAGE

KERO

Pocket, une marque d'Univers Poche,
est un éditeur qui s'engage pour la préservation
de son environnement et qui utilise du papier fabriqué
à partir de bois provenant de forêts gérées
de manière responsable.

© Éditions Kero, 2012, en coédition avec les Éditions Plon
ISBN : 978-2-266-23487-0

*À ma mère*

« *Vivre chaque jour comme si c'était le dernier ;
ne pas s'agiter, ne pas sommeiller,
ne pas faire semblant.* »

Marc Aurèle

# 1

La porte s'ouvrit, laissant apparaître un faible halo de lumière au bout du couloir. Sandro avança. Il avait longuement réfléchi, et toutes ses réflexions aboutissaient à la même litanie : essayer de reprendre une vie normale, se raisonner, regarder devant soi. Et pourtant, c'était impossible. La raison ne vient pas à bout des émotions. Il ne suffit pas de claquer des doigts pour réussir à tourner la page.

Il ignorait où tout ça le conduirait, mais il *devait* y aller. Il avait pris sa décision après son coup de folie l'autre soir, quand il avait ouvert en grand la fenêtre du salon de son appartement de Manhattan et, de rage, avait précipité dans le vide la moitié des livres de sa bibliothèque, ne supportant plus de les voir le narguer.

Il *devait* y aller. C'était complètement fou, certes. Il n'avait pas de plan, ignorait comment il s'y prendrait, y laisserait peut-être sa peau. Mais sa vie ne pouvait pas continuer ainsi. Sinon il finirait à l'asile ou à la morgue. Peut-être les deux.

Le bureau du président de l'université de New York était le troisième sur la droite. Celui de son assistante servait d'antichambre. La jeune femme se leva avec un sourire gêné, frappa discrètement à la porte de son patron, entra et murmura quelques mots. Elle laissa Sandro pénétrer dans la pièce avant de refermer silencieusement derrière lui.

— Je n'ai pas beaucoup de temps, dit le président en souriant à son visiteur, mais assieds-toi quand même une minute, je t'en prie. Je finis de taper un truc et je suis à toi.

La vaste pièce était inondée de lumière. Les lourds meubles métalliques semblaient s'enfoncer dans la moquette beige, chars d'assaut avalés par des sables mouvants.

Sandro resta debout, le visage grave.

— Il me faut six mois de congé sans solde, dit-il.

Les doigts du président se figèrent au-dessus du clavier. Son sourire s'évapora. Il garda le silence un instant, puis se renversa dans son fauteuil en prenant une inspiration.

— Pour quoi faire ?

— Affaires personnelles.

Le président détourna son regard. Sandro vit sur le bureau l'odieux petit cadre en argent entourant la photo de son patron en couple, tout sourires. Il sentit une douleur monter qu'il s'efforça de contenir. Ce n'était pas le moment de craquer.

— Sandro, je sais que tu as vécu une... dure épreuve. Je sais à quel point cela a été difficile pour toi, et...

— Épargne-moi ta compassion, s'il te plaît. Dis-moi simplement que tu acceptes.

— Sandro... J'ai toujours été à tes côtés pour te soutenir, et crois-moi....

— C'est oui ou c'est non ?

Son patron balaya lentement la pièce du regard.

— J'ai fermé les yeux sur tes absences répétées ces derniers mois... Je t'ai couvert quand tu t'es pointé avec un jour de retard pour les oraux de juin dernier et qu'il a fallu tout reprogrammer... Je t'ai couvert quand tu as réagi de façon impulsive et totalement inconvenante à une remarque anodine d'un collègue... Je t'ai couvert quand tu as fondu en larmes en plein cours dans un amphi de trois cents étudiants...

— Six mois sans solde et c'est tout.

Un lent soupir.

— Sandro, ce que tu as subi est certes horrible. Il est normal de traverser une période de... trouble intense, de deuil, mais à un moment il faut reprendre le dessus...

— Justement...

— Pour revivre, tu dois cesser de ressasser le passé. C'est seulement en regardant vers l'avenir que tu pourras un jour être de nouveau heureux.

— Je ne sais plus ce qui peut rendre heureux. Mais je pourrais écrire une encyclopédie du malheur.

— Tu ne t'en sortiras pas si tu passes tes journées à ruminer... Ceux qui ne te connaissent pas pourraient avoir l'impression que tu te complais dans cette souffrance.

— Ils ne me connaissent pas, en effet.

— Je sais pas, moi... Sors de chez toi, vois des gens, agis, fais des projets...

— Justement, j'ai un projet, et j'ai besoin de six mois.

Songeur, le président regarda autour de lui, visiblement contrarié.

— Je ne suis pas seul, ici. J'ai un conseil d'administration auquel je dois rendre des comptes...

Sandro restait silencieux, le visage impassible.

Son patron le regarda longuement, puis prit soudain un air soucieux.

— Ne me dis pas que tu veux aller... là-bas...

Sandro ne répondit pas.

— Tu es fou, complètement fou.

— Il le faut, c'est la seule issue.

— Ressaisis-toi, merde ! Je ne sais pas, moi, relis Platon, Sénèque, Arendt... Je ne vais pas te citer tous les philosophes que tu connais mieux que moi, mais relis...

— Fous-moi la paix avec ça !

— Mais ça t'apportera quoi d'y aller ? C'est malsain de revivre tout ça, c'est...

— Mon âme ne sera en paix que lorsque j'aurai fait ce que je dois faire.

— La seule chose que tu vas gagner, c'est de subir le même sort que ta femme !

Les paroles avaient fusé, polluant l'air d'un lourd parfum d'embarras. Sandro le fixa, les yeux humides, accentuant volontairement le malaise de son patron jusqu'à ce que celui-ci bredouille de vagues excuses entre ses dents.

— Donne-moi ce congé sans solde et tu n'entendras plus jamais parler de cette affaire.

Le président inspira profondément et resta silencieux un long moment. Le jeune professeur retint son souffle.

— Je ne peux pas, Sandro. Je ne peux pas, je suis désolé.

Sandro réalisa que c'était perdu, qu'il n'obtiendrait

jamais ce dont il avait tant besoin. Il se battait seul contre une montagne d'égoïsme, des gens incapables de comprendre l'ampleur de la douleur qui l'assaillait, le tenaillait, l'abandonnait quelques instants pour l'agresser de plus belle comme un chat cruel jouant avec sa proie. À peine ces gens savaient-ils formuler quelques paroles mielleuses dont il n'avait que faire.

— Je partirai quand même.

Il tourna les talons.

— Ne fais surtout pas ça ! Tu sais ce que ça signi-fierait. Il y a trop de professeurs qui attendent déses-pérément une nomination…

— Ça fera un heureux, dit Sandro en avançant vers la porte.

— Tu es fou.

— Tu me l'as déjà dit.

— Tu ignores ce qui t'attend là-bas.

— Je sais ce que je subis ici.

— Sandro, ouvre les yeux ! Tu ne survivras pas une demi-heure ; tu n'as jamais quitté les couloirs feutrés des bibliothèques et les salles de cours climatisées…

— Les voyages forment la jeunesse, répondit l'autre en ouvrant la porte.

— Si tu te fies aux dictons, alors médite celui-ci. Un dicton brésilien…

Sandro s'arrêta sans se retourner. Le président marqua une pause, comme pour le retenir davantage. Puis il reprit, en pesant chaque mot :

— « On ne revient jamais de la *selva amazónica*. »

## 2

La forêt était silencieuse. Les esprits restaient muets, attentifs aux derniers souffles du vieux chaman. La lumière avait commencé à décliner dans la profonde cathédrale de verdure. En de rares endroits, tout là-haut au sommet des arbres sans fin, le feuillage diaphane laissait s'infiltrer quelques lueurs zénithales tentant de se frayer un chemin dans le royaume des ombres.

Élianta se tenait agenouillée près de son maître. Allongé sur un tapis de lichen et de mousse, une mousse aussi douce que la peau d'un nouveau-né, il avait posé sa main dans la sienne. Elle restait là, à le contempler, admirant plus que jamais le vieil homme qui se préparait sereinement pour son dernier voyage.

Elle respira l'air humide délicieusement chargé des senteurs de la forêt et de la quiétude de l'instant. Elle n'était pas triste ; la mort n'est qu'un passage, elle le savait. Et elle avait appris à accepter de bon cœur tout ce que le ciel lui offrait : les épreuves autant que les plaisirs. Mais elle aurait tellement aimé rester près du vieux sage encore longtemps et continuer de recevoir son précieux enseignement...

La lumière autour d'elle se faisait de plus en plus douce, de plus en plus faible.

Pas encore prête à succéder à son maître, elle se demandait pourquoi les esprits le lui enlevaient... Quel était le message ?

Elle laissa son regard voguer sur les plantes ensommeillées.

Tout avait commencé dans son enfance. Petite, elle faisait des rêves prémonitoires, ce qui avait attiré sur elle l'attention de tout le village. On ne la regardait plus tout à fait comme les autres. C'était à la fois amusant et embarrassant. Quand elle atteignit l'adolescence, le chaman lui proposa de l'accompagner dans une quête de vision. En suivant à la lettre un rituel compliqué de chants et de danses aux mouvements répétitifs et étourdissants, elle quitta sa conscience pour laisser son esprit voyager dans les profondeurs de l'âme, là où le corps ne compte plus, où l'on se dépasse soi-même pour se connecter à une autre dimension, une dimension supérieure où le temps, devenu insignifiant, est dès lors infini... Elle se vit alors voler au milieu des plantes, et chacune émettait une musique particulière, très mélodieuse. Par cette musique, les plantes communiquaient avec elle. Elle leur posait des questions et obtenait naturellement des réponses, ce qui ne l'étonnait pas. Au réveil, elle interpréta sa vision comme un signe : elle serait elle-même chamane.

Le vieux sage prit en main son initiation, serein d'avoir enfin un successeur pour reprendre le flambeau le moment voulu. Élianta se sentait portée, certaine d'avoir trouvé sa voie, heureuse à l'idée d'avoir un rôle utile en contribuant à l'équilibre de sa communauté. L'équilibre… C'était la clé, selon le maître. Préserver l'équilibre, le rétablir quand nécessaire.

Le murmure du vieillard l'extirpa de ses pensées.

— Rappelle-toi que tu ne devras jamais tirer fierté de tes guérisons, sinon le mal que tu auras extrait du souffrant restera en toi.

Élianta acquiesça pour rassurer son maître. Mais sa préoccupation était tout autre. Pour tirer fierté de tels actes, encore faudrait-il qu'elle fût en mesure de les accomplir. Son initiation restait inachevée… Serait-elle capable de parfaire par elle-même la maîtrise de cet art si difficile ? Non seulement un chaman est un guérisseur, mais il doit aussi tenter de résoudre nombre de difficultés de la communauté, qu'elles aient trait au temps qu'il fait, aux pénuries de gibier, aux conflits… Elle pouvait certes continuer d'apprendre au fur et à mesure de sa pratique, mais comment ne pas se discréditer par ses tâtonnements ? On jugeait les chamans sur leurs résultats, pas sur leur titre. D'autant plus qu'elle n'avait pas été initialement désignée par le clan. Sa vocation provenait d'une intuition personnelle, une révélation intime…

— Souviens-toi aussi de ton serment : ne jamais dire de mal de personne, critiquer, ni colporter de paroles négatives.

Élianta hocha la tête.

Ses pensées revenaient toujours à la même question : quel message les esprits lui envoyaient-ils en la privant de son initiateur ? S'agissait-il d'une épreuve pour tester sa volonté, sa capacité à s'accrocher et apprendre par elle-même ? Ou était-ce au contraire le signe qu'elle devait arrêter, que cette mission ne lui était pas destinée ? Se serait-elle illusionnée ? Ce qu'elle baptisait son intuition n'était peut-être que l'expression d'un désir personnel… Elle acceptait son destin quel qu'il fût, mais, justement, quel était-il ?

Un craquement se fit entendre, au loin, suivi d'un bruissement de feuilles et de quelques cris de singes. Une branche s'était détachée d'un arbre.

Le vieux sage regardait intensément Élianta, les yeux pleins de compassion et de bienveillance. Elle devina qu'il avait compris ses interrogations. Pourquoi douter d'elle-même alors que lui, le maître, lui faisait confiance ? Il ne pouvait se tromper…

Elle se détendit, respira profondément et lui sourit à son tour. Avec le temps, la bonté du vieillard s'était gravée sur son visage, et ses merveilleuses rides révélaient la beauté de son âme. Ses yeux étincelaient d'une lumière intense, celle de l'amour infini dont seuls sont capables ceux qui ne connaissent plus la peur.

Sans prononcer un mot, elle exprima du regard sa profonde gratitude pour tout ce qu'il lui avait donné. Puis elle se mit à prier, en tenant sa main, intensément présente avec lui.

Le crépuscule achevait d'envelopper la terre de sa pénombre mystérieuse, distillant les prémices d'une fraîcheur salvatrice. Les lianes suspendues aux arbres monumentaux ressemblaient maintenant à de grandes orgues végétales. Les plantes continuaient d'encenser l'atmosphère de leurs parfums envoûtants. Les yeux du vieil homme s'animèrent d'une expression rieuse, ses lèvres d'un sourire.

Un faucon s'envola dans un froissement d'ailes, tournoya quelques instants au-dessus d'eux, puis s'éleva, franchit le toit de la forêt et s'évanouit dans le ciel.

## 3

— Saloperie !

La grosse main de Roberto Krakus claqua sur son poignet gauche – trop tard. Déjà sa peau enflait, élevant un piédestal à l'énorme moustique écrasé.

Sandro, tapi dans un coin de la pirogue, détourna son regard et le posa sur le fleuve aux eaux brunes et opaques. Après bientôt quatre heures de navigation, le bruit de tondeuse à gazon du petit moteur devenait assourdissant. Le soleil cognait sauvagement. Seul le souffle continu de l'air sur son visage lui faisait un peu oublier l'écrasante chaleur.

Les cinq hommes étaient répartis sur deux bateaux. Krakus, sans doute par égard pour son client, était monté dans celui de Sandro. L'un de ses acolytes, Alfonso, tenait le gouvernail, tout en mastiquant une feuille de coca. Les deux autres suivaient dans une seconde embarcation, chargée à bloc de matériel, de jerricans d'essence, de cordes, de réservoirs d'eau et de sacs de provisions enfermés dans de gros bidons étanches. Un sac entièrement rempli de médicaments, essentiellement des antibiotiques, en disait long sur les risques de la jungle. Tous les hommes étaient revêtus de treillis militaires, de provenances manifestement variées. Au début de l'excursion, leurs manières viriles avaient procuré à Sandro un vague sentiment de sécurité pour affronter cet environnement naturel hostile. Elles commençaient maintenant à l'agacer.

Marco, le pilote de la seconde pirogue, un petit homme très brun, accéléra en déboîtant sur la gauche, un sourire conquérant aux lèvres. Refusant de se laisser dépasser, Alfonso poussa son moteur à fond, le faisant rugir dans les aigus. Encore plus insupportable.

— C'est ça, dit Krakus, cramez l'essence, comme ça on reviendra en pagayant à contre-courant !

Les autres continuèrent en ricanant.

— Gody a calculé qu'on en avait assez, dit Alfonso.

Le dénommé Gody était le plus bizarre des quatre. Krakus l'avait fièrement présenté en l'affublant du titre de docteur, ce qui avait aussitôt fait pouffer les deux autres. Il était entièrement chauve, avec des lunettes carrées de myope à double foyer encadrant un regard délavé qui semblait ne pas vous voir. Même au milieu du groupe, il donnait l'impression d'être seul. Si son corps partageait le voyage des autres, ses pensées et ses préoccupations en étaient très éloignées. De temps à autre, quelques mots issus de ses réflexions intimes fusaient à voix haute, fractions incohérentes de phrases incomplètes, comme si son cerveau s'était débarrassé de quelques bribes d'idées en surnombre.

— C'est son vrai nom, Gody ? demanda discrètement Sandro, incrédule.

Le chef d'expédition sourit.

— On l'appelle comme ça parce qu'il se prend pour Dieu.

Les pirogues filaient à bonne allure, parfois freinées

par le squelette d'un arbre mort à la dérive qu'il fallait contourner. Méfiants, les caïmans disparaissaient dans les eaux boueuses à leur approche.

— Pause-déjeuner ! cria Krakus dans une tentative manifeste de reprendre l'ascendant sur ses hommes.

Le cri des moteurs se mua en brefs gémissements tandis que les pilotes manœuvraient pour amarrer les pirogues côte à côte le long d'une berge envahie par une végétation incontrôlable. Le souffle d'air disparut et la chaleur s'abattit sur Sandro, une chaleur moite et suffocante. Une nuée de moustiques apparut comme si on leur avait donné rendez-vous. Sandro releva le col de sa saharienne. Au réveil, il s'était quasiment immergé dans la lotion répulsive, avant d'enfiler des vêtements longs soigneusement étudiés pour isoler au maximum son corps des agressions extérieures. Chaque centimètre de peau exposée était à la merci des insectes, araignées et parasites en tout genre.

Krakus dévissa l'un des bidons et distribua les sandwichs. Marco, debout à l'arrière du bateau, défit sa braguette et commença à pisser en visant la tête d'un caïman flottant endormi entre deux eaux. Alfonso gloussa. En un éclair, l'animal propulsa la moitié de son corps hors de l'eau avec une énergie et une vitesse insoupçonnée. Il referma sa gueule devant le sexe du Brésilien qui eut tout juste le temps de se rejeter en arrière, s'écroulant dans la pirogue qui tangua violemment. Les autres éclatèrent de rire. Sandro regarda ailleurs, mâchant sans appétit ce sandwich pire que ceux du drugstore de la 13e Avenue. La 13e Avenue... New York... Que la ville lui semblait loin, désormais...

— Aaaaaaah...

Sandro se retourna.

— Aaaaatchoum !!!

Alfonso s'essuya dans sa manche, fier d'avoir été entendu trois lieues à la ronde.

— Enrhumé sous les tropiques ! dit Marco. Putain, c'est un comble, ça !

— Tu peux rien faire pour lui ? lança Krakus à Gody, resté seul à bord du second bateau.

Le toubib demeura impassible un instant, puis répondit d'une voix monocorde sans même lever les yeux :

— Un rhume non traité dure une semaine, un rhume traité, sept jours.

Sandro retira son chapeau, épongea la sueur de son front, puis s'éventa le visage. Il avait l'impression d'être le seul à souffrir... Détendus, les autres échangeaient des plaisanteries aussi lourdes que l'atmosphère. Il fallait tenir bon. Penser à autre chose... Mais comment ne rien ressentir ?

Devant lui, un petit singe tout noir se faufilait sur la berge, manifestement intrigué par ces visiteurs inhabituels.

— Tout va bien ? demanda Krakus.

Sandro se força à acquiescer, sans quitter des yeux l'animal.

— Vous avez l'air fasciné, reprit l'autre.

Sandro sentit un flot d'émotions monter en lui. *Vous avez l'air fasciné.* Les premiers mots de celle qui allait devenir sa femme... Paris, trois ans plus tôt... Le musée Rodin... Un matin à l'ouverture, personne dans les galeries... Les galeries lumineuses, une lumière blanche transperçant les hautes fenêtres à petits carreaux de l'hôtel particulier... Personne... Juste Rodin,

Rodin et son œuvre… Ses sculptures blanches, nues, partout. Des corps de marbre, des corps de femmes, des corps enlacés. Des épaules plus vraies que nature, des mains expressives, des seins troublants, des muscles doucement tendus dans la pierre blanche… Les plis de la peau d'un réalisme saisissant… La beauté, inouïe, sublime. Des chefs-d'œuvre à profusion, dans tous les sens, dans toutes les pièces. Un talent infini, exhibé sans retenue… Et là, au détour d'une colonne… Une émotion pure… Souffle retenu… La beauté absolue… Cette sculpture, là, juste là, devant… Ce corps de femme, impudique et mystérieux, réaliste mais transcendant… Une blancheur diaphane, les cuisses divinement ouvertes, si lisses, si douces…

— *Vous avez l'air fasciné.*

Une voix féminine aux accents rieurs.

Sandro avait tourné la tête dans sa direction et découvert une jeune femme de chair, vivante, habillée, qui le regardait dans les yeux. Dans ces yeux il vit une âme plus belle que la plus délicate des épaules, que la plus fine des mains, que la plus douce des cuisses…

— Faut pas s'en approcher, sinon ça vous pisse dessus, dit Krakus de sa voix grave. C'est un kwata, un singe araignée. Au fait, on peut se tutoyer ?

Sandro ne répondit pas. Il ferma les yeux et retourna dans son monde intérieur, un monde doux et subtil où les sentiments se propageaient comme les sons d'une harpe ou les touches de couleur d'un tableau. Il se replongea dans ce passé merveilleux qu'il ne connaîtrait plus jamais, et se laissa glisser dans une douce mélancolie…

— On lève le camp ! gueula soudain Krakus à la cantonade.

Les barques tanguèrent fortement tandis que les hommes rangeaient le matériel et reprenaient place dans chaque bateau. Sandro abandonna son sandwich par-dessus bord. Trois secondes plus tard, des poissons venus de nulle part apparurent dans un remous opaque et se jetèrent dessus, leurs grosses babines tétant bruyamment l'air, l'eau et le pain. En quelques instants tout avait disparu. L'eau boueuse redevint calme ; seules quelques rides s'éloignaient en cercles.

Les moteurs hurlèrent et les pirogues s'élancèrent de nouveau sur le fleuve. L'air revint en force sur les visages, et Sandro respira à fond.

Le soir venu, ils amarrèrent les pirogues le long de la berge, les arrimant l'une à côté de l'autre. Ils mirent pied à terre sans s'éloigner de plus de quelques mètres, après que Marco eut minutieusement inspecté les alentours. Ils grignotèrent quelque chose à bord, puis, la nuit apportant une fraîcheur surprenante, ils se glissèrent dans leurs sacs de couchage pour dormir.

L'atmosphère devint enfin calme, silencieuse, reposante. Sandro respira à fond et se détendit. L'air était chargé des senteurs de la proche forêt.

Il resta éveillé un long moment, le dos calé au fond de la pirogue, doucement bercé par le léger roulis, les yeux ouverts sur les milliards d'étoiles peuplant le ciel de l'Amazonie.

Depuis leur départ à l'aube, ils n'avaient croisé qu'une seule embarcation sur le fleuve. Il devait être 9 heures. Depuis, plus rien. Une journée entière de navigation sans rencontrer un seul être humain. Au fur et à mesure de leur avancée, la rivière entraînait Sandro de plus en plus profondément au cœur de la forêt. Loin de son pays, loin des villages, loin de la civilisation… Il avait l'impression d'être perdu au milieu de nulle part, dans une zone oubliée de la planète, non répertoriée sur les cartes, un trou noir végétal qui avalerait les inconscients ayant commis l'outrage de s'y aventurer.

Il pensa à Tiffany. Comment avait-elle trouvé le courage de pénétrer dans un tel endroit ? Comment le magazine qui l'employait avait-il pu laisser une de ses journalistes prendre un tel risque ?

*
* *

La navigation dura trois jours. Trois longues journées dont chaque heure, chaque minute donnait à Sandro le sentiment de s'enfoncer davantage dans une jungle plus vaste qu'un océan.

Le quatrième jour au matin, Krakus informa son client qu'ils n'allaient pas tarder à lâcher les pirogues pour continuer à pied, dans la forêt. Sandro s'efforça d'ignorer la légère appréhension qui montait en lui.

Après un bon quart d'heure de navigation au ralenti pendant laquelle l'équipage scruta attentivement la berge en quête de l'emplacement idéal, les pirogues accostèrent le long d'un étroit banc de sable bordé par des bambous. Les hommes mirent pied à terre et hissèrent les bateaux après en avoir extrait le contenu. On les cacha sous les feuillages et les attacha solidement à une grosse racine. Alfonso répartit tous les jerricans dans les sacs à dos.

— On nous volera pas les pirogues, expliqua Krakus, mais l'essence est une denrée rare.

Marco brandit un coupe-coupe à la lame scintillante

aussi longue que sa jambe et commença à abattre la végétation pour leur frayer un chemin. Krakus griffonna un signe sur sa carte.

Lourdement chargé, l'équipage suivit Marco dans sa lente progression. L'air chaud et humide se satura de l'odeur verte des bambous coupés.

La hantise de Sandro était de se prendre la tête dans une toile d'araignée. Il avait lu qu'il en existait de géantes, tendues dans la végétation, en hauteur. Il prit soin de se positionner juste après Krakus, plus grand que lui.

— Je vous conseille pas de rester là.

— Pourquoi ?

— Dans une file de marcheurs, c'est toujours le troisième qui se fait mordre par les serpents...

Sandro avala sa salive. Il laissa passer Alfonso, fusil sur l'épaule, et se mit en quatrième position. Gody ferma la marche.

Ils avancèrent lentement, très lentement, à travers les bambous, épaisse prison à barreaux verts. Sandro balayait le sol du regard, à l'affût des reptiles. Il avait été bien inspiré en achetant ces grosses rangers de cuir épais. Le modèle le plus montant qui existe. Sans la chaleur, il aurait volontiers choisi des cuissardes. Ou un scaphandre.

Devant lui, Alfonso plongeait régulièrement la main dans son sac pour en extraire les feuilles de coca qu'il mâchouillait inlassablement, presque tout au long de la journée.

Au bout d'un moment, les arbres apparurent, immenses gardiens immobiles et graves. Leur feuillage dense masquait le ciel, obscurcissant l'atmosphère. Sous leur voûte inquiétante, les bambous cédèrent la place à une végétation déchaînée, abondante à l'extrême. Un enchevêtrement de plantes en tout genre, des espèces inconnues aux feuilles plus larges que celles d'un bananier, d'autres fines et longues comme des iris géants. Des plantes grimpantes et des plantes retombantes. Des plantes qui semblaient se contorsionner pour s'insérer dans le moindre espace vide.

Sandro eut l'impression d'être pris au piège dans un asile de plantes folles, un asile où le vert serait de rigueur, dans toutes ses déclinaisons, du vert pâle et translucide au vert sombre comme la mort, en passant par tout un délire de verts crus des plus saugrenus.

Son regard ne portait pas à plus de dix mètres, verrouillé de toutes parts par ces plantes qui semblaient l'encercler comme une pieuvre géante aux mille tentacules.

Il essuya son front moite d'un revers de manche et se força à respirer profondément. Ne pas glisser dans la claustrophobie. Rester calme.

Un étonnant silence de plomb les étreignait. Un silence régulièrement lacéré par le crissement impitoyable du coupe-coupe. La foule des plantes retenait son souffle tandis que la guillotine s'abattait sur les condamnées.

— Remontez votre col et couvrez-vous la tête, dit Krakus.

— Pourquoi ? demanda Sandro.

— Quand vous passez sous les branches, vous n'avez pas envie qu'une colonie de termites se glisse dans votre cou.

Sandro frissonna. Il s'exécuta.

Tout autour de lui, la forêt cachait les êtres qu'elle détenait. Même en scrutant attentivement les feuilles,

les branches, les lianes et les herbes, on ne percevait aucun des milliards d'animaux et insectes vivant dans sa pénombre. Et pourtant, ils étaient là. Invisibles, mais là. Sandro sentait leur présence.

La progression dans cette jungle se révéla exténuante. Sous la chaleur suffocante, le ralenti extrême de la marche accentuait le poids du sac, donnant l'impression de s'enfoncer plus que d'avancer. L'invisibilité des menaces animales créait une tension permanente, une préoccupation de l'esprit empêchant toute détente, tout lâcher-prise.

La pause-déjeuner fut brève, un en-cas pris sur le pouce, puis on repartit, les sacs semblant encore plus lourds qu'auparavant.

Sandro avait l'impression de pénétrer un espace qui luttait pour rester inviolé puis se refermait sur leur passage afin de capturer ceux qui avaient transgressé sa loi. Régulièrement, le dicton brésilien cité par son président lui revenait à l'esprit, hantant ses pensées et alimentant son angoisse : « On ne revient jamais de la *selva amazónica* »...

Krakus finit par annoncer qu'on allait s'arrêter pour dresser le camp. Sandro se sentit soulagé et surpris à la fois. Le soleil était encore haut dans le ciel. Quinze heures à peine. Payé à la journée, Krakus gérait bien son intérêt. À ce rythme-là, il avait du travail pour des mois...

Le chef d'expédition repéra une sorte de roche plate sous de grands arbres. Une possibilité pour dresser le camp. On posa les sacs. Sandro resta sur place avec Gody tandis que les autres se dispersaient dans des directions opposées.

Il s'apprêta à déballer son chargement mais, d'un

geste, Gody lui fit signe de patienter. Ils attendirent, longtemps, pas plus loquaces l'un que l'autre.

Sous les arbres, la pénombre contrastait avec le soleil de plomb qu'ils avaient subi les jours précédents sur le fleuve. Mais la chaleur n'en était pas moindre. On entendait de temps en temps des craquements de branches provenant des trois directions dans lesquelles les équipiers avaient disparu. Un bon quart d'heure s'écoula.

— Fourmilière ! cria soudain la voix de Marco, à moitié étouffée par la végétation.

On attendit que tout le monde se rassemble, puis l'on chargea de nouveau les sacs sur des épaules endolories et le groupe reprit sa lente progression à la recherche d'un bon emplacement pour la nuit. Sandro remonta soigneusement son col. Boussole à la main, Krakus donnait des consignes.

Une demi-heure plus tard, il désigna un lieu qui lui paraissait acceptable, selon des critères que lui seul semblait connaître. On posa les affaires et, une nouvelle fois, trois des hommes s'éloignèrent séparément. Il fallut encore attendre, attendre...

— Arbre mort ! hurla Alfonso.

Sandro frémit en pensant qu'il aurait pu s'abattre sur eux pendant leur sommeil.

La troupe se regroupa et repartit.

Le jeune universitaire avait imaginé la forêt bien différemment. Dans ses rêves, les arbres étaient certes immenses, mais, en dessous, les espaces plus dégagés. Il avait pensé qu'on y marcherait plus librement, comme dans les forêts occidentales dont on oublie qu'elles sont entretenues, débroussaillées, débarrassées des entraves à la marche. Il ne s'était pas imaginé un seul instant luttant contre les plantes pour se frayer un chemin. Il avait pensé y trouver une lumière enchanteresse ; la pénombre régnait comme dans un cachot, accentuant terriblement la sensation d'enfermement.

Krakus repéra enfin un nouveau site. Les hommes reprirent leur inspection alentour. Nouvelle attente. Assis sur son chargement, le regard absorbé par la végétation, Sandro avait l'étrange impression d'être observé par un ennemi invisible. Les feuilles à profusion étaient autant d'écrans pouvant cacher une autre réalité que cette apparente quiétude. Il ferma les yeux en essayant de se détendre. Garder la tête froide. Ne pas commencer à se faire des films.

— Nid de guêpes !

Une fois de plus, l'équipe dut se rassembler pour repartir. Sandro se força à reprendre son odieux sac et avança, bagnard portant ses pierres.

La quatrième tentative fut la bonne, et les hommes entreprirent de défricher le sous-bois sur le périmètre du camp.

— Pour prévenir les attaques d'insectes ou de serpent, expliqua Krakus à son client.

Puis ils accrochèrent des hamacs entre les arbres et, un bon mètre au-dessus de chacun, une corde horizontale qu'ils coiffèrent d'une bâche dont ils laissèrent les deux pans retomber de part et d'autre du couchage. Ils en tendirent les quatre coins avec de longues cordelettes qu'ils fixèrent au sol avec des piquets métalliques.

— Comme ça, on limite le nombre de bestioles qui nous tomberont dessus. Et, accessoirement, on se protégera de la pluie.

Gody fit le tour des installations, une bombe de

mousse à raser à la main. Il en pulvérisa sur chaque corde arrimant les hamacs aux arbres, noyant les nœuds dans la crème blanche.

— Gody a trouvé ça, dit fièrement Krakus à Sandro, pour qu'on ne soit plus envahis par les fourmis pendant qu'on dort. Ces saloperies peuvent vous dévorer avant que vous n'ayez le temps de mettre un pied à terre.

Marco et Alfonso rapportèrent du bois et le disposèrent en bûcher.

Quelques minutes plus tard, la nuit tomba sans prévenir, et la température également. La pénombre céda la place à une obscurité froide et profonde. Devenues invisibles, les plantes géantes demeuraient intensément présentes, intensément vivantes. Sandro avait l'impression de les sentir pousser, poursuivant dans le noir leur insatiable conquête du territoire. D'inquiétante, la forêt devint angoissante.

On alluma le feu. Odeur du bois humide qui s'enflamme dans la nuit. Fumée et crépitements. La fatigue s'abattit sur Sandro. Il s'obligea à manger une ration de survie militaire, un truc pâteux au goût indéfinissable bien que concentré, tellement dense que les bouchées restaient coincées dans le pharynx. Il fallait de grandes gorgées d'eau pour s'en libérer avant l'asphyxie.

— Demain, on essaiera de faire un vrai repas. Ce soir, il est trop tard, dit Krakus en guise d'excuses.

Marco et Alfonso commencèrent à raconter des blagues salaces, bientôt imités par leur chef. Gody était assis à quelques pas. Sandro se réfugia dans son univers intérieur. Il pensa à New York. Le retour à Manhattan de nuit sur le bac de Staten Island après une journée à la plage. Les lumières scintillantes et rassurantes. Les rues et les avenues bien quadrillées. Les dîners chez Wallsé où le strüdel au saumon était meilleur que n'importe où en Autriche. Un petit verre de vin du North Fork, dégusté au Back Forty en s'accoudant au bar en bois vieilli... Et les brunchs du dimanche matin chez Moody's avec le jus d'oranges fraîchement pressées, l'odeur des muffins tout chauds sortant du four, les pancakes au sirop d'érable accompagnés de thé Darjeeling fumant, tandis que le pianiste égrène machinalement les notes d'un air d'Erroll Garner en pensant à autre chose. Que New York lui semblait loin... Et ses échanges philosophiques avec ses collègues, si stimulants intellectuellement, si excitants sur le plan spirituel...

Irrésistiblement, ses pensées l'amenèrent à Tiffany. Ses conversations passionnées avec elle, leurs moments de partage, d'amour, de douceur. Tiffany...

Sa mélancolie se mua en tristesse et Sandro sentit des larmes mouiller ses yeux. Il s'efforça de les réprimer tandis qu'un autre sentiment montait en lui, plus fort, plus accaparant. Un sentiment désormais familier qui l'assaillait régulièrement depuis un an et qui avait pris le contrôle de sa vie : la colère, la haine, le besoin de vengeance. Un besoin impérieux, exigeant, qui le prenait aux tripes et lui ordonnait d'agir tout en lui insufflant de l'énergie.

Ce voyage est un calvaire, se dit-il, mais il irait jusqu'au bout, dût-il finir par en crever la bouche ouverte dans une flaque de boue envahie de serpents. Il ne renoncerait jamais. Jamais.

— Un peu de Tabasco ? demanda Krakus. Sandro ? Sandro ?

Sandro fit non de la tête.

L'autre se leva et vint s'asseoir en face de lui. Non, pas le moment. Pitié. Pas d'histoires drôles ni de discussions de comptoir. Surtout pas. Qu'on lui foute la paix.

— Alors, dites-moi tout, fit Krakus avec un grand sourire. Pourquoi vous voulez aller dans cette tribu ? Je sais encore rien de votre projet, moi.

Sandro ne répondit pas. Il continua de mastiquer le truc infâme dans sa bouche. Marco et Alfonso ricanaient toujours dans leur coin.

Krakus prit les devants.

— Laissez-moi deviner… Vous êtes journaliste et vous voulez faire un reportage sur le peuple le plus heureux de la Terre…

Sandro resta silencieux.

— Vous êtes chercheur et vous enquêtez sur pourquoi ces gens-là développent jamais de cancer ?

Sandro ne dit rien. Bon sang, il est lourdingue, celui-là…

— Ou pourquoi ils n'attrapent pas le palu alors que la forêt en est infestée ?

— Non.

— Vous bossez pour une firme pharmaceutique, vous voulez des tuyaux sur les plantes ?

— Non.

— Les venins ?

Sandro soupira. Une braise explosa dans le feu, faisant jaillir une pluie d'étincelles.

— Non.

— Pour quoi alors ? Pourquoi aller à leur rencontre ?

De façon tout à fait imprévue, par exaspération et

peut-être aussi par une volonté inconsciente de provocation, Sandro lâcha d'une voix glaciale :

— Pour tous les détruire.

L'autre se figea et arrêta enfin de parler. Marco se tut également et Alfonso entrouvrit la bouche, laissant tomber sa feuille de coca. Ils se tournèrent vers lui. Gody leva un œil dans sa direction et fronça les sourcils. Les flammes projetaient leurs lueurs déformantes sur les visages. Un silence gêné s'installa. Un silence bientôt pesant. Krakus échangea des regards avec ses acolytes. Il avait l'air très perturbé.

Sandro réalisa soudain l'énormité de ce qu'il venait d'avouer. L'énormité pour les autres... Pourquoi l'avoir dit comme ça, maintenant ? Il était complètement idiot, il aurait mieux fait de se taire pour l'instant. Mais les mots étaient sortis tout seuls, poussés par l'irritation.

Il eut soudain très honte, honte de ses propos, honte de lui. Certes, ces hommes étaient rustres, grossiers, vulgaires, mais c'étaient quand même à la base des sauveteurs. On ne dit pas des choses pareilles à des gens dont le métier est de venir en aide aux autres... Maintenant, ils allaient tout annuler et faire demi-tour. Il lui avait suffi de quelques mots pour tout gâcher, tout réduire à néant...

Krakus leva sur lui un œil soucieux. Il s'exprima lentement, hésitant sur le choix de chaque mot.

— Vous êtes... euh... de la famille... de la jeune femme... morte l'année dernière dans la jungle ?

Sandro acquiesça en silence. Tous les regards étaient sur lui, inquisiteurs. Il sentait monter la tension dans l'atmosphère, une atmosphère encore insouciante quelques minutes auparavant. Un craquement se fit entendre au loin dans la nuit.

— Il faut que vous sachiez…, reprit Krakus visiblement mal à l'aise. C'est nous qui sommes allés… rechercher… son corps sur place…

Les hommes ne le quittaient pas des yeux, guettant sa réaction.

— Je sais, dit Sandro. C'est pour ça que je vous ai choisis.

Nouveau silence. Intense. Krakus le fixait bizarrement, ses traits exprimant un mélange d'incompréhension et de stupéfaction. Il resta un long moment interdit, puis il chercha de nouveau ses équipiers du regard, comme s'il essayait de déchiffrer leurs pensées. Ensuite, il se leva et fit mine de s'occuper du feu. En réalité, il déplaça les braises et les morceaux de bois enflammés sans logique apparente, ses mouvements accompagnant peut-être l'accouchement de réflexions laborieuses.

Sandro attendait l'annonce de l'annulation de l'expédition comme un suspect attend la confirmation de la sentence connue d'avance. Krakus prenait son temps, déplaçant ses bouts de bois brûlants.

— Alors comme ça, vous voulez vous venger, dit-il sans quitter le feu des yeux. Je comprends. Je comprends fort bien…

Sandro retenait son souffle.

— Vous savez, reprit Krakus, on n'a pas toujours fait des missions d'accompagnement ou de recherche de personnes dans la jungle. Pour nous, c'est même… la retraite avant l'heure.

Marco et Alfonso écoutaient leur chef attentivement.

— Dans le passé, on a tous été militaires… Militaires, mais pas soldats d'une armée régulière, non. On est trop indépendants pour ça, dit-il avec un sourire forcé. Non, on était plutôt des mercenaires...

Après chaque bribe de phrase, Krakus levait un œil vers Sandro, comme pour jauger sa réaction.

— Quand on était jeunes, on s'est battus dans des factions armées au Nicaragua, au Salvador... On a pris part à des conflits en Amérique latine. Se battre, c'est notre métier... Le sang, ça nous fait pas peur. Aujourd'hui, on a arrêté, mais on n'a pas forcément tourné la page définitivement...

Il cessa de parler quelques instants, observant son interlocuteur. Sandro attendit.

— Si mes amis sont d'accord, reprit Krakus d'une voix hésitante en leur jetant un regard oblique, on pourrait reprendre du service pour... vous donner un coup de main... au lieu de se contenter de vous accompagner sur place. Enfin... si vous avez... de quoi... nous rémunérer pour ça, bien sûr.

Sandro ne répondit pas. Stupéfait, il balaya du regard le petit groupe qui le fixait. Maintenant qu'ils avaient cessé de ricaner, il pouvait voir les visages graves, durs, les corps robustes dans leurs treillis. Il pouvait tout à fait les imaginer en embuscade sur un champ de bataille, de lourdes armes de guerre entre les mains, tirer sur un adversaire sans sourciller.

Krakus dut prendre son silence pour un assentiment. Sa voix devint plus assurée, plus détendue aussi.

— Vous avez une idée précise de ce que vous voulez leur faire subir ?

Sandro resta interdit. Il n'en revenait pas de la tournure des événements. Il n'avait pas imaginé que ces hommes censés l'escorter sur place puissent l'aider à mettre sa vengeance à exécution. Ça facilitait les choses, bien sûr… Mais était-ce vraiment ce qu'il voulait ? Il s'agissait d'une affaire personnelle, c'était sa vie qui avait été détruite… Il sentait au plus profond de ses entrailles que c'était à lui d'agir, à lui de prendre les choses en main, à lui de s'impliquer. Il fallait qu'il paye de sa personne le prix de ce qu'il voulait infliger à ces sauvages, il voulait les…

Sandro sentit à nouveau monter en lui cette haine terrible qui le tenaillait depuis un an. Cette rage contenue qui le rendait fou.

— Ils ne sont pas très nombreux, reprit Krakus. Nous sommes bien armés. On peut s'y prendre de différentes manières… Qu'est-ce que vous en pensez, les gars ?

Les acolytes s'échangèrent des regards entendus, mais ne répondirent pas.

— Hein ? reprit Krakus. Comment vous verriez ça ?

Marco finit par prendre la parole et exposa en tâtonnant sa vision du massacre. Après quoi Alfonso s'exprima aussi, puis la parole revint à Krakus, dont les suggestions donnèrent de nouvelles idées aux autres. L'échange, laborieux au départ, commençait à décoller. Très vite, on aboutit à une surenchère d'horreurs, chacun s'appuyant sur les propositions des autres pour élaborer des plans de plus en plus abominables. Les ex-mercenaires ne s'arrêtaient plus. Ils s'excitaient mutuellement en rivalisant d'idées violentes. Krakus s'amusait beaucoup. Gody, quant à lui, restait dans son coin. Il nettoyait une de ses rangers d'un air détaché sans se préoccuper de ses compères, comme si ceux-ci débattaient du score prévisible d'un match de foot.

La scène avait quelque chose d'épique, de surréaliste.

En les écoutant déballer ainsi leur catalogue macabre, Sandro réalisa que lui-même n'avait rien prévu en détail. Il n'avait pas de plan. Son projet de vengeance était comme une photo floue. Il se limitait à une vision abstraite de la douleur qu'il voulait infliger en représailles, une douleur exigée par sa propre douleur. Une abstraction soutenue par une émotion.

Les sévices qu'on lui proposait, bien que tous plus atroces les uns que les autres, lui semblèrent décalés par rapport à la souffrance qu'il avait espéré provoquer. Une vraie souffrance, du même ordre que la sienne. Pas juste une douleur physique. Pas juste une mort libératrice.

Krakus, visiblement satisfait de la créativité de ses sbires, finit par se tourner vers son client.

— Alors, que pensez-vous de tout ça ?

D'un seul coup, tout le monde se tut et regarda Sandro. Le silence lui sembla aussi assourdissant que l'agitation précédente. La forêt elle-même dégageait une atmosphère lugubre. Émergeant de la pénombre, tous les yeux étaient de nouveau braqués sur lui. Sandro resta muet un long moment. La fumée diffusait l'odeur piquante du charbon de bois. Les flammes semblaient se tordre de douleur, déformant les figures autour de lui. Son propre visage, en sueur, était brûlant. Les paroles violentes des militaires flottaient encore dans l'air, tournoyant dans son esprit, rebondissant dans les recoins de son âme.

On l'attendait… Il fallait qu'il parle, qu'il rompe ce silence.

— Vos idées, dit-il d'une voix qui lui sembla à

40

lui-même étrangement caverneuse, une voix venue d'ailleurs. Vos idées leur seraient une fin... trop facile... trop rapide.

Marco et Alfonso écarquillèrent les yeux. Ils avaient trouvé leur maître.

— Ce que je veux, poursuivit Sandro, c'est les rendre malheureux chaque heure, chaque minute, chaque seconde de leur vie, jusqu'à la fin de leurs jours.

4

— Continuez de chanter ! On approche.

Krakus rangea soigneusement la carte dans la poche de son treillis, tandis que ses équipiers reprenaient leurs rengaines habituelles.

> *Juegas a la dama*
> *Dices que no eres una cualquiera*
> *Pero todos pagan por tu precio*
> *Que supera el millón.*

— Ras le bol ! Ça fait quatre jours qu'on chante. J'en peux plus, dit Marco.

Mais il se joignit quand même aux autres. Krakus était intransigeant sur ce point. Nul ne connaissait l'emplacement des diverses tribus sauvages. Des étrangers pénétrant silencieusement dans leur terri-toire étaient considérés comme des ennemis. Le chant, partout interprété comme signe d'une visite pacifique, évitait de se retrouver avec une flèche plantée entre les omoplates.

Krakus se retourna. Son client avançait péni-blement, l'air hagard. Encore heureux qu'il tienne toujours debout, se dit-il. Le contenu de son sac avait été réparti entre les autres, non sans grincements de dents. Depuis deux jours, Sandro était atteint d'un mal étrange. Gody avait d'abord pensé à une crise de paludisme, puis à la dengue. En fin de compte, ce n'était peut-être que le fruit du stress. Certains voyageurs ne supportaient pas la sensation d'enfermement dans la jungle associée à la chaleur et l'omniprésence des dangers. Ils pétaient les plombs, sous des formes variées. On appelait ça une « bouffée délirante aiguë ». Ils se mettaient à faire n'importe quoi, de façon imprévisible. Ou alors retombaient en enfance et on devait les alimenter à la becquée. Autant de mécanismes de fuite d'une réalité devenue insupportable.

Pauvres petites choses, se dit Krakus. Lâchés en pleine nature, la plupart des hommes de notre époque n'y survivraient pas plus longtemps qu'un yorkshire avec son petit nœud de satin rose.

Et si le problème de Sandro était ailleurs ? Plus il approchait du but de son voyage, plus son mal s'aggravait… Mais Krakus ne s'en plaignait pas. Cela lui permettrait de reprendre les choses en main. Le renoncement de son client à massacrer les Indiens le privait d'un pactole auquel il avait cru, l'espace d'un instant. La maladie de Sandro amènerait peut-être celui-ci à lui confier la direction des opérations. Rendre les gens malheureux, ça devait pas être si compliqué que ça. Quand il était gamin, ne l'appelait-on pas l'emmerdeur ? Bien sûr, le contrat serait moins juteux que s'il s'agissait de leur faire la peau, mais c'était quand même mieux que ses honoraires d'accompagnateur. Et il allait s'arranger pour devenir indispensable, puis il ferait monter le prix. Un prof de fac, ça doit gagner un max. L'Américain devait être plein aux as.

> *Cuando ves a un hombre*
> *Haces que gaste*
> *Toda su billetera*
> *Lo desangras, lo desplumas*
> *Y lo tiras en un rincón.*

Krakus repensa à la première nuit dans la forêt. Alors qu'ils dormaient tous profondément, Sandro leur avait infligé une peur bleue, poussant soudain un hurlement qui avait déchiré la nuit. Les hommes s'étaient levés d'un bond, violemment extirpés de leur sommeil, et s'étaient jetés sur leurs armes. En un quart de seconde tous étaient en position d'attaque, le fusil en joue, leurs yeux fouillant la pénombre.

— Qu'est-ce qu'il y a ? avait crié Krakus, le doigt sur la gâchette. Qu'est-ce qui se passe ?

— Là, avait répondu Sandro en tendant la main.

— Quoi ?

— Des yeux… J'ai vu des yeux…

Krakus avait braqué sa torche dans la direction indiquée et balayé l'espace. Rien.

Tous les hommes étaient restés silencieux, à l'affût, prêts à réagir. La tension était énorme.

— Des yeux d'homme ?

— Je sais pas…

— Ils étaient comment, ces yeux ? avait-il demandé en s'énervant.

— Brillants.

— À quelle hauteur ?

Sandro avait hésité.

— Difficile à dire, c'était à dix mètres... À peu près comme ça, avait-il dit en positionnant sa main à mi-hauteur.

— À tous les coups, c'est un jaguar.

— Un jaguar...

Par précaution, on avait mis en place des tours de garde pour finir la nuit, mais personne n'était parvenu à se rendormir.

> *Juegas a la dama*
> *Dices que no eres una cualquiera*
> *Pero todos pagan por tu precio*
> *Que supera el millón.*

Krakus glissa la main dans son sac, se saisit de la carte et de la boussole, et reprit ses repères, un doute à l'esprit. Non, tout allait bien, ils étaient sur la bonne voie.

Ils approchaient du but quand Sandro, soudain, s'effondra. À moitié inconscient, il eut toutes les peines du monde à se relever. Les hommes durent se relayer pour le porter. Heureusement, une demi-heure plus tard, l'équipée arrivait dans le village.

Krakus était malgré lui tendu, même s'il n'y avait pas de raison objective à cela.

C'est un enfant jouant sur le tronc d'un arbre couché qui les repéra le premier. Il se sauva en courant pour prévenir les adultes.

À proximité immédiate d'un ruisseau, le village était organisé autour d'une *maloca*, sorte d'immense paillote dans laquelle les indigènes dormaient tous ensemble. Les installations n'avaient pas changé depuis l'année précédente. Seule la végétation avait poussé, à tel point que le site semblait différent. Mais l'atmosphère restait la même, d'un calme presque inquiétant. On avait l'impression que la vie s'y déroulait au ralenti. L'odeur était la même, aussi. Un mélange de bois brûlé et de manioc séché. Les Indiens défrichaient très peu leur zone d'habitation et la lumière y était claire mais pâle, filtrée. On se serait cru dans un film de David Hamilton. On apercevait quelques femmes qui se déplaçaient avec une nonchalance tranquille autour du feu.

Les Indiens reconnurent Krakus et le laissèrent s'installer sur leur territoire.

Il décida de dresser le camp un peu à l'écart, en amont.

— L'eau y sera plus propre…, confia-t-il à Alfonso.

Avec ses hommes, il bâtit trois huttes, l'une pour Gody dont le besoin d'isolement était quasi vital, une autre pour Sandro, la troisième pour Marco, Alfonso et lui-même. Les armatures étaient constituées de branches d'arbres et de roseaux, les toitures et les murs de palmes de toulouris superposées. On y installa tant bien que mal des planchers à l'aide de troncs de wassaï.

On allongea Sandro dans un hamac suspendu dans son abri. Krakus lui fit boire un peu d'eau, puis s'assit sur un rondin à côté de lui. Les autres se retirèrent.

C'est bien qu'il soit malade, se dit-il, mais faudrait quand même pas qu'il nous lâche.

Il craqua une allumette et la petite flamme bleu et jaune illumina un instant l'habitacle. Il en approcha sa cigarette.

Gody avait prescrit du repos et de la tranquillité pour leur client. Il allait en avoir.

Krakus inspira profondément. La hutte sentait le bois vert.

Le voyage avait été éprouvant pour tout le monde. Son client dormait maintenant profondément, ses longues mèches brunes légèrement bouclées en bataille sur son visage détendu. Le sommeil révélait des traits d'ange, alors qu'éveillé, les sourcils perpétuellement froncés lui donnaient plutôt des airs de révolté. Seuls ses yeux d'un bleu profond mais lumineux parvenaient à raviver cette figure ténébreuse.

Dehors, on entendait au loin le chant des Indiens, et Krakus les imaginait autour d'un feu, rassemblés par l'un de leurs nombreux rites.

Il réfléchit. Il avait tout intérêt à entreprendre sans attendre des actions pour mettre en œuvre la vengeance de son client. Plus il prendrait les choses en main et s'installerait dans le rôle, plus celui-ci serait tenté de le laisser continuer.

Il prit une bouffée de sa cigarette et libéra lentement la fumée en volutes circulaires qui s'évanouirent entre les feuilles de palme. Dehors, les Indiens accéléraient la cadence de leur chant.

Krakus soupira.

Encore fallait-il qu'il démontre sa capacité à leur pourrir la vie...

## 5

Krakus passa les jours suivants à faire plus ample connaissance avec les Indiens. Son précédent voyage, trop bref, ne lui en avait pas donné l'occasion. Il tenta de sympathiser, créer des relations, tout en essayant de se donner un positionnement respectable. Le moment voulu, il lui serait important d'être vu comme un leader dont on suivrait les conseils...

Tandis que Sandro végétait dans sa hutte, il posait des jalons, gagnait du terrain.

Il rencontra ainsi Mojag, qu'on lui présenta comme un grand conteur plein de sagesse.

— Je n'ai de grand que mon âge, protesta l'intéressé en plissant des yeux aussi ridés que malicieux. Je me contente de radoter des histoires au coin du feu.

Trop modeste pour être sincère, se dit Krakus qui se méfiait de ces vieux singes aux allures de sages vénérables.

Ils échangèrent quelques propos insignifiants. Le vieil homme s'exprimait en dodelinant légèrement de la tête, cherchant parfois laborieusement ses mots.

— As-tu déjà rencontré Élianta ? demanda-t-il.

Krakus secoua la tête. Plusieurs personnes avaient

déjà évoqué son nom. Elle devait avoir un rôle important, mais il n'était pas encore parvenu à savoir lequel.

Le conteur parcourut des yeux l'assemblée, mais ne la vit point.

— C'est quelqu'un qui gagne à être connu, dit-il, sans plus de précisions.

Krakus trouvait la vie des indigènes tout à fait inintéressante. Il ne se passe rien, se dit-il, on s'ennuie à mourir dans ce village.

Les Indiens vivaient à moitié nus, une sorte de pagne cachant à peine leur intimité. Les femmes, seins à l'air, passaient chaque jour de longues heures à peindre des motifs sur leurs corps et ceux des enfants. Ils ne possédaient presque rien, à part quelques céramiques, un peu de linge grossier, des plumes colorées, quelques paniers et plateaux en vannerie, des arcs et sarbacanes pour chasser, quelques têtes de bétail et une petite clairière aménagée où poussait du manioc. Ils chassaient un peu, quelques heures par-ci par-là, cueillaient des fruits, mais le plus clair de leur temps, ces pauvres gens n'avaient apparemment rien à faire. Ils humaient le temps qui passe.

Qu'est-ce qu'ils doivent s'emmerder ! se dit Krakus.

Décidément, il ne comprenait pas l'engouement des journalistes et des chercheurs pour ces « peuples premiers », comme ils disaient. Encore un enrobage sucré pour édulcorer la réalité. Des primitifs, oui. Et si ces sauvages étaient heureux, c'était de toute évidence parce qu'ils étaient simplets. Des retardés mentaux, c'est tout. D'ailleurs, ne dit-on pas « imbécile heureux » ? S'il fallait devenir idiot pour s'épanouir, lui, Roberto Krakus, préférait garder ses tracas et ses malheurs. Ça mettait au moins un peu de piment dans son existence.

Il pressentait que sa mission allait devenir un casse-tête. Comment pouvait-on gâcher la vie de gens ayant une existence… vide ? Comment pouvait-on rendre malheureux ceux qui n'avaient rien pour être heureux ?

Le troisième jour, Krakus se résigna à tenter quelques menus essais. Juste pour voir. La nuit venue, il attendit que le village sombre dans les bras de Morphée pour sortir de sa hutte à pas feutrés dans l'obscurité totale. Il alluma sa torche, mais la pile usée ne lui offrit qu'une faible lueur. La fraîcheur de la nuit le saisit et il frissonna. Le sous-bois, humide et sombre, diffusait une légère odeur de mousse. Il se dirigea vers la maloca.

La végétation ayant été un peu éclaircie dans le lieu de vie, la lune parvenait à se frayer un chemin. Ses faisceaux de lumière blanche baignaient la grande hutte dans une atmosphère surnaturelle. De loin, elle semblait surgir de l'obscurité de la forêt comme un vaisseau fantôme déchirant les ténèbres.

Il s'approcha. On entendait des ronflements provenant de l'intérieur.

Il ouvrit le plus doucement possible le grand panier dans lequel les hommes rangeaient leurs armes. Le couvercle grinça à peine. Krakus scruta attentivement le tas d'arcs empilés en vrac et repéra le plus beau, le plus grand, le mieux décoré. Il se souvenait d'avoir vu un Indien l'exhiber avec fierté devant son entourage. Il le saisit entre deux doigts et tenta de l'extraire délicatement. Mais l'équilibre était aussi précaire que celui d'un jeu de Mikado, et le bruit des bois

51

s'entrechoquant résonna dans la nuit. Krakus se figea et attendit une minute en retenant son souffle. Puis il prit son couteau suisse, sortit une lame très fine et incisa délicatement le bois de l'arc en son centre, sur le bord extérieur. Bien que profonde, l'entaille était à peine visible. Satisfait, Krakus remit l'objet en place et referma le panier.

Il s'apprêtait à rentrer quand il aperçut du linge fraîchement lavé étendu sur une corde. Un coup d'œil alentour lui confirma qu'il était toujours seul éveillé. Il ramassa de la terre et la projeta dessus. Il avait l'impression de retourner en enfance, à l'âge où l'on fait des mauvais coups pour embêter les voisins et rire de leurs réactions.

Tout ça était en effet bien petit, bien faible. Dérisoire. On était très loin de ses idées initiales de torture et de massacre… Mais que pouvait-il faire ? Ces gens n'avaient rien. Ils n'avaient donc rien à perdre. Comment pouvait-on leur gâcher la vie ?

À cet instant, il entendit un bruit derrière lui. Il se retourna et aperçut une ombre se déplaçant. Instinctivement, il s'accroupit et s'immobilisa. Il scruta la pénombre et finit par reconnaître une silhouette féminine. La jeune femme se dirigeait vers la forêt. Et s'il la suivait ? Il attendit quelques minutes, puis s'apprêtait à se redresser quand une autre silhouette apparut, suivant visiblement le même trajet, mais avec plus de précautions, restant dans l'obscurité. Pourtant, il suffit d'un quart de seconde pour qu'un rayon de lune révélât son visage, celui d'un jeune Indien que Krakus se rappelait avoir croisé au village. Awan, oui, c'est ça, Awan. Il attendit patiemment qu'il s'éloigne, puis s'engagea avec prudence dans la même direction.

Les deux Indiens se rejoignirent à l'entrée de la petite clairière cultivée. Il se rapprocha un peu puis se cacha dans les feuillages. La lune diffusait sa pâle lumière dans le champ. Immobiles à l'orée de la forêt, les deux Indiens lui apparaissaient en ombres chinoises, leurs silhouettes noires se détachant nettement devant la blancheur de la clairière. Ils restèrent face à face quelques instants, puis s'étreignirent un long moment. Enfin, d'un geste, ils se déshabillèrent. De profil, on voyait pointer les seins de la jeune femme. L'homme était en érection. Ils se rapprochèrent l'un de l'autre, et leurs corps se mélangèrent dans la nuit.

## 6

Le lendemain matin, Krakus revêtit comme chaque jour son treillis, ses rangers et sa casquette, il releva son col et se rendit au village. Les hommes n'étaient pas encore rentrés de la chasse. Les enfants jouaient, pieds nus sur la terre. Il aperçut une jeune femme occupée à retirer le linge étendu.

— Oh ! là, là ! s'exclama-t-il. Ton linge est dégoûtant ! Je sais pas si c'est le vent ou les jeux des gamins, mais c'est vraiment pas de chance !

— Ce n'est rien, dit-elle avec un grand sourire. Ça partira avec de l'eau.

Sur ce, elle roula le paquet de linge sous son bras et se dirigea vers le ruisseau. Krakus lui emboîta le pas.

— C'est toi qui l'avais lavé hier ?

— Oui.

— Au fait, tu t'appelles comment ?

— Zaltana.

Elle s'assit sur la berge. Un alignement de pierres retenait un peu le courant, formant une sorte de lavoir précaire. Elle plongea les tissus dans l'eau fraîche et les frotta les uns contre les autres. Ses seins nus s'agitaient et Krakus se sentit tout émoustillé.

— Mais tu dois tout recommencer, ma pauvre ! Tout ce travail pour rien…

Elle se contenta de rire en guise de réponse. Un rire cristallin à tomber par terre. Il se mit à la désirer violemment. Plus tard, se dit-il. Je m'occuperai d'elle plus tard.

— Bon sang ! dit-il. Ça peut pas être le vent ! La nuit était calme. Quelqu'un a dû le faire exprès.

— Je ne vois pas pourquoi.

— Si je connaissais le salaud qui t'oblige à tout refaire…

— Ça va, c'est presque fini.

— Mais ça te gâche ta matinée. T'aurais pu te reposer, te détendre… Regarde : t'es obligée de bosser !

Elle essora tranquillement les tissus gorgés d'eau, se releva et prit la direction du village.

Krakus la suivit, essayant par tous les moyens de l'entraîner dans le négatif. En vain.

Arrivée à proximité de la maloca, elle se retourna vers lui, un large sourire découvrant ses belles dents blanches.

— Les salissures ont quitté mon linge depuis longtemps, mais elles n'ont pas encore quitté ta tête.

Les hommes rentrèrent de la chasse en fredonnant. Ils déposèrent le gibier sur la place, l'air satisfait. Aujourd'hui, les enfants auraient droit à un peu de viande. Krakus observa attentivement le groupe, et finit par repérer celui qui ne portait pas d'arme à l'épaule. Il prit l'un des Indiens en aparté.

— Il ne chasse pas, ton ami ? dit-il en désignant le malheureux.

— Si, mais il n'a pas d'arc.

56

— Pourquoi ?

— Il a cassé le sien.

Voyant que l'on parlait de lui, l'homme en question s'approcha, curieux.

— J'ai appris, pour ton arc, dit Krakus. C'est vraiment dommage, c'était le plus beau de tous, le plus grand, le mieux décoré. Je suis navré pour toi. Tout le monde devait t'envier... Tu dois le regretter.

L'homme le regarda, l'air étonné et amusé à la fois.

— Mais de quoi parles-tu ?

— De ton arc, bien sûr.

— Je n'ai pas d'arc.

Krakus avala sa salive. L'homme n'avait pas l'air de vouloir se moquer de lui. Alors pourquoi niait-il ?

— Je t'ai vu hier avec. T'en avais un magnifique, splendide...

— Hier peut-être, mais aujourd'hui je n'ai pas d'arc. C'est ainsi, dit-il le plus tranquillement du monde.

— Tu dois le regretter, dis pas le contraire ! Ça doit bien te décevoir un peu, quand même !

— Cet objet n'existe plus. Pourquoi serais-je déçu de quelque chose qui n'existe pas ?

Krakus s'emporta.

— Hier, il existait bien, quand même !

— Mais hier a disparu, mon ami. Nous sommes aujourd'hui, toujours aujourd'hui.

Krakus se retira, décontenancé. Il ne pouvait rien obtenir de ces fichus sauvages. Ils étaient trop niais pour être touchés par ce qui leur arrivait, trop naïfs pour souffrir mentalement des situations.

La partie était loin d'être gagnée. Lui qui avait

pensé réussir à les agacer, les faire réagir un peu… Et ce chasseur, si au moins il avait gardé les débris de son arc, Krakus aurait pu lui montrer la preuve du sabotage et semer ensuite la zizanie parmi eux. Il n'en avait même pas eu l'occasion. Lui qui misait sur ces premiers essais pour inciter Sandro à lui laisser la main, c'était fichu.

Il s'assit sur une souche et sortit de sa poche un sachet de tabac. Il roula quelques cigarettes, puis en alluma une. Soudain une idée lui vint, comme une évidence… Si lui-même n'était pas parvenu ne serait-ce qu'à les irriter un peu, alors comment Sandro, le fragile Sandro, pourrait-il y arriver seul ? Dans tous les cas, il aurait quand même besoin de lui. Et si rien ne marchait, alors Sandro finirait peut-être par se ranger aux propositions musclées que l'équipe avait initialement formulées…

Krakus aperçut soudain Awan, l'amant de la nuit dernière. Tentons notre chance, se dit-il avec une petite lueur d'espoir.

— Une cigarette, Awan ?

— Non, merci, dit le jeune Indien en le saluant.

Je vais commencer par lui foutre un peu la honte, se dit Krakus.

— Hier soir, au début de la nuit, je suis sorti prendre l'air. J'ai fait quelques pas dehors.

— Il faisait doux, n'est-ce pas ?

Krakus acquiesça en tirant une bouffée de cigarette. Il relâcha la fumée lentement, en direction de son interlocuteur.

— Je t'ai vu au bord de la clairière, avec ta copine.

Loin d'exprimer de la gêne, le visage du jeune homme s'illumina.

— Ah, Icenda… Elle est belle, hein ?

Krakus resta silencieux un instant, puis reprit une bouffée.

— J'ai un sale truc à t'annoncer, c'est pas facile.

L'Indien demeura immobile, sans rien dire.

— Quelques heures plus tard, dit Krakus, je me suis relevé pour aller pisser.

La fumée s'échappa en volutes légères et se dissipa dans l'air. Il reprit :

— Je suis à nouveau tombé sur ta copine. Mais, cette fois, elle était avec un autre homme.

Awan ne montra aucune réaction.

— Je suis étonné, finit-il par avouer.

— C'est tout ce que t'as à dire ? s'énerva Krakus.

Le jeune homme resta calme.

— Nous ne sommes pas mariés, elle ne m'a pas fait de serment…

— Mais c'est quand même ta copine !

— Oui, mais elle est libre.

Krakus était hors de lui.

— Réveille-toi, bon sang ! Elle a couché avec un autre homme, merde !

Awan le regarda sereinement.

— Tu sais, elle va pas s'user…

## 7

Élianta rendit son sourire à la femme qui lui tendait le plat et se servit un peu de purée de manioc, de graines de maripa cuites, de jeunes pousses de bambou marinées dans un jus de wassaï et assaisonnées au cœur râpé de graines de moucou-moucou. Comme chaque jour, la cuisinière avait consacré sa matinée à la préparation, se donnant tout entière à la tâche, exprimant le meilleur d'elle-même pour élaborer les plus délicieux des plats.

Dans le village, chacun avait sa place, son rôle à tenir dans la communauté en fonction de ses préférences. Pas de hiérarchie : chacun prenait les responsabilités associées aux compétences qu'il avait choisi de développer. Certains se consacraient à une seule tâche, d'autres répartissaient leur temps entre deux missions, et quelques-uns préféraient participer à diverses tâches variant au gré des besoins.

Élianta ajouta quelques fruits et vint s'asseoir près du vieux conteur.

Les Indiens dînaient dans le calme sous l'ombre bienveillante des patawas. Un léger vent apportait une agréable sensation de douceur ; son souffle murmurait dans le feuillage des grands arbres.

Élianta saisit un maracuja et le coupa en deux. La pulpe jaune orangé disposée en étoile était d'une pure beauté, son parfum d'une délicatesse exquise. La jeune femme remercia en silence la Terre mère de lui donner ces merveilles pour se nourrir. Elle prit une bouchée du précieux fruit et ferma les yeux pour mieux en savourer la saveur sucrée et acidulée.

Elle se délecta ainsi de chacun des mets, les sens en éveil et les pensées en sommeil.

Son repas fini, elle se tourna vers le vieil homme.

— Alors, Mojag, que vas-tu nous dire ce soir ?

Le conteur leva les yeux vers elle et sourit. De belles rides de bonheur sillonnaient son visage. Comme tous les vieux, il jouissait d'une position très respectée. La vieillesse était vénérée par les plus jeunes. Ces derniers s'adressaient à leurs aînés dès qu'un problème délicat se présentait à eux. Le grand âge leur conférait une expérience irremplaçable, et aussi une sagesse à laquelle tout le monde aspirait. Incarnant en fonction des besoins les rôles de conseillers, d'enseignants, de juges ou même de confidents, les vieux représentaient un rouage essentiel de la communauté.

— Une histoire… de babouins et d'oiseaux… migrateurs, répondit-il de sa voix hésitante, cherchant ses mots.

Élianta plissa les yeux, essayant de deviner les thèmes qu'il aborderait. Derrière des intrigues d'apparence très simple que même les enfants affectionnaient, ses contes invitaient à plonger en soi-même pour des réflexions profondes.

— Et tu as un titre ? demanda Élianta avec malice.

— Eh bien… c'est-à-dire… je n'ai pas tranché… j'en ai certes trouvé quelques-uns… mais…

— Laisse-moi deviner : ils ne font pas « Bing ».

— Exactement ! Ils ne font pas « Bing ». Ils ne donnent pas… comment dire… l'étincelle du sens, ce petit quelque chose qui… attire l'attention sans… révéler le contenu…

Mojag cherchait souvent en vain à donner un titre à ses histoires. Il hésitait entre plusieurs et, la plupart du temps, renonçait.

Il se leva et alla s'asseoir au milieu du groupe d'hommes, de femmes et d'enfants rassemblés pour l'écouter. Il prit tout son temps, attendant patiemment que les conversations se dissipent et que le silence se fasse. Puis sa voix s'éleva et, comme chaque fois, la magie opéra : lui qui au quotidien balbutiait, butant presque sur chaque mot, raconta l'histoire d'une voix lisse, chaude et parfaitement fluide.

Les villageois écoutèrent ses paroles, se laissant bercer par la musique de ses mots et transporter par l'intrigue, ses rebondissements et ses messages cachés…

*
* *

Krakus ne décolérait pas. Il n'avait pas eu la moindre influence sur les Indiens. Aucune réaction négative de leur part. Même pas un petit agacement. Rien. *Nada*. C'étaient tous des bourriques entêtées dans leur optimisme à la con. On ne pouvait rien obtenir d'eux.

Il repensa à l'affirmation de Christophe Colomb à leur sujet : « Ils feraient de bons serviteurs. Avec cinquante hommes, on pourrait les asservir tous et leur

faire faire tout ce que l'on veut. » Cet abruti de naviga-
teur s'était bien leurré. Décidément, il s'était planté sur
toute la ligne, puisque ces indigènes n'étaient même
pas des Indiens… Et dire que, six siècles plus tard,
on préférait continuer de les qualifier ainsi plutôt que
de faire passer Colomb pour ce qu'il était : un tocard.
De toute façon, en s'appelant Colomb, on ne pouvait
faire que des merdes.

Arrivé devant la hutte de Sandro, Krakus s'arrêta
et prit quelques instants pour respirer à fond. Il devait
se calmer, donner l'impression d'être maître de lui-
même, capable de contrôler les événements. Il frappa
deux coups brefs sur le pilier de bois et entra.

Sandro était allongé dans son hamac, rêvassant les
yeux ouverts. Depuis deux jours, il allait beaucoup
mieux.

— Comment te sens-tu aujourd'hui ? demanda
Krakus qui s'était finalement octroyé le droit de le
tutoyer.

Le beau ténébreux tourna la tête vers lui mais
demeura silencieux, sans doute encore dans ses songes.

— J'ai pas mal observé nos sauvages, reprit Krakus
pour combler le silence. Ça va pas être facile de les
rendre malheureux. Les bougres ont du ressort. Quoi
qu'il leur arrive, ils restent souriants.

Sandro le regarda sans rien dire pendant un moment.

— Ça ne m'étonne pas, dit-il calmement.

— Pourquoi ?

— J'ai lu toutes les publications des anthropolo-
gues qui les ont étudiés dans le passé. Maintenant, je
les connais peut-être mieux qu'ils ne se connaissent
eux-mêmes…

— Tu permets ? demanda le chef d'expédition en

désignant des bananes qu'il avait disposées la veille sur un coffre.

— Elles sont à toi.

Il en prit une et commença à l'éplucher.

— Il va falloir frapper fort si on veut les déstabiliser.

Sandro fit la moue.

— Ce serait peine perdue, dit-il. Toute l'énergie négative du monde ne changerait rien à leur sérénité.

Krakus mordit sa banane et mastiqua machinalement.

— T'as changé d'avis ? T'es partant pour leur régler leur compte... autrement ?

L'autre secoua doucement la tête.

— Alors comment veux-tu t'y prendre ?

Sandro se redressa. Assis dans le hamac, il laissa ses jambes pendre dans le vide.

— Tant que les Indiens resteront dans cet état, ils seront intouchables.

— Cet état ?

— Ils sont pleinement eux-mêmes...

— Je vois pas ce qu'ils pourraient être d'autre.

— Ils sont centrés, conscients, dans l'Être...

— Mouais... Tu peux traduire en langage courant, philosophe ?

Sandro le fusilla du regard.

— Ne m'appelle pas comme ça, dit-il d'un ton très désagréable.

Krakus mordit à nouveau dans sa banane, agacé par son client. Cette façon de prendre la mouche pour un oui ou pour un non sans raison apparente était vraiment insupportable. Même un compliment parviendrait à le vexer.

— Si tu parlais comme tout le monde…, bredouilla-t-il, la bouche pleine.

Sandro demeura un long moment immobile, l'air contrarié.

— Ce que je veux dire, c'est qu'ils vivent chaque instant intensément, sans rien attendre, sans penser à ce qu'ils feront dans cinq minutes, dans une heure, ou la semaine prochaine. Quand ils regardent une fleur, ils regardent une fleur. Quand ils écoutent quelqu'un, ils écoutent quelqu'un. Quand ils mangent un ananas, ils mangent un ananas…

Krakus fronça les sourcils et remordit dans la banane en toisant son interlocuteur. Ce type disait vraiment des conneries tout en ayant l'air inspiré. À faire des études trop longues, y en a qui se retrouvent complètement à l'ouest.

Sandro reprit :

— Ils en savourent chaque bouchée en silence, en étant pleinement conscients de leurs sensations. Ils vivent profondément chaque instant. Quand ils sont en présence d'un autre, ils n'attendent pas d'être admirés ou respectés ou je ne sais quoi encore. Ils sont toujours sincères. Ils ne jugent pas les autres, et donc ne craignent pas d'être eux-mêmes jugés. Ils sont… libres.

Krakus avala de travers, s'étouffa à moitié et se mit à tousser. Il ouvrit la porte et jeta le reste de la banane au loin. Moi aussi, je suis libre, se dit-il en continuant de faire semblant de s'intéresser aux propos fumeux de son client.

— Alors comment veux-tu qu'on s'y prenne avec eux ?

Sandro se rallongea en soupirant doucement. Le

hamac se balança mollement de gauche et de droite, de plus en plus lentement, de plus en plus faiblement...

Krakus attendit patiemment.

— Ce qu'il faut, dit enfin Sandro, c'est commencer par les rendre inconscients, leur endormir l'esprit, engourdir leur âme.

— Engourdir leur âme...

— Il faudrait trouver un moyen pour détourner leur attention d'eux-mêmes et du monde réel. Il faudrait, je sais pas moi, les hypnotiser.

— Les hypnotiser...

— Oui, les hypnotiser... Surtout le matin, dès le réveil. Les neuropsychiatres savent que la première tâche à laquelle on s'adonne en se levant est interprétée par le cerveau comme étant la plus importante, et donc par la suite il met ses ressources au service des tâches similaires à celle-là, au détriment des autres.

Krakus fronça les sourcils.

— La première chose que je fais le matin, c'est aller pisser.

— Je parle de tâches significatives. Par exemple, si tu commences ta journée de travail en consultant tes e-mails, ton cerveau croit que le plus important, ce sont les informations que tu reçois de l'extérieur. Si tu fais ça tous les jours, alors t'auras de plus en plus de mal à te concentrer pour réfléchir par toi-même, car ton cerveau se rendra surtout disponible pour recevoir des stimuli externes plutôt que pour produire des réflexions de l'intérieur.

— Les e-mails... Je vis dans la jungle onze mois sur douze, moi.

— Bref, ce qu'il faudrait pour les Indiens, c'est

inventer un truc pour les inonder de stimuli externes tout en les hypnotisant, dès le réveil.

Krakus regarda par la fenêtre à travers la moustiquaire clouée tout autour de l'ouverture. L'air était chargé de l'odeur des roseaux coupés qui servaient d'armature.

À une quinzaine de mètres de là, Marco et Alfonso fumaient devant leur hutte, assis sur des rondins. Derrière eux, un petit rongeur tentait de se rapprocher de l'abri, sans doute attiré par la nourriture laissée à l'intérieur.

— Je vais en parler à Gody. C'est lui le plus créatif. On peut lui faire confiance.

Sandro glissa ses mains derrière sa nuque.

— Il faudrait aussi trouver le moyen de les couper de la réalité…, dit-il, songeur. Qu'ils cessent d'utiliser leurs cinq sens, leur intuition et leur instinct pour sentir et percevoir le monde, et qu'à la place on leur dicte une vision biaisée de la réalité.

— Ouais… Tu peux préciser un peu ?

— Eh bien, il faudrait que quelqu'un fasse le boulot à leur place, les abreuve de renseignements qui leur donnent l'illusion de bien comprendre leur monde et du coup les dispensent de l'appréhender par eux-mêmes…

— Je vois…

— Et on pourrait faire d'une pierre deux coups, dit Sandro en se redressant dans son hamac. On pourrait par la même occasion leur saper le moral en mettant fin à leur vision positive de la vie.

— Ah oui ?…

Sandro se leva d'un bond et marcha de long en large.

— Il faut créer un nouveau rituel dans leur vie. Il faut que quelqu'un, tous les jours à la même heure, leur dise tout ce qui ne va pas dans le village, tous les problèmes, tous les dangers, tout ce qui ne tourne pas rond…

Krakus regarda son client de travers et fit une grimace.

— Ça ne marchera pas.

— Bien sûr que si !

— Non, ça ne marchera pas, pour une raison très simple.

— Laquelle ?

— Personne ne viendra écouter quelqu'un comme ça ! Personne n'a envie de subir des propos négatifs en boucle. Ils sont pas maso.

Sandro fixa Krakus en souriant.

— Au contraire, c'est parce qu'il tiendra des propos négatifs que l'on viendra l'écouter. C'est parce qu'il sera porteur de mauvaises nouvelles que l'on se concentrera sur ses paroles.

Krakus secoua la tête, incrédule. Sandro se rapprocha.

— Les mauvaises nouvelles, les problèmes, les dangers accaparent toute notre attention car ils stimulent notre instinct de survie. C'est plus fort que nous, c'est quasi physiologique… Ils n'y résisteront pas. Crois-moi.

Krakus ne savait pas trop quoi penser. Par la fenêtre, il vit le rongeur ressortir de sa hutte, une barre de céréales entre les dents. Et ces andouilles de Marco et Alfonso, assis à moins de deux mètres, qui ne se rendaient compte de rien.

— De toute façon, ça va pas être facile de trouver

tous les jours des choses négatives à raconter. Il n'y a pas tant de problèmes que ça...

— Quand on veut voir des problèmes, on en trouve, crois-moi. Et puis, on peut aussi faire autre chose...

— Quoi ?

Sandro se rassit sur son hamac.

— Prenons un peu de recul... La difficulté, avec ces sauvages, c'est qu'ils voient du positif partout. Il y a du soleil ? Ils sont contents. De la pluie ? Ils sont contents. Des herbes poussent dans leur champ de manioc ? Ils sont contents... Il faut les amener à voir négativement des choses neutres.

— Et comment tu fais ça ?

— On va les habituer à *étiqueter* négativement ces choses, et ils finiront par les *voir* ainsi. Les mots guident le ressenti.

— Étiqueter ?

— Ils doivent apprendre à appeler la pluie « mauvais temps », les jeunes pousses des « mauvaises herbes », certaines senteurs des « mauvaises odeurs », etc.

— Je vois.

— Ça va conditionner leur perception. Bientôt, leur monde ne sera plus aussi beau.

Krakus soupira, à moitié convaincu.

— Tu crois que tu pourrais... t'en charger ? demanda Sandro.

— Je m'occupe de tout, philosophe, s'empressa-t-il de répondre.

Le regard de Sandro s'assombrit instantanément, étrange mélange de... colère et de désespoir. Krakus se dit qu'il aurait mieux fait de se taire. C'était étonnant de voir quelqu'un changer d'humeur aussi rapidement.

— Je t'interdis de m'appeler philosophe, dit Sandro d'une voix presque caverneuse.

— Je croyais que t'étais prof de philo ?

— Prof de philo et philosophe, ça n'a rien à voir.

Il s'allongea dans le hamac, visiblement très contrarié.

— Et... c'est quoi la différence ? osa Krakus.

Sandro ferma les yeux et se tut. Krakus resta un instant dans l'embarras, se demandant s'il devait partir ou attendre une réponse. L'autre finit par rompre le silence.

— T'as été au collège, quand t'étais gamin ?

— Ouais, un p'tit bout de temps...

— Tu te souviens, en sciences naturelles, du cours sur la reproduction sexuée ?

— C'est p't'être le seul que j'aie encore à l'esprit...

— Le prof qui t'enseignait ça...

— Madame Da Silva, qu'elle s'appelait...

Krakus se remémorait encore sa vieille prof très coincée exposant ce cours à l'aide des termes les plus froidement médicaux possibles.

— Elle connaissait bien son sujet ?

— Ben... oui, je pense.

— Tu crois que ça faisait d'elle une bête de sexe ?

## 8

— C'est entendu, les enfants ?

Krakus regarda la bande de joyeux gamins autour de lui. Ils souriaient, mais avaient-ils bien compris ?

Il frappa dans ses mains en les encourageant.

— Allez-y ! Vous me rapportez tout ce qui va pas dans le village, la forêt, la rivière, partout, tous les petits soucis, tous les problèmes, tout ce qui tourne pas rond. Dès que vous repérez un animal qui mord, une plante qui pique… vous me le dites ! Je veux tout savoir.

Les gamins disparurent en rigolant aux quatre coins du village. Heureusement qu'ils étaient là. Krakus avait en vain tenté de mobiliser des adultes. Tous s'étaient détournés, sans pour autant se défaire de leurs maudits sourires. Son incapacité à s'imposer l'énervait au plus haut point. Impossible d'avoir le moindre ascendant sur ces sauvages. Ils étaient tellement bêtes qu'ils étaient incapables de réaliser son appartenance à une civilisation plus évoluée. Ils auraient dû le respecter, le suivre…

Il interpella Élianta qui passait au loin. Quelques heures plus tôt, il avait fait sa connaissance et lui avait raconté son projet de partage d'informations, « pour le bien de tous ». Elle avait souri avec bienveillance, ce qui ne signifiait strictement rien.

Il lui fit un signe. Elle s'approcha. Son corps était mince, svelte et élancé. Sa peau, très lisse, était dorée comme une papaye au soleil. Seuls ses seins étaient un peu trop petits à son goût.

— J'ai besoin de toi, lui dit-il. Tu voudrais bien me donner un coup de main ?

— D'accord, dit-elle le plus naturellement du monde.

Il se sentit soulagé. Enfin une qui allait peut-être coopérer.

— Voilà : les enfants vont me rapporter plein d'informations. Il me faudra quelqu'un pour les transmettre à tout le monde. Quelqu'un qui accepte de prendre la parole devant le village rassemblé et de raconter ce que les enfants auront relevé. On va le refaire tous les jours.

— Je comprends.

C'est déjà ça, se dit Krakus.

— Et tu veux bien t'en charger ? C'est un rôle valorisant, tu sais. Tout le monde va t'admirer, t'envier même. Tu pourras être fière.

Elle fronça les sourcils un instant, avant de retrouver son sourire.

— J'ai fait le serment de ne pas tirer fierté de ce que je fais. Je ne peux pas accepter, désolée.

— Tu as fait le serment de…

Elle acquiesça.

Krakus essaya de garder son calme. Ces maudits Indiens allaient le rendre fou. Il prit une inspiration.

— Bon. Tu as dit tout à l'heure que tu acceptais de me donner un coup de main…

— Oui.

— Alors voilà ce que tu vas faire : tu vas trouver une femme qui accepte de jouer ce rôle, tous les jours. Mais ne le propose pas à tout le monde : je veux que tu recrutes la plus belle femme du village. Tu m'entends ? La plus belle.

Élianta fit oui de la tête et s'éloigna.

Krakus la regarda un instant, puis il prit la direction de son campement.

Il faisait chaud et son treillis le gênait. Sans parler des hautes rangers de cuir noir. Mais il avait pris l'habitude de ne pas y prêter trop attention. C'était un mal nécessaire.

Il s'approcha du territoire de Gody. Territoire était bien le mot qui convenait : le toubib avait pris soin d'isoler son abri du reste des humains en l'encerclant d'une sorte de palissade de près de deux mètres de haut, constituée d'un amas de bambous, de roseaux et de tout ce qu'il avait pu trouver, à la façon d'un oiseau bâtissant son nid. Cela lui faisait un lopin entièrement clos d'une centaine de mètres carrés. La hutte se trouvait au milieu, comme un château de paille entouré de murailles. Et, contrairement aux autres, cette hutte était... sans fenêtre. Inutile de dire que nul ne croisait son regard en dehors des repas qu'il acceptait de prendre avec les autres. Souvent, il rapportait chez lui les restes du déjeuner, ce qui lui évitait de réapparaître au dîner.

Krakus s'approcha de la porte et tendit l'oreille. Des bribes de paroles sans queue ni tête lui parvinrent.

— ... Oui, oui, oui ! Bien sûr... Le trou... Eh oui... Ah... Dieu... Dieu... Pourquoi ça reste froid... Ah... C'est ça...

Comment un homme au discours habituellement si structuré pouvait-il, une fois seul, partir en vrille comme ça ?

Krakus saisit le maillet de bois suspendu à la palissade par une ficelle récupérée et frappa sur la vieille boîte de conserve clouée au mur. Les coups résonnèrent dans un bruit grotesque tandis que les cailloux qu'elle contenait s'entrechoquaient contre le métal blanc. De l'autre côté, le silence se fit immédiatement.

Krakus attendit patiemment. Longuement. Puis il renouvela l'opération.

— Qui est-ce ? demanda enfin la voix froide du médecin.

— C'est moi.

Silence.

— Qui ça, moi ?

— C'est moi, Roberto. Roberto Krakus ! Tu veux que je glisse mes papiers sous la porte ? !

Un bruit. Il devait déplacer un objet calé derrière. La porte finit par s'entrouvrir d'une dizaine de centimètres et le visage de Gody apparut dans l'embrasure, avec ses lunettes carrées à doubles foyers. Les verres étaient sales et l'on avait du mal à voir ses yeux.

— On peut se parler ? demanda Krakus.

L'autre acquiesça, mais ne bougea pas d'un iota.

— Je peux entrer ?

Gody le dévisagea un instant, puis il recula.

Krakus poussa la porte. Le toubib le précéda vers un coin du jardin où ils avaient rangé tous les jerricans d'essence. Gody en souleva deux et les disposa face à face en guise de tabourets, à une bonne distance l'un de l'autre. Ils s'assirent dessus.

— J'ai besoin de tes services.

Gody ne répondit pas, mais Krakus le sentit se crisper légèrement.

— Voilà, il faudrait que tu nous inventes un truc qui hypnotise les Indiens.

Silence. Krakus se demanda pourquoi il se sentait toujours un peu bête quand il parlait à Gody. Même quand celui-ci n'ouvrait pas la bouche.

— Un truc ? répéta celui-ci sur un ton légèrement condescendant.

— Oui, quelque chose qui retienne toute leur attention et les déconnecte du reste. Tu vois, quoi.

Gody leva un sourcil. Un seul. Krakus n'avait jamais rencontré personne d'autre capable de faire ça.

— Les déconnecte ?

Krakus essaya de prendre un ton subtilement solennel.

— Il faudrait que ça puisse engourdir leur âme.

Gody le regarda d'un air un peu dédaigneux.

— L'âme n'existe pas...

— C'est Sandro qui a dit ça, bredouilla Krakus. Ce sont ses mots... Il dit qu'il faut inventer quelque chose pour les rendre inconscients, pour leur endormir l'esprit tous les jours.

Gody porta une cigarette à sa bouche et sortit de sa poche une petite boîte d'allumettes.

— Déconne pas ! On est assis sur des bombes !

Le toubib leva un œil dans sa direction.

— Et alors ? Ça risque rien.

Il ouvrit la boîte.

Krakus sauta sur ses pieds.

— T'es fou ? Il suffit d'une étincelle pour que tout pète !

— Du moment que les jerricans sont bien fermés, ça peut pas flamber.

Il sortit une allumette.

— Arrête !!! Si ça se trouve, ils sont mal fermés… ou… peut-être pas tout à fait étanches !

— Si c'était pas hermétique, l'essence se serait évaporée. Là, les bidons sont remplis à ras bord.

Il craqua l'allumette et alluma tranquillement sa cigarette.

Krakus recula.

— Bon… je te laisse voir… pour les Indiens… Tiens-moi au courant.

*
* *

Élianta s'assit au bord de la rivière. Elle aimait venir dans cet endroit à l'écart du village, où l'eau très calme se retrouvait doucement précipitée dans une chute verticale de plus de vingt mètres, puissamment brassée à l'arrivée.

À proximité de l'eau, l'air semblait plus frais, et un léger vent portait à elle les merveilleuses senteurs de la forêt. Elle aimait par-dessus tout le parfum magique des épineux, aux tonalités suaves et épicées. Il lui arrivait de s'approcher de l'un de ces arbres majestueux, de l'enlacer de ses bras nus, ressentant son énergie contre son ventre et dans tout son corps. Elle posait alors délicatement ses lèvres sur le tronc rugueux, puis fermait les yeux et se laissait aller à sentir, sentir et s'enivrer de son divin parfum.

La demande de Krakus lui revint à l'esprit. La charger de cette mission était indéniablement une marque de confiance. Elle voulait s'en acquitter le mieux possible.

Elle tendit la main pour saisir un bout de bois, le lança en amont de la cascade et contempla sa trajectoire.

« Prends la plus belle des femmes », avait-il dit.

La plus belle des femmes… Comment choisir ? Il n'était jamais venu à l'esprit d'Élianta de comparer les femmes de la tribu entre elles… Comment était-ce possible ? Elles étaient toutes belles… Comment s'y prendre ?

Elle tenta de visualiser mentalement chacune d'elles. La plus belle des femmes… Était-ce Alyana, une jeune femme au regard lumineux, dans la profondeur duquel un ange pourrait se perdre ? Ou Nita, dont le courage dans les épreuves était d'une beauté sans faille ? Ou encore Amadahy ? La beauté de son cœur n'avait d'égale que sa pureté… Comment les comparer ? Comment allait-elle choisir ?

Elle saisit de ses doigts délicats une feuille tombée d'un arbre, la déposa sur l'eau, puis souffla doucement. La feuille s'éloigna de la berge, se laissa emporter par le courant en direction de la cascade et se prit dans une branche de wapa à moitié immergée.

Élianta se leva et marcha vers le village. Puis elle décida soudain de contourner la maloca pour se diriger vers le camp des Blancs, curieuse de voir de plus près leurs drôles de huttes. Pourquoi diable en avaient-ils bâti trois alors qu'une seule aurait suffi ? Ils n'étaient que quatre… Peut-être deux d'entre eux avaient-ils été bannis de la communauté et contraints à s'isoler ?

Elle s'approcha en silence, se faufilant en souplesse entre les roseaux, les lianes et les branchages, et se retrouva devant l'une des huttes. Bizarrement construite, en effet, avec ses cloisons à angles droits et cette drôle d'ouverture carrée à mi-hauteur. Et ce toit...

Soudain un homme apparut, qui se figea en l'apercevant. Un homme qu'elle n'avait pas encore croisé au village et dont elle ignorait l'existence jusque-là. Il avait les yeux d'un bleu... incroyable. Une couleur qu'elle ne connaissait pas. Par-delà son regard, elle perçut une âme dont la fragilité la toucha soudain profondément. L'homme se détourna rapidement, mais, l'espace d'un instant, un instant aussi bref que le scintillement d'une étoile, elle vit dans ses yeux l'empreinte d'une douleur, et cela lui fendit le cœur.

Il s'engouffra dans la hutte et la porte se referma derrière lui.

## 9

— La garce !!! Elle me le paiera !!!

Krakus serrait les dents pour cacher sa fureur. Élianta s'était complètement foutue de lui. Maintenant il était dans la merde. Tout le village devait se réunir dans moins d'une demi-heure. Et qui avait-elle recruté pour rapporter les nouvelles collectées par les gamins ? Qui avait-elle choisi pour focaliser tous les regards et captiver l'attention des spectateurs ? Qui ? Une vieille peau toute ridée !!!

— Je ne comprends pas ta colère…, dit Élianta en s'approchant de lui.

— Fais pas l'idiote.

— J'ai fait de mon mieux pour répondre à ta demande.

— Arrête de te foutre de ma gueule, tu veux ?

— C'est pourtant vrai…

— N'en rajoute pas. Casse-toi.

— Chimalis est d'une beauté parfaite. Son âme est la plus pure qui soit… Si tu en doutes, demande aux autres. Tout le monde te le dira…

— Beauté parfaite… Beauté parfaite… Elle a gagné le concours des maisons de retraite ?

— Quoi ?

— Elle est toute ratatinée !!! Elle tient debout par l'opération du Saint-Esprit !

— Mais sa voix est claire, elle porte et on l'entendra bien. Elle s'est entraînée tout l'après-midi.

— On n'entendra rien du tout car il est exclu que cette vieille patate fripée dise quoi que ce soit !

— Mais... elle a appris tous les textes par cœur... Elle ne comprendrait pas qu'on lui retire sa mission...

— Rien à foutre. Je veux plus la voir. Toi non plus.

Krakus était hors de lui. Une fois de plus, il n'avait rien pu obtenir de ces maudits sauvages. Ils se payaient sa tronche tranquillement, tout en se donnant des airs angéliques.

Ça ne pouvait pas continuer ainsi éternellement. Il fallait trouver un moyen pour réussir à s'imposer, devenir un leader respecté, suivi. Il devait à tout prix développer un certain charisme, trouver une attitude de meneur d'hommes...

Soudain des images de son passé ressurgirent dans son esprit. Les conflits armés, le Nicaragua, le Salvador... La guerre lui avait appris une chose : devenait leader celui qui s'engageait à protéger les hommes lorsqu'un danger mortel les menaçait...

Krakus se répéta cette phrase. Il allait y songer...

En attendant, il n'avait personne pour parler ce soir en public... Lui seul connaissait toutes les bribes d'informations collectées par les bambins. Il allait devoir s'y coller. Il n'était peut-être pas très sexy, mais sa position d'étranger lui donnait quand même un statut particulier, et c'était finalement l'occasion d'apparaître sur le devant de la scène. Ça l'aiderait peut-être dans ses projets.

Dans la foulée, il enchaînerait sur la séance d'hypnose. La machine que Gody avait inventée était prête.

Il attendit patiemment. Les indigènes arrivèrent par petits groupes, tandis que le soleil se retirait. Le feu au centre de la place devint bientôt l'unique source de lumière. Il crépitait en diffusant l'odeur du bois brûlé. Les derniers Indiens prirent place, s'asseyant en demi-cercle autour du foyer, et bientôt tous furent rassemblés. Le silence se fit parmi eux. Les visages illuminés de rouge par les flammes dansantes se tournèrent vers lui.

Krakus sentait qu'il parvenait déjà à capter leur attention. Il inspira profondément.

— Chers amis, avec mes camarades, nous avons pensé qu'il vous serait agréable d'être mieux informés sur le monde dans lequel vous vivez. C'est pourquoi nous avons proposé de vous réunir tous les soirs pour écouter des informations recueillies pour vous tout au long de la journée. Ce soir, c'est moi qui ai l'honneur de vous les présenter. À partir de demain, ce sera l'un d'entre vous...

Les visages affichaient des mines interloquées. Krakus se demandait si ces sauvages comprenaient ce qu'il était en train de leur dire, quand l'un d'eux se leva, un homme d'un certain âge aux cheveux gris tressés.

— Pourquoi écouterions-nous les informations provenant d'autres hommes alors que nous-mêmes avons des yeux pour voir, des oreilles pour entendre, des doigts pour toucher et un cœur pour ressentir ?

Krakus avala sa salive. Il n'avait pas prévu d'être interpellé sur le bien-fondé de la démarche. Il balaya l'assistance du regard. Tous les yeux étaient rivés sur lui.

— Eh bien… Disons… Vous ne pouvez pas être partout à la fois. Quand vous êtes au village, vous ne pouvez pas savoir ce qui se passe à la rivière ou dans la forêt. Moi, je centralise l'information pour que tout le monde y ait accès.

Une femme se leva à son tour.

Bon sang, ils n'allaient pas tous s'y mettre…

— À quoi ça me sert de savoir ce qui se passe en forêt si je suis au village ?

Krakus chercha une réponse… vite… mais n'en trouva pas.

— Eh bien, c'est toujours intéressant… non ?

Le silence lui répondit.

Il décida d'enchaîner rapidement.

— Donc, tous les soirs, on va vous rapporter ce qui s'est passé dans la journée et…

— Mais si on nous raconte des choses qui ont eu lieu dans la journée, en quoi nous concernent-elles le soir venu ?

Krakus sentit son visage devenir brûlant. Il regarda dans la direction du jeune homme qui s'était exprimé. Il n'avait même pas l'air agressif. Ils étaient pénibles sans le faire exprès.

Krakus savait qu'il ne pouvait continuer ainsi. Ils allaient saborder la séance, il ne s'en relèverait pas.

Il eut soudain envie de retrousser ses manches et de cogner quelqu'un, n'importe qui. Ça le démangeait. Sandro avait eu tort. C'était peine perdue d'essayer de rendre ces idiots malheureux. Il aurait fallu les liquider, un point c'est tout.

Il tenta de se calmer. Tout alla très vite dans son esprit tandis qu'il cherchait une solution.

Il eut soudain une idée. Mais oui, bien sûr. Il fallait les endormir *d'abord*. Ensuite, ils se laisseraient faire…

— Mes amis, la plupart de vos questions trouveront réponse quand vous nous aurez écoutés. Vous jugerez alors par vous-mêmes. En attendant, j'ai une surprise pour vous. J'ai demandé à Gody d'inventer une machine, une machine merveilleuse qui invite à rêver, à se laisser aller, à oublier ses soucis. Mais j'en ai assez dit. Je vous laisse découvrir… le vidophore.

Il se retourna. Marco et Alfonso apparurent, portant à bout de bras un grand récipient transparent rempli d'un liquide bleu pâle. Ils le posèrent délicatement devant le feu, de façon à bien éclairer son contenu pour le rendre visible de tous. Il s'agissait d'un jerrican dont la partie supérieure avait été découpée si bien qu'il ressemblait désormais à un aquarium.

Krakus entendit quelques mètres derrière lui une voix marmonner en sourdine quelques fragments de phrases inintelligibles.

— … n'a jamais réussi à créer ça… Dieu… jamais Dieu… moi seul… n'existe pas… façon…

Gody sortit de l'ombre et s'approcha, un petit objet grisâtre à la main. Il se pencha au-dessus du liquide et posa l'objet à la surface. Il le lâcha et celui-ci tomba lentement jusqu'au fond, comme une ancre qui se laisse couler dans la mer pour rejoindre le sable. Gody le fixait d'un regard torve. Krakus jeta un coup d'œil à l'assistance. Tous étaient concentrés sur l'opération.

Rien ne se passa dans les premiers instants, puis, lentement, une grosse bulle se forma sur l'objet immergé et s'en détacha pour remonter lentement vers la surface. Krakus ne pouvait détacher ses yeux de sa lente ascension. Une deuxième apparut aussitôt

85

qui prit le même chemin, puis d'autres suivirent, selon un tempo savamment calculé.

Gody lui avait expliqué que les Indiens avaient tous le même rythme cardiaque, d'une part en raison de la proximité de leurs gènes, d'autre part parce qu'ils partageaient le même mode de vie et la même alimentation. La machine avait été conçue pour libérer des bulles au même rythme : le pouls des Indiens et celui de la machine étaient les mêmes...

Les quatre hommes s'effacèrent et seul le vidophore demeura en scène, trônant devant les braises rougeoyantes.

Les Indiens ne le quittaient pas des yeux, absorbés par le mouvement régulier des bulles. Krakus prit une voix la plus profonde possible pour formuler la phrase préparée par Gody, et il la répéta à deux reprises, de plus en plus lentement...

— Tandis que les bulles montent, vous vous sentez de mieux en mieux, et vous vous laissez aller de plus en plus profondément dans la détente...

Krakus observa les Indiens. Il avait du mal à croire que cette machine ait le pouvoir de modifier leur état de conscience.

Une semi-hypnose, avait dit Gody en réponse à ses interrogations. Il s'était ensuite embarqué dans une explication tellement truffée de jargon incompréhensible pour un non-initié que Krakus s'était demandé si son intention n'était pas de le noyer dans la confusion.

Pourtant, les Indiens étaient bien là, fascinés par les bulles ou le vide qu'elles contenaient, calmes, abandonnant tout esprit de contradiction, n'opposant plus aucune résistance, légèrement affaissés sur eux-mêmes bien qu'encore éveillés.

Un léger bruit attira l'attention de Krakus. Une chauve-souris passa au-dessus de la scène dans un froissement d'ailes. Il guetta attentivement la réaction des indigènes. Pas un ne leva les yeux, pas un ne tourna la tête. C'était comme si aucun n'avait entendu ce son caractéristique qui, en d'autres occasions, aurait attiré tous les regards ; ils auraient contemplé le vol chaotique de l'animal aveugle et tenté d'interpréter à travers lui le message des esprits.

Krakus s'assit par terre à côté de ses hommes, derrière le feu. Marco et Alfonso échangèrent un regard amusé. Gody était déjà reparti. Krakus évita de fixer l'aquarium, de peur de tomber lui-même en transe. Il préférait observer les Indiens, toujours aussi silencieux. Ils donnaient l'impression de flotter dans du coton.

Le bois avait cessé de flamber, mais ses braises brûlantes, aussi ardentes que celles d'une fournaise, diffusaient d'intenses lueurs jaunes et rouges. La chaleur dégagée contrastait avec la fraîcheur de la nuit enveloppant la sombre forêt.

Krakus attendit patiemment, laissant aux indigènes le temps de goûter ce moment d'abandon de soi, d'oubli du temps, d'évanouissement de la réalité, et de se dissoudre dans le vide existentiel d'une machine produisant des bulles de néant.

Il finit par se lever et revenir devant ces hommes et ces femmes engourdis. Il se plaça à côté du vidophore, puis, lentement, d'une voix de velours, il prit la parole et, mot après mot, phrase après phrase, il commença à raconter les événements rapportés par les gamins. Tranquillement, en prenant tout son temps, il distilla les mauvaises nouvelles qui avaient émaillé la journée. Il était question de mygales repérées sous des feuillages, d'un anaconda susceptible de menacer les plus jeunes des enfants, ou encore d'arbres morts sur le point de s'écrouler. Des dangers et des problèmes. Des menaces et des préoccupations. Pour ne pas éveiller de soupçons, il prit soin de glisser çà et là quelques informations positives sans que personne ne prenne conscience de la futilité qui avait guidé leur choix.

Au fur et à mesure de ses propos, il pouvait voir les visages exprimer tour à tour de l'inquiétude, de l'amertume, une pointe de colère ou de déception.

Après quoi il les abandonna de nouveau au vidophore, et ces émotions néfastes se cachèrent bien vite au fond d'eux. Ils passèrent le reste de la soirée l'esprit délesté d'une partie de leur conscience, comme une vieille branche flottant entre deux eaux. Mais, dans leur regard, quelque chose avait changé. Un ange maléfique avait semé une pincée de tristesse sur ces âmes rassemblées.

# 10

Élianta défit son pagne et le laissa glisser jusqu'à terre. Elle aimait être nue dans la nature. Cela lui donnait l'impression de fusionner avec elle. Elle adorait sentir le léger souffle du vent chaud sur son corps, la terre souple se modeler sous la plante de ses pieds, les herbes fines effleurer sa peau, et surtout, plus que tout, se baigner nue et sentir l'eau caresser ses seins, son ventre, ses jambes…

Elle venait tous les jours en ce lieu merveilleux, là où le ruisseau se reposait quelques instants avant de reprendre son cours, ce bassin naturel où l'eau était si pure, si transparente que l'on voyait le sable qui en tapissait le fond et, parfois, quelques poissons aux couleurs si vives qu'elles semblaient irréelles.

Élianta posa un pied dans l'eau. Un frisson parcourut son corps. Elle avança, s'immergeant lentement dans la fraîcheur. Elle ferma les yeux et se délecta de cette sensation délicieusement ambiguë, ce moment unique où le corps hésite entre la crainte du froid et son désir, puis son basculement vers le bien-être total. Elle laissa son visage glisser sous l'eau et fit quelques brasses dans l'apaisant silence aquatique. Elle émergea quelques mètres plus loin et continua de nager en direction de l'autre berge, nue et libre. Elle s'adossa à une branche qui effleurait la surface. Des gouttes perlèrent sur son front et roulèrent doucement jusqu'à ses lèvres entrouvertes. Autour du bassin, quelques arbustes, des buissons fleuris et des bambous se partageaient le rivage. Elle respira profondément. L'air était délicatement parfumé des senteurs des petites fleurs bleues et roses. Elle ferma les yeux et savoura l'instant. Son corps, léger, flottait entre deux eaux, ondulant sous le faible courant. Elle était si bien… Le temps suspendait sa marche et se dilatait à l'infini, sublimant ce moment en une éternité de plaisir.

Le cri lointain d'un singe en colère réactiva ses pensées. Elle se remémora soudain l'esclandre de Krakus après son choix de Chimalis pour présenter les informations au village. Il avait été agressif, mais elle ne lui en voulait pas. C'était juste un malentendu. Il avait mal formulé sa demande, à moins qu'elle-même n'ait mal décrypté ses souhaits. Quand on ne se comprend pas, il y a rarement un seul responsable… Certes, il n'aurait pas dû s'énerver, mais sans doute était-il fatigué.

Finalement, il avait dès le lendemain choisi une jeune femme répondant à ses critères. Tout s'était arrangé. Quant à Chimalis, elle avait accepté de bon cœur de renoncer à sa mission.

Les jours s'étaient enchaînés et les villageois s'étaient habitués à cette réunion d'information quotidienne. Krakus lui avait donné un nom bizarre à consonance étrangère : le Jungle Time. Il disait que les choses n'existent que lorsqu'on peut les nommer.

Élianta avait maintenant le sentiment d'être mieux informée sur ce qui se passait, et elle l'appréciait. Elle avait découvert que le monde autour d'elle n'était pas aussi positif qu'elle le croyait. C'était certes assez stressant, mais n'était-il pas utile de le savoir ? Heureusement, le Jungle Time était toujours suivi d'une séance relaxante de vision du vidophore. Quelle belle invention que cet objet qui permettait de tout oublier et de se détendre sans plus penser à rien... D'ailleurs, chacun s'était réjoui en apprenant qu'il serait dorénavant allumé en permanence. En passant devant, on pouvait maintenant s'arrêter et se laisser aller, l'esprit absorbé par les jolies bulles ascendantes...

*
* *

— Ne soyons pas naïfs ! Bien sûr qu'elle l'a fait exprès !

Krakus marchait de long en large dans la hutte de Sandro, essayant de calmer la colère qui montait de nouveau en lui. Il ne voulait pas revenir sur cette affaire. Pourquoi Sandro retournait-il le couteau dans la plaie ?

— Je ne crois pas... C'est juste qu'elle n'a pas les mêmes critères que toi. Oscar Wilde disait : « La beauté est dans les yeux de celui qui regarde. »

— La beauté, c'est la beauté. Ça se discute pas. Je ne vois pas pourquoi tu cherches à dédouaner Élianta.

— Non, en fait, c'est très subjectif. Il n'y a pas de norme absolue en matière de beauté.

— Subjectif, subjectif... Mets devant nous n'importe quelle gonzesse, on sera tout de suite capables de dire si elle est belle ou pas. Tu verras, on sera tous d'accord. Y a rien de subjectif là-dedans.

— C'est pas si simple… On ne se rend pas compte à quel point on est influencés par les images véhiculées par la société. Les visuels de femmes censées incarner la femme parfaite inondent nos magazines, nos vitrines, nos écrans, mais qui a décidé des critères ? Pas toi, pas moi… Comme toutes ces images vont dans le même sens, on les érige en vérité. Ça devient une norme, une évidence pour tout le monde. On ne se rend pas compte à quel point nos goûts sont ainsi façonnés, au point de nous leurrer nous-mêmes. On croit être libres dans nos préférences, et en fait on ne l'est pas tant que ça.

— Mouais…

— Pour preuve : les canons de la beauté féminine évoluent selon les époques. Regarde : à la Renaissance, on considérait une femme belle si elle était grasse avec des lèvres fines…

— J'ai du mal à croire ça…

— Parce que tu as été conditionné à préférer le contraire…

Krakus s'approcha de la fenêtre et laissa son regard voguer à l'extérieur. Si les Indiens étaient vraiment capables de trouver belle n'importe quelle vieille, alors ils étaient faciles à satisfaire. Quant aux femmes, elles ne devaient pas ressentir trop de pression pour plaire. Pas étonnant que ces sauvages soient heureux… Il fallait changer ça. À tout prix. Si vraiment les goûts pouvaient se façonner de l'extérieur, alors il allait s'en charger. Ce qu'il fallait, c'était réussir à leur inculquer des standards de beauté inatteignables. Là, ils seraient tous mal et on rirait bien…

— Comment ont-ils réagi à la machine de Gody ? demanda Sandro.

Krakus se tourna vers lui.

— Ça leur en a bouché un coin. Ils ont cessé de me faire chier avec leurs objections dès que je proposais quelque chose. Ça les a rendus tout gentils, tout calmes. C'est top, ce truc !

Sandro eut l'air de partir dans ses rêves quelques instants.

— Il faut continuer, surtout...

— C'est ce qu'on fait. Maintenant, ils y ont droit quand ils veulent, toute la journée. On l'arrête juste pendant le Jungle Time et la séance d'histoires à la noix dites par le vieux conteur. J'aurais bien aimé la supprimer, mais ils ont l'air d'y tenir.

Sandro acquiesça, songeur. Ses yeux semblèrent se perdre dans le vague. Il marmonna, comme s'il se parlait à lui-même :

— Maintenant qu'on a endormi leur esprit, on va pouvoir semer les graines du malheur sans qu'ils opposent de résistance...

Krakus le regarda, hésitant.

— Et... quelle est la prochaine étape ?

Sandro ne répondit pas tout de suite. Il semblait perdu dans ses pensées, le regard vers le sol. Ce type était complètement lunatique. D'humeur normale quelques minutes plus tôt, il affichait maintenant un air totalement déprimé, sans raison apparente.

— Il faut détacher les Indiens du Grand Tout, dit Sandro d'une voix atone.

Krakus plissa les yeux.

— Le Grand Tout... Tu traduis en langage courant ?

Sandro sembla chercher son inspiration avec un air de chien battu. Il faudrait peut-être demander à Gody de le shooter aux antidépresseurs.

— Les Indiens ont le sentiment d'appartenir à l'univers qui les entoure, d'en être juste un élément parmi d'autres. Et, pour eux, tous les éléments de cet univers sont reliés en permanence. Chaque Indien ressent ainsi profondément ses liens avec les autres hommes, la nature, la Terre, le cosmos… Ils sont indissociables de ce Tout.

— Hum…, fit Krakus qui ne voyait pas très bien le sens de ces propos obscurs.

— C'est le philosophe Marc Aurèle qui se rapproche le plus de leur vision du monde, même si, bien sûr, il ne les a pas connus. Il disait : « Toutes choses s'enchaînent entre elles et leur connexion est sacrée et aucune, peut-on dire, n'est étrangère aux autres, car toutes ont été ordonnées ensemble et contribuent ensemble au bel ordre du même monde. »

— Ah ouais ?

— Le bonheur de ces Indiens est intimement lié à leur capacité de fusionner les uns les autres avec leur monde, leur environnement.

— Bon, OK, c'est très bien tout ça, mais qu'est-ce qu'on en fait, nous ?

Sandro baissa les yeux.

— Il faut casser ces liens, isoler les Indiens, les séparer physiquement les uns des autres, y compris au sein des familles, pour leur faire oublier le bonheur d'être ensemble. Il faut leur faire croire que chacun existe indépendamment du reste du monde, qu'ils sont… au-dessus, supérieurs, et même qu'ils peuvent asservir ce monde, le dompter. Après quoi, on leur fera miroiter des illusions de bonheur égoïste, jusqu'à finir par leur faire croire que le bonheur se prend sur l'extérieur, comme une victoire sur les autres, sur l'univers, sur les dieux…

Krakus fit la moue. Il en avait marre d'entendre ces envolées philosophiques sans aucun plan d'action concret. Et il en avait marre de devoir demander des explications.

— Tu comprends ? demanda Sandro.

— Je vais essayer des trucs, puis t'iras voir nos sauvages et tu me diras si ça va dans le bon sens.

Sandro s'allongea dans son hamac et lui tourna le dos.

— Je ne les verrai pas. Je ne veux pas les voir. Jamais.

## 11

— Bonsoir à tous !

Ozalee présentait le Jungle Time depuis près de trois semaines et elle était rodée. Au début, elle avait accepté la mission comme n'importe quelle autre. Le Jungle Time n'avait rien représenté de particulier à ses yeux. Mais Krakus avait chaque jour insisté sur l'honneur qui revenait à sa présentatrice. Il lui répétait sans cesse que tout le monde voudrait être à sa place, qu'elle avait de la chance d'avoir été choisie, que c'était un rôle hors du commun, et elle commençait à en ressentir une fierté d'une teneur nouvelle. Un sentiment jusque-là étranger. Un drôle de sentiment. Dans le passé, il lui était certes arrivé d'être fière de ses actes, mais c'était la première fois que sa fierté provenait d'une comparaison avec les autres. Bizarrement, elle se retrouvait fière de détenir une position que les autres n'avaient pas, elle se sentait différente, meilleure, plus belle… Jamais elle n'avait éprouvé cela. Dorénavant, elle se trouvait supérieure, unique…

Krakus lui donnait des conseils pour être encore plus admirée, désirée. Comme ce vêtement qu'il lui avait conseillé de porter, alors que les femmes avaient l'habitude de vivre torse nu.

— Tu dois cacher tes seins, avait-il dit.

Il avait justifié cette recommandation en citant un certain Sandro, sans doute un sage : « L'objet repousse son désir. » Il lui avait appris à n'en dévoiler que la naissance afin de susciter ce fameux désir.

— À quoi ça sert ? avait-elle demandé.

— Si tu attires sur toi le regard des hommes, alors toutes les femmes t'envieront et voudront te ressembler.

— Mais elles sont toutes différentes ! Ça apporte quoi qu'elles cherchent à me ressembler ?

— Cela prouve ta valeur aux yeux de tous.

Elle avait obéi sans trop saisir l'objectif, et avait vite surpris des yeux masculins se perdre dans son décolleté. On avait l'impression que les hommes cherchaient désespérément à voir ce qu'ils ne regardaient pas quand ils en avaient la possibilité. Elle prit goût à ce petit jeu et devint vite le point de focalisation de tous les mâles de la communauté.

Krakus lui avait ensuite demandé de cacher des feuilles sous son vêtement pour accroître le volume de sa poitrine.

— C'est pas crédible, avait-elle protesté. Je suis trop mince, je pourrais difficilement avoir de gros seins…

— Justement, avait-il insisté. C'est bien parce que c'est assez incompatible que ça va te rendre unique… Tu vas désormais incarner une femme à laquelle personne ne peut ressembler.

— Mais alors elles cesseront de suivre mon exemple.

Krakus avait ri.

— On fera en sorte que tu restes la référence aux yeux de tous. Mais tu deviendras inaccessible. Une demi-déesse…

Pour le coup, Ozalee n'avait pas trop compris le raisonnement. Mais elle avait jusqu'ici fait confiance à Krakus et cela l'avait servie. Alors elle avait obtempéré…

— Bonsoir à tous !

Le village était rassemblé devant elle. Krakus avait fait construire une sorte de scène en bois sur laquelle elle trônait. Elle commença à égrener comme d'habitude les mauvaises nouvelles collectées dans la journée. Elle s'était étonnée auprès de Krakus du choix de ces informations négatives, alors qu'il se passait tant de belles choses chaque jour dans la forêt. Mais c'était, selon lui, la condition à respecter pour que les villageois deviennent accros.

— Si tu veux garder ton public, avait-il dit, continue de leur donner des émotions négatives, sinon ils se lasseront et tu n'auras bientôt plus personne pour venir t'admirer.

Ce soir, c'était un Jungle Time un peu particulier.

— Mes amis, j'ai invité Gody et Krakus !

Les deux hommes firent leur apparition et s'assirent en face d'elle.

— Merci de venir parmi nous. Vous avez, je crois, quelques suggestions à nous faire pour améliorer la vie au village ?

Krakus acquiesça et se tourna vers le public. Dans la pénombre, Ozalee pouvait voir tous les yeux braqués sur lui. Il s'accorda quelques secondes de silence. Elle savait que c'était pour créer une attente dans le public.

— Mes chers amis. La vie dans la forêt n'est pas toujours facile. Je sais que vous êtes en permanence menacés par des dangers petits et grands et que vous en souffrez. Je pense à cet enfant qui s'est retrouvé seul face à un crotale la semaine dernière et a dû ruser pour s'éloigner sans être attaqué. Je sais à quel point il a dû avoir peur. Je sais aussi qu'il n'est pas drôle pour vous tous de vivre avec l'angoisse de la chute d'un arbre ou…

Ozalee réprima un sourire. Krakus lui avait révélé sa technique : toujours commencer par exprimer de l'empathie envers le peuple, dire en des termes émotionnels à quel point on comprend ses difficultés, avant d'essayer de le convaincre des solutions proposées. Le peuple se sent compris, ça fait avaler la pilule ou, si l'on n'a pas grand-chose d'intéressant à proposer, ça donne au moins l'illusion d'être des leurs.

— … et de tels microbes, voyez-vous, pourraient se répandre comme une traînée de poudre dans la communauté et faire des ravages parmi vous et vos familles… Dans ces circonstances, pour nous protéger, nous devons nous isoler de la nature et construire des huttes familiales à la place de la maloca. Dans chaque hutte, on créera des cloisons pour que chacun d'entre vous puisse dormir sur sa propre paillasse, les enfants d'un côté et les parents de l'autre… Par ailleurs, il faut construire des palissades tout autour du village pour nous séparer des arbres, des plantes et de tous les prédateurs qu'elles abritent…

Ozalee observa la foule. Pas de réaction, pas d'objections. Krakus parvenait à les convaincre.

— Alors justement, dit-elle, nous avons invité notre expert, Gody, pour lui demander son avis sur tout ça.

Elle se tourna vers le docteur. Il regardait ailleurs, comme absorbé par des pensées plus intéressantes.

— Tout le monde vous connaît, reprit-elle, pour votre invention du vidophore que nous apprécions tous. Vous êtes parmi nous celui qui a la plus grande étendue de connaissances et nous sommes impatients de connaître votre position sur les points soulevés par Roberto Krakus.

Il continuait de regarder ailleurs et, l'espace d'un instant, Ozalee se demanda s'il l'avait entendue. Elle attendit un moment, un peu gênée par le silence.

— Gody, nous sommes impatients de connaître votre avis...

L'invité hocha la tête, mais garda le silence.

Elle lança un regard à Krakus pour chercher son aide, mais celui-ci ne quittait pas le toubib des yeux.

— Gody, reprit-elle, trouvez-vous que les propositions de Krakus répondent aux problèmes du village ?

Elle lui lança un regard suppliant qu'il ne semblait pas capter.

— Oui.

Alléluia ! Il parlait !

Vite, il fallait entretenir la flamme avant qu'elle ne s'éteigne.

— Vous confirmez qu'éloigner la population de la nature est une bonne idée ?

Silence.

— Oui.

Bon sang, il ne pouvait pas étayer un peu ses propos ?

— Et... créer des huttes pour chaque famille afin de séparer les gens, ça limite la propagation des maladies ?

Silence.

— Oui.

Vite. Trouver quelque chose pour le faire parler. Il lui tuait son interview…

— J'aimerais vous entendre sur le sujet. Vous pouvez nous en dire un peu plus ?

Il leva un sourcil dans sa direction. Elle chercha à rencontrer son regard, mais, à travers les lunettes sales, elle ne parvenait pas à distinguer ses yeux.

Il soupira, puis fit un effort manifeste.

— Eh bien, posez votre question.

Il avait dit ça sur un ton méprisant, comme s'il lui reprochait de lui faire perdre son temps.

Elle commençait à transpirer.

— Tout d'abord… sur l'idée de nous isoler de la nature… Est-ce vraiment efficace pour nous protéger ?

Il la fixa de ses carreaux opaques.

— C'est une évidence, voyons. C'est logique. Plus nous nous éloignons des facteurs perturbateurs inhérents à l'environnement problématique, plus le niveau de risque associé diminue et le degré de sécurisation des organismes vivants visés par la mesure en question s'accroît dans les mêmes proportions. C'est logique.

Il se tut et le silence revint soudain. On aurait entendu un moustique voler à l'autre bout de l'assistance.

Ozalee avala sa salive. Sans savoir pourquoi, elle se trouvait soudain très bête.

— Et… concernant les séparations envisagées ?

Les carreaux la fixèrent en silence sans sourciller.

— Quelle est votre question ?

Ozalee se sentait mal. Son visage était une poêle à frire sur laquelle frémissaient les gouttes de sueur.

— Les séparations suppriment-elles le risque de contagion des maladies ?

— Supprimer ? Comment voulez-vous qu'elles le suppriment ? Soyons logiques.

— Euh... je veux dire... réduisent-elles le risque ?

Il soupira comme s'il s'adressait à une demeurée.

— La promiscuité est un facteur aggravant de la propagation épidémiologique. C'est évident.

— Donc vous nous conseillez de répartir les familles dans différentes huttes...

— Non, je ne conseille rien, je ne suis pas responsable de l'organisation du village.

— En tout cas, ça vous semble la meilleure solution.

— Je ne dis pas que c'est la meilleure solution puisque vous ne m'en avez présenté qu'une.

— Mais vous reconnaissez qu'elle est bonne ?

— Elle est justifiée.

Krakus fit un geste discret à Ozalee et se tourna vers les Indiens.

— Mes amis, vous avez pu écouter l'avis de l'expert. Vous pouvez lui faire confiance. Il y a tout lieu de penser que ces mesures sont la bonne décision. Je vous invite donc à procéder à la construction des palissades et des huttes dès que possible.

Krakus souriait, l'air assez satisfait. C'était l'essentiel, même si, pour sa part, Ozalee était au tapis. Elle s'apprêtait à conclure sur quelques bonnes nouvelles sans intérêt lorsqu'on entendit une voix claire et pure s'élever dans l'assistance.

Ozalee scruta la pénombre et elle reconnut la silhouette élancée d'Élianta, debout parmi les siens.

— Vous voulez notre bien et nous en sommes très

touchés. Mais ce que vous proposez n'est tout simplement pas possible.

Ozalee vit le sourire de Krakus se figer tandis qu'un murmure parcourait l'assistance. Tous les visages se tournèrent vers Élianta. Avec le long tissu fluide dont elle s'était couvert les épaules dans la fraîcheur du soir, elle ressemblait à une statue grecque, droite et blanche, faiblement illuminée par les reflets vacillants du feu. Le silence se fit de nouveau dans l'assemblée. La forêt elle-même, soudain muette, semblait suspendue aux lèvres de la jeune femme.

Elle reprit, d'une voix douce et profonde qui résonna dans le théâtre de verdure :

— Nous ne pouvons pas être séparés de la nature… puisque nous appartenons à la nature.

Sa parole, calme mais appuyée, semblait sortir du plus profond de la terre. Ozalee sentit un frisson parcourir son corps. Chacun retenait son souffle. Le visage de Krakus se crispa un peu plus.

— En nous coupant de la nature, reprit la jeune Indienne, nous nous couperions d'une partie de nous-mêmes. Nous serions comme un enfant séparé de sa mère, comme une plante arrachée à la terre…

Gody leva les yeux au ciel et quitta les lieux.

Élianta continua.

— Quant aux huttes personnelles, ce serait bien triste de devoir nous séparer les uns les autres alors que nous sommes si merveilleusement connectés. Nos esprits sont unis, reliés entre eux comme ils le sont avec l'esprit des plantes et de la Terre mère. Nous éloigner attristerait nos âmes…

Ozalee vit des éclairs de haine dans les yeux de Krakus. Il se leva d'un bond, attirant sur lui les regards. Il fit quelques pas dans un sens puis un autre, cherchant ses mots ou essayant de retrouver son calme avant de s'exprimer.

— Il faut vivre avec son temps. On ne peut pas retourner à l'âge de pierre avec un mode de vie rétrograde. Il ne faut pas renoncer au progrès. Il n'y a pas plus d'esprits chez les plantes qu'il n'y en a dans la terre qui n'est qu'un amas de végétaux en décomposition. Il est grand temps d'arrêter de croire toutes ces… balivernes. La nature n'est pas votre amie, elle comporte en son sein des animaux dangereux, des insectes nuisibles, et aussi des bactéries, des microbes, des virus. Il y en a partout qui vous menacent en permanence. Si vous ne vous en protégez pas, ce sont eux qui vous détruiront. Alors je vous en conjure : érigez des palissades, construisez des huttes, mes amis.

Il quitta la scène dans un silence tendu et Ozalee se dépêcha d'embrayer avec les dernières nouvelles, puis elle conclut sur le temps.

— Aujourd'hui, il a plu. Autrement dit… il ne fait pas beau.

## 12

— Qu'est-ce qu'on s'emmerde, ici !

Marco se laissa tomber dans un hamac sous les arbres.

Krakus leva un œil dans sa direction. À quelques mètres, Alfonso, affalé au sol contre son sac, parcourait sans conviction un *Playboy* pour la centième fois.

Soudain Krakus aperçut une Indienne qui passait au loin, et reconnut Zaltana, la jeune femme dont il avait sali le linge, tentant en vain de la déstabiliser. Elle marchait vers le village, un panier de fruits sur l'épaule, le bras levé pour le tenir. Ses seins se dandinaient au rythme de sa marche. Affolante, se dit Krakus. Il va falloir que je m'occupe d'elle un jour ou l'autre.

— On perd notre temps, reprit Marco. Les idées de Sandro sont foireuses. On aurait mieux fait d'appliquer les nôtres...

— On s'en fout, il paye.

— Quand est-ce que tu vas négocier notre tarif, d'ailleurs ?

— C'est fait. J'ai attendu un peu, puis l'autre jour il a avoué qu'il ferait rien lui-même, qu'il voulait pas les voir. Alors j'ai sauté sur l'occase.

— Tu lui as demandé combien ?

Krakus jubila intérieurement.

— Assez pour se la couler douce des années entières.

Alfonso se mit à sourire bêtement.

— N'empêche qu'il s'y prend mal, dit Marco. Ça marche pas, ce qu'il nous fait faire.

— C'est pas sa faute si Élianta a tout fait capoter, répondit Krakus.

Élianta… C'était la deuxième fois qu'elle se mettait en travers de son chemin. La simple évocation de son nom le mettait de mauvaise humeur.

— Alfonso ?

— Ouais…, dit celui-ci sans lever les yeux de son magazine.

— Je vais te confier une mission. Je veux que tu te renseignes sur cette fille. Je veux savoir qui elle est, pourquoi elle fait ça, quel est son intérêt là-dedans…

— C'est déjà fait, répondit Marco.

Krakus se tourna vers lui, autant satisfait de pouvoir obtenir une réponse rapide que déçu d'avoir été devancé dans l'idée. Décidément, il avait du mal à être un leader, que ce soit auprès des Indiens ou de ses équipiers.

— Dis-moi tout ce que tu sais, ordonna-t-il dans une faible tentative de reprendre les choses en main.

S'étirant dans le hamac, Marco s'autorisa un bâillement contagieux, et Krakus se retint d'en faire autant.

— Elle est plus ou moins chamane.

Krakus réprima un frisson nerveux. Il avait toujours détesté ces prétendus guérisseurs qu'il considérait comme des sorciers. Il était malgré lui effrayé par le monde des esprits, la magie noire et tous ces rites primitifs qu'il craignait intérieurement autant qu'il les dénigrait verbalement.

— C'est pas très précis, ça... Elle est chamane ou elle l'est pas ?

— Elle a été initiée, mais pas totalement car son maître est mort. Apparemment, elle est pas encore tout à fait reconnue officiellement.

Tout s'expliquait... Elle était en quête de légitimité, elle avait besoin d'être reconnue par le groupe, c'était pour ça qu'elle s'était mise en avant pour contrer ses plans. Elle-même voulait asseoir son ascendant sur les autres...

Soudain Marco éternua violemment, puis sortit un Kleenex et se moucha. En quelques semaines, le rhume d'Alfonso avait fait le tour de l'équipe, les contaminant tous les cinq, l'un après l'autre. Marco était le dernier touché et...

Une idée venait de jaillir dans l'esprit de Krakus.

— Donne-moi ton mouchoir ! ordonna-t-il en se levant d'un bond.

L'autre le regarda, surpris.

— Mais...

— Donne !

— Mais je viens de l'utiliser...

— Donne, je te dis !

L'équipier tendit le Kleenex à son chef qui le saisit entre deux doigts.

— C'est crade, dit Marco.

Mais Krakus était déjà parti.

*
* *

109

Élianta prit le chemin du camp des étrangers.

Un léger vent faisait frissonner les feuilles des arbres et scintiller les aiguilles des épineux au soleil. Elle se dit que Roberto Krakus n'avait pas saisi la beauté de l'univers auquel il appartenait. Le pauvre devait souffrir comme un enfant qui s'imaginerait en insécurité au sein de sa famille. Comme cela devait être affreux de se sentir menacé par la Terre mère au point de vouloir s'en isoler... Se couper de la nature, c'était comme se couper les mains de peur de ce qu'elles pourraient nous faire pendant notre sommeil.

Krakus avait besoin d'aide. Son déséquilibre l'amenait dans l'erreur et il pouvait en entraîner d'autres avec lui.

Arrivée à proximité du camp, elle aperçut sa silhouette. Il se dirigeait vers la hutte entourée de palissades. Elle bifurqua pour croiser son chemin. Manifestement enfermé dans ses pensées, il ne la vit ni ne l'entendit approcher.

— Bonjour, dit-elle avec un grand sourire.

Il sursauta, puis la reconnut et eut un mouvement de recul, le visage crispé. Le pauvre.

— Ça va ? dit-elle.

— Que veux-tu ? répondit-il, l'air méfiant.

— Je suis venue te voir.

Il la dévisagea de haut en bas.

— Pour quoi faire ?

— Parler un peu avec toi.

Il ne répondit pas, mais continua de la fixer.

— Viens, dit-elle. Allons faire un tour.

— Un tour ? demanda-t-il d'un ton soupçonneux.

Quoi de plus naturel qu'une balade ? Cet homme était vraiment bizarre.

Elle acquiesça. Il jeta un œil autour de lui, semblant hésiter.

— Viens.

Elle le prit par la main et l'emmena. Elle le sentait récalcitrant, tendu. Il la suivit mais retira sa main. Ils s'enfoncèrent dans la forêt, elle posant délicatement ses pieds nus sur la terre et les feuilles, lui foulant le sol de ses grosses rangers de cuir noir. À chaque pas, on entendait le frottement de ses pantalons de treillis. Comment pouvait-il supporter un tel accoutrement par cette chaleur, alors qu'on était si bien, avec juste un pagne fluide ? Il ne devait jamais sentir la caresse de l'air sur sa peau.

— Regarde comme la lumière est belle aujourd'hui.

— La lumière ?

— Oui, vois comme elle baigne la forêt dans une atmosphère délicieuse. Regarde ces faisceaux, là : les rayons ont réussi à transpercer les feuillages. On dirait un rideau de pluie. Viens ! On va voir ce qu'ils éclairent…

Krakus n'avait pas l'air très motivé. Il ne connaît pas la beauté du monde, se dit Élianta. Je vais la lui faire découvrir.

Elle le précéda, se glissant entre les herbes et les arbustes, écartant les lianes, marchant en équilibre sur le tronc d'un arbre couché, sautant au-dessus d'un mince ruisseau à l'eau cristalline.

— Mais qu'est-ce que tu veux, à la fin ? maugréa-t-il en la suivant péniblement.

Elle ne put s'empêcher de sourire mais ne répondit pas, continuant d'avancer, se faufilant jusqu'aux faisceaux de lumière. Elle se laissa tomber à genoux.

— Qu'est-ce que tu fais ? dit-il.

— Viens voir !

— Quoi ?

— Descends !

Il balança quelques coups de rangers dans la végétation au sol puis s'agenouilla, visiblement contrarié.

Satisfaite, elle inspira profondément, se délectant des merveilleuses senteurs de plantes.

— Bon, alors, qu'est-ce qu'il y a ? dit-il.

Elle ferma les yeux, expira tranquillement l'air de ses poumons, et resta un instant parfaitement immobile, avant d'inspirer de nouveau.

— Écoute la nature…

— Mais…

— Chut !

Il se tut quelques instants, sans pouvoir s'empêcher de remuer la tête, les mains, les épaules. Incapable de se poser.

— Y a rien à entendre, finit-il par dire.

— Chut. Écoute bien…

Il garda le silence, mais paraissait absorbé par mille autres choses que l'instant présent.

— Où es-tu ? demanda-t-elle.

Il fronça les sourcils.

— Ici…

— Non, tu n'es pas ici.

Il eut un mouvement de recul.

— Où veux-tu que je sois ?

Elle le fixa dans les yeux.

— Dans tes pensées.

Il détourna son regard.

— Tu es assourdi par le bruit de tes pensées et tu ne peux entendre ce qui se passe ici. Elles t'aveuglent et tu ne peux voir ce qu'il y a…

— Quoi... Qu'est-ce qu'il y a à voir ? Qu'est-ce qu'il y a à entendre ? Hein ?

Elle le regarda en silence un moment.

— La vie, Roberto. La vie.

Il soutint son regard quelques secondes, puis baissa les yeux. Un nuage dut passer devant le soleil car les faisceaux s'éteignirent, plongeant le lieu dans la pénombre. Les verts tendres et féeriques devinrent sombres et mystérieux. Puis les faisceaux réapparurent subitement, encore plus lumineux, encore plus brillants, comme si les esprits avaient braqué tous les projecteurs sur les splendeurs de la nature.

— Tu es tellement dissous dans tes pensées et absorbé par l'action que tu ne vois plus la vie. Tu es dans un monde d'une beauté inouïe et tu ne t'en rends pas compte.

Ils restèrent silencieux un long moment, puis Élianta perçut un mouvement infime dans les feuillages. Elle toucha la main de Krakus et posa un doigt sur ses lèvres. Ils attendirent, immobiles.

Un bébé tatou surgit à une dizaine de mètres, son museau fouissant le sol à la recherche de quelque nourriture. Il était absolument adorable avec ses yeux tout ronds, ses petites oreilles enroulées comme des cornets et son joli manteau d'écailles. Il s'arrêta soudain, scruta ses deux visiteurs en inclinant la tête sur le côté, puis reprit sa recherche.

— La nature ne se révèle qu'à ceux qui prennent le temps de l'écouter, chuchota-t-elle.

Il ne réagit pas.

— Regarde ça, dit-elle en désignant un arbre à lait monumental, au tronc large et rectiligne qui s'élevait majestueusement au milieu de la végétation.

Elle se leva, se glissa jusqu'à lui et l'enlaça de ses bras nus.

— Tu as déjà senti l'énergie d'un arbre ? demanda-t-elle en l'étreignant.

Elle déposa un baiser sur l'écorce de l'énorme tronc érigé devant elle.

— L'énergie ? Un bout de bois n'a pas d'énergie, sauf si on le brûle…

Elle ferma les yeux, le visage blotti contre le tronc, et inhala son subtil parfum avec délectation.

— Tu entends le doux murmure du vent dans son feuillage, tout là-haut ? Écoute toute cette beauté…

Il jeta un coup d'œil, sans rien dire.

Elle revint s'agenouiller près de lui.

— Tu sens le parfum de la forêt ? Ferme les yeux… Maintenant, respire à fond… doucement… et sens. Sens ces effluves délicats… N'est-ce pas merveilleux ?

Elle eut le sentiment qu'il se laissait toucher, qu'il commençait à saisir l'insaisissable. Elle lui laissa tout son temps avant de poursuivre.

— De quoi penses-tu que ton corps est constitué ?

Il ouvrit les yeux, l'air surpris. Il ne s'était peut-être jamais posé la question.

— Tu es ce que tu manges… Or, que manges-tu ?

Elle désigna l'environnement d'un geste ample.

— Tout ce que tu absorbes vient de la nature. C'est pourquoi la nature est en toi, ce sont ses atomes qui te constituent. C'est pour ça que nous sommes liés, indissociables. C'est pour ça que l'esprit de la nature est en toi.

Elle soutint son regard.

— En t'éloignant de la nature, tu t'éloignes de *ta* nature…

Il regarda au loin, songeur. On entendit le cri d'un colibri avant de le voir fendre l'air dans sa robe vert vif. Il s'immobilisa en plein vol devant eux, opérant un sur-place comme seuls ces oiseaux savent le faire, dans un léger froissement d'ailes. Puis il fila aussi vite qu'il était venu.

Élianta sourit. Elle ferma les yeux et respira profondément. Quand elle les rouvrit, elle aperçut une petite fleur de canne congo cachée sous les palmes. Elle s'inclina pour la voir de plus près.

— Tu as vu cette perfection… ? Chaque pétale est disposé selon un ordre admirablement régulier. Ceux qui ne connaissent pas la forêt croient voir régner le chaos. C'est juste qu'ils n'en connaissent pas les codes. En fait, la vie y est merveilleusement organisée. Chaque plante est à sa place, et l'ensemble jouit d'une harmonie parfaite. Quand tu te fonds dans la forêt, tu ressens en toi cet équilibre magique…

Elle se tourna vers Krakus.

— Toute la beauté de l'univers se retrouve dans la forêt et même dans chacun des éléments qui la composent. Tiens, prends une feuille au hasard… Observe-la de près.

Krakus se pencha à son tour. Elle continua :

— Regarde comme sont disposées ses nervures… Sur chaque feuille, tu vois dessiné l'arbre entier, n'est-ce pas inouï ?

Élianta eut le sentiment qu'il se laissait attendrir.

— Elle est belle, dit-elle. Touche comme elle est douce, veloutée…

— Ah, ah, ah, ah !

Ils sursautèrent tous les deux et se retournèrent.

— Ah, ah, ah, ah !

Marco se tenait debout et les toisait, secoué par les spasmes d'un rire moqueur.

— Ah, ah, ah ! Comme c'est mignon ! Ah, ah, ah ! C'est touchant ! Ah, ah, ah, ah !

Krakus se leva d'un bond, furieux.

— Ah, ah, ah, ah ! C'est Alfonso qui va bien s'marrer ! Ah, ah, ah ! Il va jamais m'croire ! Ah, ah, ah !

— Ça suffit ! hurla Krakus.

Mais Marco, plié en deux, ne s'arrêtait plus.

Krakus s'empressa de quitter les lieux. Quand il passa à côté d'elle, Élianta l'entendit murmurer :

— Tu vas me le payer.

*
* *

Krakus était fou de rage. Il n'avait pas réussi à convaincre les Indiens de suivre son idée d'ériger des huttes individuelles et des palissades. Maintenant, c'était son propre collaborateur qui se moquait de lui. Son manque d'autorité se ressentait jusque dans son équipe. L'échec lui donnait un sentiment d'insuffisance, d'impuissance. L'envie de se venger de tout le monde.

Arrivé devant l'enceinte de la demeure du toubib, il frappa violemment la sonnette-boîte de conserve à cailloux.

— Gody ! C'est Roberto ! Ouvre-moi ! Ouvre-moi !

La porte s'entrouvrit et il força le passage.

Gody recula.

— Qu'est-ce qui te prend ?

— Tu sais que Marco est enrhumé. Si je te donne un de ses mouchoirs, est-ce que tu peux trouver le moyen de contaminer tout le village ?

Krakus joignit le geste à la parole et sortit le Klee-nex de sa poche.

La première réaction de Gody fut... de ne pas réagir.

— Tu peux ou tu peux pas ?

Gody fronça les sourcils.

— Contaminer tout le village ?

— Oui.

Silence.

— Alors ? reprit Krakus.

— Mais pourquoi veux-tu contaminer tout le vil-lage ?

— Parce que je l'ai décidé.

Krakus se sentit soudain fier de lui. Il assumait enfin son pouvoir.

— Alors ? dit-il.

Gody fit la moue.

— Ça demande réflexion...

— J'ai pas le temps. Réfléchis tout de suite.

Gody haussa un sourcil, puis recula de quelques pas, les yeux obliquant vers le bas. Il se mit à marmonner, comme s'il se parlait à lui-même.

— Contaminer tout le monde... Voyons... C'est-à-dire... Sur le plan déontologique... Voyons... Et même éthique... Voyons... Contaminer...

Quand Gody partait en vrille, ça pouvait durer des heures. Krakus se dirigea vers une caisse en bois et y déposa une petite liasse de dollars qu'il avait sortie de sa poche. Il mit une grosse pierre dessus. Gody conti-nuait de parler tout seul, tournant ses idées en boucle.

— Voyons.... Contaminer... Est-ce possible... Responsabilité... Éthique... Hippocrate... Ah... Hip-pocrate... Dieu...

— Dépêche-toi.

Le toubib marchait maintenant de long en large en se caressant la base du crâne.

— Certes... sur le plan purement scientifique... c'est un défi intéressant... Une première... Voyons... La recherche n'est pas interdite... On peut toujours faire des recherches... Pas responsable de ce que les autres en font... Voyons... Avec un mouchoir... Voyons, voyons... Quand Marco s'est-il mouché ?

Krakus lui tendit le Kleenex.

— Il y a une heure, à peine. Mais, si tu veux, il peut recommencer !

Gody s'en alla fouiller dans ses affaires en parlant dans sa barbe.

— Une heure... Chaleur...

Il revint vers Krakus, une pincette à la main, saisit le mouchoir par un coin, le rapprochant de ses yeux avec la pincette.

— Tu t'en occupes ?

Le toubib ne répondit pas. Ça voulait dire oui. Krakus tourna les talons.

— Fais-moi signe dès que c'est au point.

La voix lente de Gody le retint, sur un ton très anodin. Il parlait sans le regarder.

— T'es au courant de l'effet que ça aura sur les Indiens, n'est-ce pas ?

Krakus se retourna et acquiesça.

— Ils n'ont jamais eu de rhume de leur vie et leurs ancêtres non plus, reprit Gody. Ils n'ont jamais développé d'anticorps. Tu sais ce que ça veut dire ?

Krakus le fixa un instant en souriant.

— Je sais. Ce rhume a le pouvoir de tous les tuer.

## 13

Tuer le temps.

Sandro n'en pouvait plus de rester dans sa hutte, livré à sa déprime. Pas plus que de faire trois pas dans le petit espace défriché devant.

Rester seul avec lui-même était la pire des choses. Rien pour accaparer son esprit, rien pour le détourner de l'absurdité de sa vie. La vengeance était sa seule activité. Son seul *divertissement*, aurait dit Blaise Pascal, qui avait tout compris : l'homme a bel et bien besoin de s'adonner à toutes sortes d'occupations, qu'elles soient physiques, intellectuelles ou émotionnelles, pour éviter à tout prix de s'interroger sur lui-même, sa vie, le sens de son existence, et être confronté à l'insupportable absence de réponse et à la mort... De l'investissement dans les tâches professionnelles à l'abandon de soi dans le plaisir en passant par toutes les formes de distraction, l'homme faisait tout pour oublier, pour s'oublier...

Ces maudits Indiens n'étaient pas en proie à ce genre de choses... Puisqu'ils se voyaient faisant partie d'un Tout qui les dépassait en les englobant, ils acceptaient même la mort, convaincus que leur âme ferait toujours partie de l'univers.

D'où leur sérénité, leur décontraction, leur confiance dans la vie...

Sandro se dit qu'avec l'aide de Krakus il parviendrait à les couper de ce Grand Tout, à les isoler, à détruire leurs croyances en un lien invisible qui unit tous les êtres vivants, hommes, animaux et plantes. Il allait les confronter au vide d'une vie purement individualiste et, devant cet abîme d'absurdité, ils ressentiraient le vertige d'une existence dénuée de sens. La peur de la mort surgirait alors en eux, et il suffirait de les abreuver de divertissements pour qu'ils passent complètement à côté de leur vie.

Tuer le temps...

Si seulement il avait apporté des livres... Certes, il ne voulait plus lire une seule ligne de philosophie, il ne supportait plus ces paroles de sagesse qu'il ne parvenait plus à mettre en application et qu'il vivait désormais comme de vaines leçons de morale jalonnées d'appels à pardonner, renoncer à sa vengeance, tourner la page. Autant de préceptes inaudibles lui présentant un miroir d'où jaillissait l'échec de sa propre existence.

On avait brisé sa vie deux fois : en lui retirant sa femme et en détruisant son équilibre. Ou plutôt son début d'équilibre... Certes, il maniait avec beaucoup d'aisance les idées, les concepts de sagesse, mais était-il devenu un sage pour autant ? Non... Ce décalage criant lui faisait honte. Après des années de travail sur lui-même, il était à peine parvenu à prendre un peu de hauteur sur les événements et à relativiser les problèmes du quotidien. Ah, le quotidien... Comme il est plus aisé de disserter sur les grands principes que de faire face au jour le jour aux soucis qui se mettent en travers de son chemin... Mais il avait quand même, au fil des ans, remporté d'infimes victoires sur lui-même, commençant progressivement à lâcher prise sur son image, l'envie d'être reconnu, le besoin d'avoir raison, s'abstenant de réagir sans cesse aux critiques injustifiées ou aux méchancetés des autres, apprenant lentement à tourner la page des regrets, à renoncer à la nostalgie des bonheurs passés, ces sables mouvants de mélancolie dans lesquels il avait souvent eu la complaisance de s'abandonner. Il était même parvenu à se libérer un peu, juste un peu, de l'étreinte des envies, apprenant à jouir davantage de chaque instant de la vie, de ses relations, de son travail, sans rien désirer d'autre que ce qu'il avait déjà...

Tous ces efforts, tout ce travail sur soi pour ressentir enfin l'avant-goût du bonheur... En quelques minutes, le drame avait fait voler en éclats ces années de progrès, le tirant vers le bas, le plongeant dans l'abîme du chagrin, de la haine et du malheur. Après avoir connu un début d'éveil, il était redevenu un profane en proie à ses souffrances. Et maintenant il sombrait dans les ténèbres de l'âme.

Tuer le temps...

Il aurait au moins pu apporter des romans, des polars, de quoi s'évader, s'aérer l'esprit, rêver... Rien. Il n'avait rien, et se retrouvait seul en la pire compagnie au monde : lui-même.

Il pouvait aller faire un tour dans la jungle, mais comment éviter d'y croiser les Indiens ?

Il hésita longuement, puis, n'y tenant plus, il finit par se décider. Il enfila ses rangers, son treillis, un chapeau de protection, et franchit le seuil de la hutte. L'air chargé de la chaude humidité du sous-bois avait une odeur de lichen, de mousse.

Il entendit soudain des éclats de voix et s'immobilisa. Les sbires de Krakus sortaient de l'enclos du médecin, portant à deux une grande jarre qui semblait lourde. Ils prirent la direction du village.

— Je m'en fous, j'en prendrai quand même, dit l'un d'eux.

— Déconne pas. Gody a dit que c'était réservé aux Indiens, qu'il fallait pas y toucher.

— Écoute, je veux bien jouer les barmans, mais alors faut pas me demander de rester sobre.

— Gody a dit que c'était pas de l'alcool.

— Il a dit ça pour qu'on n'en prenne pas !

— Mouais. Mais si c'était juste un apéro normal, Krakus se serait pas adressé à Gody pour le préparer...

Sandro attendit que les voix s'éloignent, puis il prit la direction opposée, s'enfonçant prudemment dans la forêt. Ses yeux balayaient le sol à l'affût des serpents et, régulièrement, il marquait une pause pour regarder autour de lui. Le dominant de toutes parts, les arbres hébergeaient un enchevêtrement de lianes, comme des filets dressés pour le capturer. Après quelques minutes, il se retourna. On ne voyait déjà plus les huttes. Il prit soin d'avancer tant bien que mal en ligne droite pour ne pas se perdre, contournant la végétation en évitant de la toucher pour ne pas risquer l'agression d'une araignée venimeuse. Dire qu'il se trouvait au beau milieu d'une forêt grande comme un océan... Ça lui donnait le vertige. Sans Krakus, il lui serait totalement impossible de retrouver le chemin de la civilisation. Sa vie était entre ses mains.

Il repensa à New York, et le mal du pays lui fit un nœud à l'estomac, comme un vide intérieur. Sa vie d'universitaire lui manquait. Sa femme qu'il ne reverrait jamais. Son appartement. La vue magique du trente-septième étage sur les tours, le soir. Les milliers de fenêtres illuminées. Sirènes incessantes et lumières scintillantes. La vie partout. Intensément…

Il avança lentement et tomba sur un ruisseau. Peut-être celui qui alimentait le village. Il décida de le suivre en en remontant le cours. Au son du clapotis de l'eau, l'air lui sembla plus frais. Une illusion de plus… Il commença à se détendre un peu. À respirer. Il ferma les yeux et inspira profondément, tentant de chasser ses angoisses, de se vider l'esprit. Juste ressentir l'air, sa saveur, sans penser à rien… La tête vide… Garder la tête vide…

L'image de Marc Aurèle lui apparut, étrangement vêtu d'une toge blanche, lui qui n'en portait presque jamais. Marc Aurèle… L'empereur philosophe était l'un des sages qu'il avait le plus admirés… Comme Sandro, il avait une nature portée à la tristesse. Mais il était parvenu à prendre le dessus. Loin d'être un penseur coupé du monde et des tracas du quotidien, il était l'un des seuls philosophes à avoir eu une vie professionnelle distincte dans laquelle il n'avait cessé d'appliquer ses principes. Les immenses responsabilités de l'Empire romain, les conflits, les complots et les guerres ne l'avaient pas détourné de la sagesse. Même sur les champs de bataille, il s'était comporté en philosophe…

Sandro secoua la tête et rouvrit les yeux. Il regarda autour de lui. Tout ce fouillis végétal… Il reprit sa marche le long du ruisseau et finit par arriver en vue d'un bassin naturel, entouré d'arbustes d'un vert profond aux feuilles lustrées, de buissons fleuris et de bambous. Un rocher plat d'un noir étincelant reposait à proximité. Des fleurs sauvages bleues et roses. Sandro s'arrêta, touché malgré lui par le site, son calme et la sérénité qui s'en dégageait.

Soudain il se figea, tandis qu'un frisson parcourait son corps. Il y avait quelqu'un dans l'eau… Une femme… Il retint sa respiration et sentit son sang battre dans ses veines. Fort heureusement, elle lui tournait le dos. Sandro n'osait plus bouger, contraint de fixer cette Indienne, cette ennemie…

Soudain, il se dit qu'elle n'était peut-être pas seule. Sans faire un geste, il scruta l'espace autour de lui à la recherche d'autres humains, mais ne vit rien. Tendu, il regarda de nouveau vers le bassin.

Elle avait les bras étendus en croix pour s'appuyer sur une branche flottant au ras de l'eau. Il ne pouvait voir son visage, mais distinguait ses cheveux rassemblés en une longue tresse à moitié immergée, sa nuque et le haut de son dos, finement creusé entre les omoplates par les bras ouverts.

Un oiseau siffla sur la gauche et elle tourna la tête dans sa direction, offrant à Sandro son profil. Il se souvint d'avoir déjà croisé son regard quelque temps auparavant à proximité de sa hutte.

Il resta immobile, ne sachant que faire, désirant plus que tout rester invisible, mais ne quittant pas des yeux la jeune Indienne. Il se sentait hypnotisé, ses forces et son pouvoir de décision happés par le temps suspendu, comme par magie. Son esprit était endormi et ses sens absorbés par la vision de cette scène, le léger clapotis de l'eau du ruisseau, la lumière filtrant à travers les plantes, l'air doux délicatement parfumé des essences de la jungle.

Soudain elle s'élança en avant, glissant dans un mouvement qui fendit l'eau en douceur, y dessinant des ondes régulières qui rejoignirent les berges comme des vagues ensommeillées. Puis elle prit pied et se releva, remontant lentement vers la rive opposée. Sandro voyait son dos se révéler progressivement à lui, puis sa taille, très fine... Il ne pouvait détacher ses yeux de ce corps dénudé à la peau si lisse, si brune... Le haut de ses fesses apparut et Sandro réalisa soudain qu'il savourait malgré lui cet instant, et cette pensée le dégoûta.

Il se retourna et s'enfuit en courant.

## 14

— Je t'en supplie, fais quelque chose pour nous !

La vieille Indienne partit dans une quinte de toux qui sembla ne jamais devoir s'arrêter. Élianta la serra contre elle, l'aidant à se calmer. Depuis la veille, nombreux étaient ceux qui se tournaient vers elle pour réclamer des soins. Et cela lui posait un vrai cas de conscience. Elle n'avait pas terminé son initiation et n'avait jamais été confirmée chamane. Elle-même ne se sentait pas tout à fait prête à assumer une telle responsabilité. Quand on s'en remet à vous, il ne s'agit pas de se tromper et de prendre le risque de voir le mal empirer. Sans compter que la réputation d'un chaman faisait vite le tour de la communauté. Il lui suffisait de quelques tâtonnements, quelques erreurs, pour que sa crédibilité soit durablement écornée.

Élianta se reprocha aussitôt cette considération. Qu'elle était égoïste de penser à sa réputation alors que ses semblables étaient au plus mal...

— S'il te plaît...

La vieille femme parlait d'une voix rauque à peine perceptible et les sons, sitôt sortis de sa bouche, étaient avalés par les spasmes qui la secouaient. Bien que tenant encore debout, elle semblait proche de l'agonie.

Jamais Élianta n'avait vu un mal aussi étrange. Et pourquoi se propageait-il aussi vite dans le village ? Les deux tiers de la population étaient touchés. Chaque jour apportait son lot de nouveaux malades. Que se passait-il ? Les étrangers, eux, n'étaient pas atteints. Les esprits se déchaîneraient-ils contre son peuple ? Mais pourquoi ? Quel tabou aurait-il transgressé ? Quelle règle de la nature aurait-il enfreinte ? Quel équilibre n'aurait-il pas respecté ?

Tous les soirs, Ozalee constatait la progression du fléau pendant le Jungle Time. La veille, elle s'était ouvertement demandé pourquoi Élianta n'intervenait pas. Ce reproche totalement en dehors des usages de la communauté l'avait amenée à ressentir de la honte pour la première fois de sa vie. Un sentiment étrange.

La vieille femme s'assit sur une pierre. Élianta reprit son chemin, avançant dans le village. Un vrai spectacle de désolation. Ceux qui n'étaient pas restés couchés dans la maloca gisaient à moitié endormis çà et là, assis sur une souche, allongés sur un talus, recroquevillés près du feu sur la place, le front luisant de sueur. Et partout, incessamment, ces toux, ces toux infernales qui secouaient les corps exténués, à bout de souffle.

Élianta se mit à culpabiliser. Pourquoi n'était-elle pas atteinte elle-même ? Pourquoi était-elle épargnée ?

Plus elle avançait parmi les malades, plus la réponse s'imposait à elle. Les esprits lui laissaient la santé précisément pour qu'elle puisse venir en aide aux autres. Le mal dont ils souffraient représentait un défi qu'elle se devait de relever. C'était sa mission. Elle avait douté de ses capacités, mettant de côté, ces derniers temps, sa vocation. Celle-ci se rappelait à elle, l'obligeant à se décider, à entrer dans l'action. On ne passe pas à côté de son destin... Elle devait avoir confiance en elle, en ses ressources. Et elle réussirait.

L'annonce de sa décision fit rapidement le tour du village.

— Nous avons de nouveau un chaman, dirent les gens. Nous sommes sauvés !

Élianta se sentait portée par sa mission, investie d'une grande responsabilité. Tous les espoirs étaient maintenant tournés vers elle. La survie du peuple reposait sur ses épaules.

Elle organisa un rassemblement de tous les malades, un soir, autour du grand feu. Certains durent être portés par les plus vaillants. Les corps étaient las, épuisés, mais les yeux brillaient d'une lueur de confiance.

Des braises rougeoyantes avaient été extraites du foyer et disposées à côté, formant un brasier plus modeste au-dessus duquel un chaudron avait été suspendu. Élianta avait soigneusement cueilli la liane et les précieuses feuilles entrant dans la préparation de l'ayahuasca, la boisson qui allait lui permettre de dialoguer avec les esprits, comprendre la maladie et découvrir les plantes qui pourraient la soigner. Suivant à la lettre les enseignements de son maître, elle avait méticuleusement retiré l'écorce de la liane et l'avait brisée en morceaux. Puis elle avait réduit la tige en poudre et découpé les feuilles de la plante. Disposé dans le chaudron, l'ensemble avait été recouvert d'eau. Depuis près de trois heures, le mélange chauffait à feu doux, libérant l'odeur magique de l'ayahuasca.

La nuit était tombée, enveloppant le village d'un voile de mystère. Élianta s'agenouilla devant le foyer et souffla doucement sur les braises, intensifiant leur incandescence, attisant la chaleur des orange et des jaunes. On entendit s'élever en un doux murmure le chant des malades, à l'unisson de leurs prières.

Élianta souleva le lourd récipient et en filtra le contenu en le versant dans un autre chaudron qu'elle plaça à son tour au-dessus des braises. La fumée au parfum envoûtant tournoyait en volutes légères, léchant les visages, caressant les esprits. Lentement, très lentement, le liquide brun devint de plus en plus épais, de plus en plus sombre, jusqu'à revêtir la couleur des ténèbres.

Élianta inspira profondément, puis expira doucement en un long souffle continu. Le moment était venu. Elle se retrouvait face à son destin, avec le devoir d'accomplir sa mission. Elle se sentait sereine, confiante.

Elle versa un peu de la préparation dans un bol en terre qu'elle posa sur le sol devant elle.

Les malades, dans leurs linges blancs faiblement illuminés par le feu, ressemblaient à des fantômes surgis de la nuit marmonnant leur douce complainte.

Élianta entonna alors les paroles transmises par son maître, dans cette langue ancienne oubliée de tous et dont elle-même ne saisissait pas toujours le sens.

*Trënë trënë trënë*
*achakapachbë*
*iñayubichë yaki*
*ikaiko agayuchkin...*

Elle prit le bol et le porta à ses lèvres. Les malades ne la quittaient pas des yeux, des yeux meurtris dans lesquels dansaient les flammes du bûcher, des yeux qui l'encourageaient, qui lui insufflaient l'énergie de les sauver.

Elle but une gorgée. Le goût très amer envahit sa bouche, s'imprimant sur sa langue, ses gencives, son palais. Ses yeux se refermèrent et elle resta ainsi un long moment, immobile. Elle entrouvrit quelques instants les paupières et vit les visages rougis tanguer doucement, accompagnant d'un balancement indolent le murmure mélodieux des chants.

Elle but une deuxième gorgée qui lui sembla encore plus amère, puis avala le reste d'une traite. Elle resta un long moment les yeux clos, ressentant la chaleur du feu qui illuminait ses paupières d'un camaïeu de rouges, de jaunes et de verts. La chaleur... Une chaleur exquise... divine. Les paroles du maître revinrent sur ses lèvres...

> *Trënë trënë trënë*
> *achakapachbë*
> *iñayubichë yaki*
> *ikaiko agayuchkin...*

Elle les récita, encore et encore, et elles devinrent un refrain, une musique un peu saccadée qui s'ajoutait au fredonnement des malades, lui tournant la tête... tandis que le feu... le feu... illuminait ses paupières... son esprit. Les mots se mirent à danser dans sa bouche, à danser... et elle se sentit soudain bien... si bien... Sourire... Sourire à l'infini...

Au bout d'un moment, les nausées apparurent, puis

s'intensifièrent, et elles devinrent violentes comme des vagues assaillantes. Mais elle les accepta, les accueillit comme elle put tant qu'elles durèrent. Puis elle se sentit enfin apaisée... sereine... oui, c'est ça... sereine, et de nouveau bien... oui... si bien...

Soudain les murmures lui semblèrent plus forts, le crépitement du feu se transforma en craquements et en explosions, la lente ébullition de l'ayahuasca fit à ses oreilles autant de bruit qu'un gros bouillonnement déchaîné. Le moindre son était décuplé. Les odeurs plus présentes, plus fortes. Alors apparut dans son champ visuel une lumière d'un bleu-vert éblouissant, une lumière qui semblait glisser dans l'espace, effleurant les malades sans qu'ils s'en aperçoivent. Elle seule avait le pouvoir de la visualiser. Par moments, elle avait l'impression de lui voir adopter une forme humaine, puis elle se déformait et dans un mouvement fluide se mettait à osciller comme une vague.

Enfin, comme Élianta l'espérait, les corps des malades lui apparurent en transparence. Seule une zone restait opaque : une ligne descendant sous le cou à la verticale puis s'étendant de part et d'autre pour former de chaque côté une sorte de haricot géant. Le siège du mal dont ils étaient atteints, tous au même endroit...

C'était la première fois qu'Élianta, manquant certes d'expérience, voyait une telle partie du corps touchée. Elle se détendit, confiante en l'ayahuasca pour lui révéler maintenant la plante qui saurait guérir ce mal inconnu. Elle attendit. La plante... la plante devait lui faire signe... se manifester à elle d'une manière ou d'une autre...

La lumière bleu-vert continuait de se mouvoir dans

l'espace, belle et puissante. Élianta se laissa aller, son mental voguant selon le bon vouloir des esprits, bercée par les sons amplifiés des chants et des paroles sortant de sa bouche sans qu'elle se sente les prononcer, étourdie par les parfums exacerbés de la forêt. Elle patienta ainsi, et le temps fila, fila sans qu'elle cherche à le maîtriser...

Lentement, une image se forma dans son esprit, floue, incolore, dansante, fragile. Le cœur d'Élianta se serra. L'image semblait jouer avec elle, se faire désirer... Plus elle se concentrait dans l'espoir d'identifier enfin la plante qui pourrait guérir son peuple, plus son image tendait à s'évanouir, plus transparente, plus aérienne. Alors Élianta se crispait, tentant de la retenir, de la reconnaître avant qu'elle ne disparaisse, et la vision lui échappait, s'effaçait.

Élianta respira doucement, s'obligeant à se relaxer, à se détendre, essayant de retrouver la confiance, d'accepter les événements tels qu'ils se présentaient...

Au bout d'un long moment, la vision sembla revenir, se rapprocher d'elle. Et cette fois Élianta l'accueillit en parvenant à se détacher de toute attente...

L'image très floue d'une feuille verte se dessina lentement, très lentement sous ses yeux, puis elle se rapprocha, s'agrandit, devenant progressivement de plus en plus nette, de plus en plus précise, de plus en plus colorée. Alors le sang d'Élianta se figea.

La feuille qu'elle avait sous les yeux n'appartenait pas à sa forêt. De sa vie entière, jamais elle ne l'avait vue.

## 15

— Je n'ai jamais vu quelque chose d'aussi stupide !

Gody secouait la tête en signe de désapprobation. Krakus se tenait debout devant la table de bois constituée d'une portion de tronc d'arbre coupée en deux. Des boîtes de médicaments vides s'entassaient sur le côté. À l'aide d'un pilon, il écrasait des centaines de comprimés.

— T'occupe ! Laisse-moi faire, dit-il.

— Mais que tu leur donnes en comprimés ou en poudre, ça change rien au fait que tu vas guérir leur pneumonie. C'est ça qui compte à leurs yeux, non ?

Krakus appuyait de tout son poids sur le pilon tout en le faisant basculer de gauche et de droite. La poudre blanche s'amoncelait sur le bois.

— Les guérir... n'est pas... mon seul but, grommela-t-il, le souffle coupé par l'effort.

Il continua sa besogne jusqu'à ce que la poudre soit aussi fine que de la farine.

— Dieu merci, reprit-il, nous avons un stock suffisant d'antibiotiques...

— Dieu n'a rien à voir là-dedans, répondit Gody.

Krakus le regarda, et une idée lui vint subitement à l'esprit. Il sourit.

— Alfonso, passe-moi le drap de ton sac de couchage.

— Mon drap ? Pour quoi faire ? gloussa l'intéressé en mastiquant une feuille de coca.

— Tu verras.

— Pourquoi le mien ? T'as qu'à prendre le tien...

— Prends les deux, on en aura besoin. Dépêche-toi !

Alfonso s'exécuta le plus lentement du monde. Krakus soupira et se tourna vers Marco.

— Cours dire à Ozalee qu'elle commence, et allume les feux comme on a vu.

Il le regarda s'éloigner, puis fit glisser le tas de poudre dans un pot de terre cuite qu'il referma d'un couvercle. Il s'essuya les mains dans ses cheveux qui prirent une teinte blanchâtre.

— Allez, la nuit tombe. On y va avant qu'ils s'endorment tous.

Ils s'engagèrent sur le sentier menant au village, puis ils bifurquèrent dans la pénombre pour contourner la maloca et arriver derrière la scène sans être vus des villageois rassemblés. Il avait exigé que tout le monde soit présent, pas seulement les malades.

Des fourrés denses les séparaient de la scène, les masquant complètement.

Krakus retira ses rangers, son treillis, son tee-shirt et enfin ses chaussettes. Puis il s'entoura la taille d'un drap blanc plié en deux qu'il noua dans son dos, et disposa le second sur ses épaules nues en un long voile qui traînait par terre. Il se tourna vers Alfonso.

— Va faire signe à Ozalee.

Krakus attendit patiemment qu'elle l'annonce. La fraîcheur du soir le saisit et il frissonna. Des bruits de pas derrière lui. Il se retourna et se retrouva face à Marco qui explosa de rire en le voyant.

— Tais-toi !

Mais l'autre était plié en deux.

— C'est la panoplie de gourou que t'as eue à Noël ?

— La ferme ! C'est mon tour...

Il contourna le buisson et monta sur scène. Neuf feux avaient été allumés tout autour, formant un large cercle au milieu duquel il avança lentement, tenant le pot de terre ouvert devant lui. Il sentit la chaleur réconfortante sur son corps presque nu sous les voiles blancs. Au centre trônait une souche faisant office de table sur laquelle on avait disposé une calebasse et un bol. Tout le village était devant lui dans la pénombre, certains assis, d'autres avachis ou même allongés, tour à tour saisis d'une toux qui secouait leurs corps affaiblis. Il apercevait les visages amaigris entre les flammes des feux crépitants. L'odeur de charbon de bois envahit la scène tandis que la fumée s'élevait des neuf foyers.

Krakus prit tout son temps. Il plongea la main dans son pot et la ressortit cérémonieusement en laissant s'écouler la poudre blanche entre ses doigts.

— Que les malades s'avancent ! déclama-t-il du ton le plus solennel qu'il put.

Il était lui-même surpris de la belle voix grave et forte avec laquelle il s'était exprimé. Une voix qui semblait résonner dans la forêt. On ne pouvait pas mieux faire.

Il regarda le peuple, attendit quelques instants et dut se rendre à l'évidence : personne ne bougeait. Certains tournèrent la tête, échangèrent des regards, mais personne ne se leva.

Il reprit sa voix profonde.

— Cette poudre va détruire le mal dont vous souffrez ! Venez à moi et vous serez guéris !

Mais ses paroles restèrent sans réponse.

Krakus avala sa salive. Que faire ? Même à l'article de la mort, ces chameaux refusaient de le suivre. Il sentit la colère monter en lui. Une colère bientôt doublée de honte. Il se trouvait soudain ridicule, là, tout seul sur scène, emmailloté dans un drap blanc, les cheveux poudrés. Marco devait bien rigoler. Et Gody le mépriser...

Son impuissance lui donnait envie de... cogner quelqu'un, n'importe qui.

Soudain il reconnut l'ombre d'Alfonso qui se faufilait jusqu'à lui. Le mercenaire s'approcha, l'air préoccupé, et lui glissa à l'oreille :

— Ils sont trop faibles pour se lever. Ils ne peuvent pas marcher. Ils n'ont même plus la force de parler. Va les voir, va leur apporter toi-même la poudre.

Sûrement pas, se dit Krakus. Ce n'était pas à lui de se déplacer, de descendre de scène où il jouissait d'une certaine aura. Il ne devait pas se rabaisser. Surtout pas. En plus, accoutré comme ça au milieu d'eux, il serait pour le coup totalement ridicule. C'était exclu.

— Faites-les venir. Allez les aider !

Alfonso ouvrit de grands yeux.

— Mais comment ? On va quand même pas tous te les amener ?

— Si ! Portez les malades !

Alfonso se retourna vers Marco, l'air interrogateur.

— Allez ! Dépêchez-vous ! ordonna Krakus.

Il enrageait. Il ne parvenait même pas à obtenir le moindre geste de ses équipiers. Et il était là, coincé sur scène, habillé comme une mariée qui prendrait la pose avec un pot de terre cuite entre les mains.

Finalement, ses hommes se décidèrent et lui amenèrent chacun un malade. Ils furent bientôt suivis par les quelques Indiens valides qui escortèrent d'autres souffrants. Une petite file d'attente se forma jusqu'à lui.

Marco faisait sa tête des mauvais jours.

— On est passés de mercenaires à aides-soignantes, grommela-t-il.

— Ouais, notre fonction s'dévalorise, dit Alfonso en mâchouillant.

Le premier malade se présenta à Krakus, qui se tint droit comme César pour bien faire sentir sa supériorité et baissa les yeux vers lui.

— Crois-tu que j'aie le pouvoir de te guérir ?

L'autre eut à peine la force de lever des yeux suppliants vers son sauveur et d'acquiescer d'un lent hochement de tête.

— Alors qu'il soit fait selon ta foi, dit Krakus d'un air pompeux.

Sur ce, il plongea la main dans le pot, saisit une pincée de poudre blanche entre le pouce et l'index et l'approcha de la bouche du souffreteux dans un geste grandiloquent.

— Ceci est ma poudre…

Et il se frotta les doigts au-dessus de la bouche entrouverte.

La poudre dut se coller au fond de la gorge du malade car il se mit à tousser violemment. Krakus prit la calebasse, versa un peu de liquide dans le bol et le lui tendit.

— Ceci est mon vin.

139

Le malade but une gorgée et s'éloigna dans les bras d'Alfonso. Le suivant s'approcha.

Le défilé dura plus d'une heure. À un moment se présenta à lui Zaltana, la jeune Indienne dont il avait sali le linge, tenant son enfant par la main. Même malade, elle était désirable. Il fit mine de l'ausculter et en profita pour lui peloter les seins. D'un mouvement brusque, elle se dégagea. Elle est timide, se dit Krakus. Elle aime ça, mais elle est timide, alors elle cache son plaisir. Tu perds rien pour attendre, ma belle.

Il passa au suivant.

La cérémonie fut renouvelée tous les soirs. Le troisième jour, les premiers signes de guérison étaient manifestes. Au bout d'une semaine, Krakus était vénéré comme un grand chaman.

## 16

Ne tire jamais fierté d'une guérison, lui avait dit son maître. Ou le mal que tu as extrait du malade restera en toi.

Élianta avait bien intégré la leçon. Dès lors, pourquoi serait-elle à l'inverse honteuse d'un échec ? L'exercice de ce qu'elle sentait être sa mission ne répondait pas à un besoin de reconnaissance qui serait ou non assouvi selon le résultat obtenu. Sa vocation allait au-delà, bien au-delà. Elle sentait que c'était le rôle qui devait être le sien dans la communauté. Son échec de l'autre jour signifiait simplement qu'elle avait encore besoin de se préparer, seule désormais. Il lui manquait juste un peu de volonté pour s'y mettre, ces derniers temps. Elle avait tendance à passer chaque jour de longues heures à se détendre devant le vidophore, puis à remettre à plus tard son projet. Mais bon, il n'y avait pas d'urgence.

En attendant, son peuple pouvait heureusement compter sur Krakus qui avait réussi à les sauver d'une mort mystérieuse. Quelle chance que ces étrangers aient parmi eux un chaman ! Sans lui, c'est toute la communauté qui aurait été en péril…

Élianta s'approcha de la grande cascade et s'assit sur la berge. Quel bonheur de pouvoir contempler le ciel et le soleil... Elle était tellement habituée au plafond de feuillage que cette trouée de lumière lui donnait presque une sensation de vertige. Le ciel semblait tellement haut, tellement vaste...

Elle respira à fond, emplissant lentement ses poumons de cet air qui lui paraissait toujours plus frais au-dessus de la rivière, quand on entendait le son fracassant de l'eau brassée au pied de la cascade, vingt mètres plus bas.

Krakus avait réussi, à la suite de ses exploits, à convaincre tout le monde de mettre en œuvre ses idées étranges sur l'organisation du village, que jusque-là elle était parvenue à empêcher. Elle le regrettait profondément, persuadée que, sur ce point, il se trompait.

Le village s'était mis en branle pour construire une multitude de petites huttes familiales, elles-mêmes cloisonnées en pièces. Chaque enfant dormait seul, isolé de ses frères et sœurs, de ses parents, comme s'il était exclu, puni, banni de la communauté.

Élianta trouvait ça triste, tellement triste... Elle-même habitait dorénavant dans une hutte individuelle, seule, toute seule, si seule... Elle qui aimait tellement partager sa vie avec les autres, rester connectée... La maloca, délaissée, demeurait désespérément vide, abandonnée.

Gody avait construit plusieurs vidophores, et ceux-ci avaient été répartis un peu partout dans le village, si bien que l'on ne se rassemblait même plus le soir devant le grand feu. Seul le Jungle Time réunissait les gens, mais ça ne durait pas longtemps, et ensuite chacun retournait s'isoler. On ne partageait même plus les repas...

Élianta pensait sincèrement que Krakus avait tort, mais désormais tout le monde le suivait aveuglément.

Tout autour du village, on avait érigé des palissades, de grands panneaux de bois qui les séparaient de la forêt, de la nature, et les isolaient un peu plus... Certes, pour les égayer un peu, Krakus avaient fait réaliser des peintures, de grandes fresques colorées qui représentaient des scènes de vie. Chose surprenante, les femmes représentées étaient toutes très minces, et pourtant elles avaient des seins très gros. Pas très réaliste, mais bon, n'était-ce pas le propre de l'art ?

Le soir, on allumait maintenant des feux un peu partout dans le village, si bien que l'on ne pouvait plus apercevoir ici ou là des étoiles briller comme autrefois à travers les branches. Pourtant, on avait beaucoup défriché, il n'y avait presque plus d'arbres dans l'enceinte de la communauté. Ça n'apporte rien et ça attire de sales bestioles, avait dit Krakus.

Élianta se leva et prit le chemin du village. En s'approchant, elle perçut le joli son des tambourins. Krakus avait insisté pour qu'il y ait de la musique en permanence aux quatre coins du village. Alors hommes, femmes et enfants se relayaient pour jouer divers instruments. C'était agréable, même si le bruit de fond continu empêchait d'entendre le vent dans les arbres, les oiseaux qui chantent, l'eau des ruisseaux...

Elle arriva en vue de la grande place déserte et eut soudain une idée. Pour compenser l'isolement des gens, on pouvait organiser des activités qui rassembleraient tout le monde. Mais bien sûr ! C'était une solution ! Pour éviter l'éparpillement de chacun après le Jungle Time, elle allait proposer de se réunir pour danser, se raconter des histoires, bref, partager tout ce qui pouvait l'être. Et elle allait demander à Mojag s'il voulait bien venir beaucoup plus souvent dire ses contes, peut-être même tous les soirs ? S'il acceptait, ce serait fantastique !

En approchant de sa hutte, elle vit, assis sur le talus, un petit garçon en larmes qui sanglotait, le visage entre ses mains. Elle s'agenouilla à côté de lui.

— Qu'est-ce qui t'arrive, mon petit ?

L'enfant ne répondit pas et continua de pleurer.

— Si tu me racontes tes malheurs, je pourrai peut-être t'aider.

— C'est le monsieur, dit-il entre deux sanglots. Il ne veut plus que je dorme avec maman.

Sur ce, ses pleurs reprirent de plus belle.

— Tu vas peut-être t'habituer...

— Non, dit-il en secouant la tête vigoureusement.

Élianta lui prit la main.

— Respire, respire.

— J'ai... pas dormi... de la nuit, dit-il, les mots hachés par les spasmes. J'avais... trop peur, et... ma maman me manquait.

Élianta eut un pincement au cœur.

— J'ai vu... le monsieur... aujourd'hui, reprit l'enfant, il a dit... que je dois... retourner dormir seul... ce soir.

— Tu lui as expliqué que tu avais peur ?

— Oui.

La petite main qu'elle serrait dans la sienne était bouillante. Le pauvre petit était dans tous ses états.

— Bon, dit-elle. Écoute, n'insiste pas. N'en parle plus avec lui. Va te coucher dans ta chambre, attends un peu, et ensuite relève-toi tout doucement et va te glisser dans le lit de tes parents. Je suis sûre que ta maman ne dira rien.

Le petit garçon se redressa et tourna vers Élianta ses yeux mouillés. Tout son petit visage était trempé.

— Tu crois ?

Élianta acquiesça en souriant.

*
* *

Sandro fixa longuement l'assiette de manioc bouilli posée devant lui, puis il la repoussa avant d'enfouir sa tête entre ses bras croisés sur la table. S'alimenter deviendrait bientôt aussi pénible que trouver le sommeil. Il n'avait plus envie de rien...

Il soupira comme si l'air expulsé pouvait emporter son cafard, un cafard stagnant en lui comme la vase sur la berge du fleuve.

Marc Aurèle lui apparut en vision. Il posait sur lui un regard grave. « Il est honteux que ton âme renonce à la vie avant ton corps », dit le philosophe.

Sandro cligna des yeux.

Pourquoi les pensées de l'empereur le poursuivaient-elles ?

— Je les supporte plus !

La voix de Krakus. Sandro leva la tête. L'autre balança son sac sur la table et s'affala sur un rondin de bois faisant office de tabouret. Un peu essoufflé et couvert de sueur, il respirait bruyamment.

— Que se passe-t-il ?

La mauvaise humeur de Krakus était presque réconfortante pour Sandro. Il n'était plus le seul à souffrir. Il se sentit soudain presque mieux...

— Les sauvages ont suivi Élianta qui les rassemble maintenant tous les soirs. Ils ne vont dans leurs huttes individuelles que pour dormir. On parvient pas à les isoler vraiment les uns des autres.

Sandro le regarda.

— J'en ai marre, reprit Krakus.

Il sortit son sachet de tabac et se roula une cigarette.

Sandro se leva et réunit ses pensées en faisant quelques pas à proximité de la table.

— Bon. OK. On n'y arrivera pas comme ça. Ils ont trop de bonheur à être ensemble. On va s'y prendre plus subtilement.

Krakus le regarda, attentif. Sandro reprit :

— On va les séparer tout en leur donnant l'illusion de rester connectés.

Un court silence.

— C'est pas encore clair mais ça me semble vicieux à souhait.

— On va leur faire croire que les relations humaines se limitent à des échanges d'informations, de messages. On va occulter tous les autres niveaux de la relation, comme s'ils n'existaient pas.

— Les autres niveaux ?

— Tout ce qui passe inconsciemment entre deux personnes qui se regardent dans les yeux. Le dialogue des âmes...

Krakus prit un air songeur.

— Moi, quand je parle à une femme, je ne la regarde pas que dans les yeux...

— La beauté d'une personne se cache derrière le voile de son regard.

— Chez une femme, c'est derrière le voile de sa robe...

— Sous le voile du regard, on entrevoit l'âme. Les yeux sont la porte de l'âme.

— Sous le voile de la robe, on entrevoit...

— Calme-toi, Roberto.

— Et c'est la porte de...

— Calme-toi.

Krakus porta la cigarette à sa bouche et gratta une allumette.

— Je disais donc, reprit Sandro, qu'on va occulter toute la magie de la rencontre des âmes qui fait l'intérêt de toute relation humaine, pour ne leur laisser que la couche superficielle : l'échange d'informations.

Krakus tira une bouffée.

— Ouais, c'est toujours pas clair pour moi. Quand je parle à quelqu'un, c'est pour lui dire quelque chose, non ? C'est bien pour lui donner une info, pas pour faire des papouilles à son âme !

— Pas du tout. Chaque jour, des millions de gens se croisent et s'abordent en parlant du temps qu'il fait. Tu crois vraiment qu'ils ont l'intention réelle d'échanger des données météorologiques ? En fait, tout le monde s'en fout, de la météo. C'est un prétexte pour créer une relation, pour échanger quelque chose de non palpable auquel on ne sait pas donner un nom.

— Mouais...

— Il faudrait trouver un moyen pour que nos Indiens continuent d'échanger des informations sans leur offrir le reste. Les cantonner à un niveau factuel et appauvrir ainsi leurs relations. Les déshumaniser...

— C'est un peu fumeux tout ça.

Krakus tira sur sa cigarette, attendit quelques instants, songeur, puis libéra la fumée en volutes légères qui s'élevèrent en direction des arbres.

— J'ai une idée, dit Sandro. Il nous faudrait une équipe de gamins qui se chargeraient de transmettre des messages écrits aux uns et aux autres. On les équiperait d'une clochette, et chacun sonnerait en arrivant devant la hutte du destinataire, avant de déposer son petit mot à l'entrée et repartir. Comme ça, les Indiens n'auraient plus à sortir de chez eux pour se dire des choses. Ils se sentiraient connectés alors qu'en fait ils seraient plus isolés, et ils éprouveraient donc encore plus le besoin de communiquer entre eux...

— Donc ils auraient encore plus besoin de nos gamins...

— Qui ne feraient en fait qu'aggraver le problème en maintenant l'isolement...

— Génial !

Krakus prit une bouffée.

— Et c'est pas trop compliqué à organiser.

— Je pense que les enfants devraient être partants. Ça va les amuser.

Krakus le regarda d'un air vicieux.

— Attends un peu. On va pas demander aux gamins de faire ça bénévolement. J'ai une meilleure idée. Ils vont être payés pour ça.

— Par qui ?

— Par les Indiens, bien sûr ! On va les faire racker, ça leur fera une deuxième raison d'être malheureux !

— T'oublies une chose : ils n'ont pas d'argent. Pas de monnaie, je veux dire.

Krakus réfléchit pendant quelques secondes.

— C'est pas un problème. On va leur en créer une.

— Comment ?

— Je vais réfléchir. Laisse-moi faire.

Sandro s'assit à table en face de Krakus, prit sa

gourde et but une gorgée d'eau. Soudain on entendit des éclats de voix. Sandro se retourna.

Un groupe d'hommes se dirigeait vers la forêt, les arcs à l'épaule, escortés par une ribambelle d'enfants. Sandro se sentit mal.

— Tiens, tiens, dit Krakus.

Sandro but une gorgée.

— Anoki ! cria Krakus.

— Tais-toi ! supplia Sandro à voix basse.

— Viens voir !

— Ça va pas, non ?

Un gamin se dirigea vers eux en courant.

Sandro détourna les yeux.

— Ils vont où, les hommes ? demanda Krakus.

— Ils partent à la chasse. Toute la nuit ! répondit l'enfant fièrement.

Il s'était placé tout à côté de Sandro, tellement proche que celui-ci, interdit, pouvait sentir l'odeur de sa peau.

— Et Zaltana, elle est où ?

— Maman, elle reste au village.

— Allez, sauve-toi !

Le gamin rejoignit la troupe en courant. Krakus les observa de loin.

— Je t'interdis de faire venir les Indiens près de moi ! souffla Sandro.

— C'est juste un bambin.

— Ne recommence jamais.

Krakus écrasa sa cigarette sur la table puis la chassa par terre d'un revers de main.

Sandro ferma les yeux et soupira.

— Je veux qu'on accélère. J'en ai assez de tout ça.

Krakus fronça les sourcils.

— Un geste de ta part et on les zigouille. Tu me dis.

— Non, non... C'est pas ça... On reste sur nos plans, mais je veux que ça aille plus vite.

— Pas de problème. Dis-moi les prochaines étapes.

Sandro respira profondément.

— On les a coupés de la nature, on est en train de les couper des autres, il faut aussi les couper d'eux-mêmes : en les influençant sur leurs envies, dans tous les domaines, afin que leurs décisions soient le fruit d'une influence extérieure et non d'un désir intérieur personnel.

— J'ai déjà commencé. Sur le plan physique.

— Il faut le généraliser.

Krakus leva les yeux en direction du groupe d'hommes et d'enfants.

— Eh bien, pour commencer, utilisons les gamins qui porteront les messages. Demandons-leur d'en profiter pour proposer des choses attirantes, je sais pas moi... des trucs à bouffer par exemple...

— C'est une idée à creuser, oui.

Krakus acquiesça, l'air content de lui.

— Il y a encore autre chose à faire, dit Sandro.

— Oui ?

— Il faudrait aussi couper les Indiens de leur propre nature. Je voudrais faire en sorte qu'ils ne puissent plus se sentir.

— Tu voudrais qu'ils s'engueulent tous ?

— Non, qu'ils ne puissent plus se sentir au sens propre... Je voudrais bloquer leur communication olfactive.

— C'est quoi encore, ce truc ?

— Une partie de notre communication passe par

nos odeurs. C'est totalement inconscient, mais c'est important.

Krakus explosa de rire.

Sandro détesta ce rire. Cet abruti de Krakus se moquait de lui.

— C'est quoi ce délire ?

— C'est pas un délire. Des recherches ont été menées dans ce domaine. Elles ont montré des choses étonnantes.

— Comme quoi ?

Sandro soupira.

— Tu t'intéresses au délire des autres, maintenant ?

— Vas-y, dis-moi…

Sandro se fit désirer quelques instants.

— Eh bien, par exemple, on s'est rendu compte que l'odeur était ce qui déterminait le plus notre sentiment amoureux, notre attirance pour quelqu'un.

— Mouais, parfois c'est aussi ce qui nous repousse le plus…

— Des scientifiques ont fait une expérience. Ils ont bandé les yeux d'un homme puis ont aligné devant lui une dizaine de femmes.

— Ça me plairait bien, moi, ce genre d'expérience.

— Ensuite, ils lui ont demandé de s'en approcher et de sentir chacune d'elles.

— Les sentir ?

— Oui.

— Les scientifiques demandent à un mec de renifler des femelles ? Et ils sont payés combien pour faire ces expériences avec nos impôts ?

— Les yeux bandés, l'homme devait classer les femmes selon l'ordre décroissant de sa préférence pour leur odeur corporelle.

— N'importe quoi !

— Les chercheurs ont ensuite identifié le code génétique de chacune, et ils ont montré que la préférence de l'homme va pour la femme ayant les gènes les plus éloignés des siens. Or on sait que c'est une condition pour optimiser la reproduction : plus les gènes des parents sont différents, plus les enfants sont en bonne santé.

— Ah ouais ?

— Le volontaire a donc classé les dix femmes, en allant de celle dont il préférait l'odeur à celle qu'il aimait le moins. Son classement correspond parfaitement au classement de leurs gènes, des plus éloignés aux plus proches.

— C'est renversant. Je pouvais pas vivre sans savoir ça.

— Je veux que tu demandes à Gody d'inventer des parfums et tu les distribueras à tout le monde. Je veux brouiller leur communication olfactive. Et, accessoirement, ils percevront moins les senteurs naturelles des fleurs, des plantes et de la forêt. Ils en seront donc un peu plus coupés encore…

— Tout ce que tu veux.

— Sur ce, je vais me reposer. Je ne me sens pas bien.

Krakus fit un geste de la main. Il s'éloigna tranquillement en faisant mine de se parler tout seul à voix haute.

— Ah, si ma mère me voyait ! Que fais-tu dans la vie, mon chéri ? Je m'occupe de la communication olfactive des Indiens d'Amazonie, maman. Et dire qu'il y en a qui se font chier derrière un bureau. Elle est pas belle, ma vie ?

## 17

L'histoire de ce type qui renifle les femmes l'avait mis en appétit. Il était en manque. En manque de femelles. Les propos du gamin n'étaient pas tombés dans l'oreille d'un sourd. Le père passait la nuit à chasser. Lui allait pouvoir s'occuper de sa femme, la belle Zaltana... Depuis le début, elle le désirait, c'était évident. Elle n'attendait que ça. Ce soir, elle allait être servie. Ces Indiennes sont plus nature que les femelles des villes, se dit-il. Il fallait donc y aller cash.

La nuit tombée, Krakus attendit dans sa hutte que la lune se dresse haut dans le ciel pour être certain que tout le monde dorme. Puis il fouilla dans son sac. Il fouilla, fouilla, fouilla et enfin le trouva. Un caleçon shorty, rouge comme une fleur de canne congo, avec quelques lignes noires brodées verticalement, formant un galbe avantageux. Sûr, elle n'aurait jamais vu des mâles parés comme ça. Elle allait être impressionnée. C'est important, ça, de les surprendre. C'est comme ça qu'elles se laissent séduire. Ça les change de leur quotidien.

Il se déshabilla et enfila le caleçon. Il hésita à se

rhabiller, puis opta pour son duvet de couchage, qu'il mit en cape sur ses épaules. Plus rapide à retirer.

Il alla se brosser les dents avec du dentifrice à la menthe ultra-forte. Ça allait la changer des sauvages qui avaient sûrement une haleine de caïman. Puis il se peigna soigneusement et observa le résultat dans un miroir miniature qu'il devait déplacer tout autour de son crâne pour parvenir à se voir morceau par morceau. Ses cheveux, pourtant coupés court, formaient un épi. Merde. Il mit un peu d'eau sur ses mains et passa ses doigts sur la mèche rebelle. Il regarda de nouveau dans la petite glace. L'épi le narguait toujours. Furieux, il fouilla de nouveau sans son sac. Il fouilla, fouilla, fouilla et ne trouva rien. Alors il renversa tout son contenu par terre et finit par apercevoir le tube miniature. Un échantillon de gel qu'il avait récupéré d'un client. Il en versa une grosse noix dans la paume de sa main et l'étala soigneusement sur sa tête. Froid et gluant. Ça sentait le malabar à plein nez. Tant mieux. Ça aussi, ça la surprendrait.

Il prit sa torche et sortit. La fraîcheur de la nuit le saisit, et il s'emmitoufla dans son duvet. Le vent soufflait assez fort dans les arbres, agitant les feuilles et les branches dans un sifflement lugubre. Parfait. On les entendrait moins. Il adorait quand les femmes criaient, ça l'excitait beaucoup. Mais là, il faudrait qu'elle se taise pour pas réveiller le morveux dans la pièce à côté. Heureusement, quand il avait fait le plan des huttes familiales, il avait pris soin de bien séparer les chambres par la pièce centrale. De toute façon, le mioche serait encore dans son premier sommeil. Un sommeil de plomb.

L'obscurité était totale. Krakus avança vers le village, ses pieds vaguement éclairés par le faisceau vacillant de sa lampe de poche. En approchant du centre, il vit la lune montante dans une trouée entre les arbres. Il contourna la place où le feu se mourait, offrant au vent ses dernières braises rougeoyantes. Il frissonna et continua son chemin. Enfin, il arriva en vue de la hutte de Zaltana et s'approcha. Aucun bruit. Seul le vent sifflait à ses oreilles, de plus en plus fort. Il regarda attentivement autour de lui. Personne. Il saisit à deux doigts le bord de la porte et l'entrebâilla doucement. Mais une rafale s'en empara et l'ouvrit d'un seul coup, la rabattant violemment contre la cloison. Krakus plaqua son bras pour la maintenir dans cette position et attendit quelques instants sans bouger.

Rien. Pas de réaction à l'intérieur.

Il s'introduisit et tira fermement la porte derrière lui, luttant contre le souffle déchaîné. Le calme qui régnait à l'intérieur offrait un contraste saisissant. L'air était imprégné de l'odeur des palmes de toulouri fraîchement coupées pour habiller les murs. La petite pièce était assez dénudée. Une souche en guise de table. Quelques pots de terre. Deux ou trois linges.

Krakus attendit quelques instants, puis laissa glisser son duvet par terre. Il réajusta soigneusement son caleçon et poussa la porte de la chambre. Zaltana avait bien suivi les consignes : elle avait renoncé à son hamac pour dormir sur une sorte de matelas bourré de paille. Elle était là, ensommeillée, le corps recouvert d'un grand tissu, ses beaux cheveux noirs éparpillés sur le drap écru. Krakus sentit l'excitation monter en lui. Dans quelques minutes, il allait la posséder. Il lui ferait découvrir des positions qu'elle ne connaissait pas. Ces sauvages devaient toujours s'y prendre de la même manière. Basique.

Il fit un pas dans sa direction. Ses seins pointaient sous le drap. Il se pencha, saisit le bord du tissu et tira doucement. Elle ouvrit les yeux et ne réagit pas en le voyant. Comme si elle n'était pas surprise. Il avait eu raison, elle n'attendait que ça.

— Je suis venu te tenir compagnie.

Elle le regarda sans répondre, visiblement encore engourdie de sommeil. Elle serait bientôt très réveillée.

Il inspira silencieusement pour gonfler légèrement ses pectoraux, et acheva de tirer le drap pour la dénuder totalement. C'est alors qu'une vision de cauchemar s'offrit à lui. Il y avait deux bambins dans son lit. Deux mômes qui dormaient, recroquevillés contre elle !

La colère monta en lui subitement.

— Qu'est-ce qu'ils foutent là ? s'écria-t-il.

Zaltana le regarda sans répondre, clignant des yeux.

— J'avais ordonné que les mioches dorment à part, dans leur chambre ! Pourquoi tu l'as pas fait ? Hein ?

Il ressentait un mélange d'impuissance et de frustration.

Elle gardait le silence, mais ne semblait pas le moins du monde perturbée par sa colère. Krakus s'en sentit encore plus diminué.

— Tu te rends compte ?

Non, elle n'avait pas l'air de se rendre compte.

— Tes enfants dorment dans le lit de leurs parents ! Le lit de leurs parents ! Un lieu malsain... un lieu... impur...

Était-elle encore endormie ou faisait-elle semblant de ne pas comprendre ?

— Tu te rends compte qu'ils se retrouvent... dans le lit où ton mari et toi... dans le lit de vos ébats ?

Elle bâilla et cligna de nouveau des yeux, aveuglée par la torche, puis elle se mit à parler d'une voix empreinte de sommeil.

— Roberto, pourquoi as-tu mis ce drôle de pagne pour venir me dire tout ça en pleine nuit ?

## 18

Depuis trois jours, Krakus ressassait sa défaite. Il en était sûr : Élianta était à l'origine de tout ça. Derrière son dos, elle devait pousser ses semblables à violer les règles qu'il avait eu tant de mal à imposer. Elle induisait une résistance souterraine, elle sapait son travail. C'était évident ! Et les autres suivaient...

Pourtant, c'était lui qui les avait sauvés de la pneumonie, pas elle. Les Indiens avaient la mémoire courte. Il aurait dû en laisser mourir quelques-uns au passage, ça les aurait beaucoup plus marqués et ils s'en souviendraient. Élianta n'avait même pas eu la dignité de s'effacer après son échec. Il y avait pourtant de quoi avoir honte jusqu'à la fin de ses jours.

Il était grand temps de s'en débarrasser une bonne fois pour toutes.

Il avait mis trois jours à trouver la solution.

— Alfonso !

L'autre prit tout son temps, mais vraiment tout son temps, pour enfin apparaître à l'entrée de la hutte en mâchouillant sa drogue.

— Qu'est-ce qu'il y a ?

— T'as fait ce que je t'ai demandé ?

— Ouais.

— Tu l'as roulée dans ses draps, qu'elle s'échappe pas ?

— Ouais.

— Mais pas trop serré, qu'elle soit pas écrasée non plus ?

— Ouais.

Krakus était satisfait. Pour une fois, il avait obtenu du premier coup ce qu'il voulait.

— Et t'as bien compris : quand on viendra me chercher à l'aide, tu réponds que le maître est en méditation et qu'on ne peut le déranger sous aucun prétexte.

— Ouais.

— Et tu viens me faire signe quand c'est... fini.

— OK, chef.

Krakus aimait quand ses gars l'appelaient chef. C'était plutôt rare. Trop rare. Aujourd'hui, il avait parlé un peu sèchement à Alfonso, c'était peut-être grâce à ça... Finalement, fallait être dur avec les gens, c'est comme ça qu'on vous respecte.

Il s'allongea dans son hamac. Pendant de longues heures, il allait devoir s'adonner à une activité qu'il appréciait peu : rester sans rien faire. Mais c'était nécessaire. Il ne fallait surtout pas qu'on le voie, qu'on puisse l'appeler à la rescousse.

Il respira à fond et se détendit. Pour passer le temps, il allait penser à tout ce qu'il ferait avec son pactole quand il l'aurait touché. La perspective de gagner autant d'argent l'excitait plus que tout.

Son hamac se balançait doucement. Il entendit les pas d'Alfonso qui s'éloignait. Il se sentait l'âme d'un général qui vient de donner l'ordre de charger et attend dans sa tente le résultat des opérations.

Depuis deux jours, on ne voyait presque plus personne dans le village, sauf une ribambelle de gamins courant dans tous les sens, une clochette en bois à la main. Ils la faisaient tinter devant la hutte du destinataire qui s'empressait de venir chercher son petit mot et donnait en échange un coupou, ce fruit rare si prisé des enfants pour sa chair blanche et sucrée.

Marco et Alfonso ne regrettaient qu'une seule chose : on voyait moins les filles traîner dehors les seins à l'air.

— Ah, ah, regarde ça : on les sonne comme des domestiques et ils en redemandent !

— N'empêche que j'vois pas en quoi ça les rend malheureux. Encore un plan foireux de Sandro, dit Marco.

— Te pose pas de questions, il sait ce qu'il fait. En tout cas, Krakus a eu raison de les faire payer. Ça, c'était une bonne idée !

— Bof.

— Ils passent au moins une plombe tous les jours à cueillir des coupous. Et comme y en a de moins en moins, ils vont galérer de plus en plus ! Mort de rire…

— Mouais, moi, j'dis qu'on perd notre temps quand même. J'vois pas pourquoi on s'emmerde ici.

— J'vais te le dire, moi. C'est parce qu'on sera bien contents d'encaisser les *big* dollars de l'Amerloc. Le reste, je m'en fous, moi. Au moins, on se la coule douce, ici. *No stress, boy.*

— Justement, ça manque carrément d'adrénaline. J'me fais chier, moi. J'ai envie que ça bouge, merde !

La nuit tomba, et ils attendirent patiemment l'heure où les Indiens s'endormaient. Ils restaient assis face à face, à califourchon sur un arbre couché, fumant des cigarettes roulées pour se réchauffer, jetant de temps à autre un coup d'œil à la hutte, de loin.

Le temps filait et il ne se passait rien. Plus un bruit dans le village. Même les gamins avaient disparu de la circulation. Leurs clochettes ne tintaient plus et, après le bruit désormais incessant tout au long de la journée, le silence s'était abattu sur le village comme une pluie tropicale un soir d'été. Les vidophores étaient éteints. Seuls quelques feux à l'agonie diffusaient encore çà et là une lumière affaiblie. Élianta était dans sa hutte depuis un certain temps.

Il semblait bien que le plan avait foiré, ils allaient encore se faire engueuler. Ces derniers temps, Krakus devenait de plus en plus désagréable avec eux.

Enfin, un hurlement retentit, déchirant la nuit. Ils se figèrent, échangèrent un regard complice et attendirent. Puis la porte de la hutte s'ouvrit, une ombre la franchit en titubant, avant de s'écrouler au sol. Et là, ils comprirent tout de suite qu'ils allaient au-devant des emmerdes.

*
* *

— Y a un problème, chef.

Krakus se redressa instantanément dans son hamac. Il avait sombré malgré lui dans le sommeil. Alfonso se tenait dans l'embrasure de la porte, se tortillant comme un gamin qui a envie de pisser.

162

— Quoi ? L'araignée a pas piqué ? Elle s'est échappée ?

L'autre se mordit les lèvres pendant un bon bout de temps avant de répondre.

— Non, c'est pas ça...

— Elle a piqué ?

Il fit timidement oui de la tête.

— Mais quoi, alors ? Qu'est-ce qui se passe ?

Au lieu de répondre, Alfonso se tordait les lèvres en faisant la moue.

— T'accouches ? Merde !

Il prenait un air embarrassé et entêté à la fois. Quand il y avait un problème, Krakus l'avait bien remarqué, Alfonso se transformait en guimauve gluante collée sur place.

— Tu vas pas être content, finit-il par lâcher.

— Tu me dis ou il faut que j'te secoue ? !

Alfonso détourna le regard. Krakus sentit sa tension monter de deux crans.

— Eh bien... J'crois qu'on s'est... trompés de case...

Krakus écarquilla les yeux.

— Tu crois ou t'en es sûr ?

L'autre se tortilla un instant, puis acquiesça.

Krakus accusa le coup.

Trompés de case... Trompés de case... Bande de nazes... Pourquoi n'arrivait-il jamais à obtenir que ses hommes fassent exactement ce qu'il attendait d'eux ? C'était pourtant pas compliqué... Alors pourquoi ? Il se sentit soudain tellement impuissant que sa tension rechuta d'un coup. Il était subitement las, découragé.

Élianta venait de se coucher quand elle entendit le cri. Un cri déchirant. Ça venait de la hutte juste à côté de la sienne. Elle se glissa prestement dehors et tomba sur son voisin Bimisi qui se roulait à terre, le visage et le torse saisis de contractions.

— Qu'est-ce qui t'arrive ? Dis-moi !

— J'ai… été… pi… qué…

L'homme n'arrivait pas à articuler. Il devait souffrir le martyre.

— Où ça ?

Il ne parvint pas à répondre.

D'autres les avaient rejoints, et un attroupement se formait autour d'eux.

— Apportez de l'eau, ordonna-t-elle. Allez fouiller sa hutte, et trouvez-moi la bête qui l'a piqué.

Elle n'avait guère de doute, mais il fallait être certain. Les yeux de Bimisi étaient exorbités, tant de douleur que d'anxiété. Il était sous le choc. Elle lui prit la main.

— Respire doucement… doucement… lentement… Oui, c'est ça… Très bien… Calme-toi… Oui, comme ça… Très bien…

— Une veuve noire, dit une voix d'homme, tandis qu'un petit groupe s'éloignait déjà dans la forêt pour abandonner la bête au loin.

C'était bien ce qu'elle craignait. La veuve noire. Une morsure mortelle… Elle ne put s'empêcher de penser que ce ne serait pas arrivé si Krakus n'avait pas fait remplacer les hamacs par des lits…

Il fallait agir vite. Très vite. Elle avait souvent douté,

ces derniers temps, de sa vocation de chamane. Elle avait même envisagé de renoncer définitivement, de tourner la page. Mais, subitement, tout ce qui l'avait autrefois animée, ce sentiment diffus qui l'avait poussée dans cette voie, remontait en elle, refaisait surface avec force. Guérir les autres était sa mission, son destin, elle ne devait pas s'en détourner. Elle seule pouvait sauver cet homme. Cette fois-ci, pas besoin d'ayahuasca, de transe, de dialogue avec les esprits. Elle connaissait aussi bien le mal que sa cause, et surtout son remède. Son maître le lui avait appris. La préparation était assez longue, mais elle avait le temps. Elle pouvait le faire. Elle *devait* le faire.

— Chimalis, remplace-moi auprès de lui. Calme-le et donne-lui de l'eau régulièrement. Asseyez-vous tous et détendez-vous, ça l'aidera. Soyez avec lui. Zaltana, va faire bouillir de l'eau dans un pot. Toi, Awan, prends une torche et viens avec moi !

Awan saisit une bûchette dans le foyer et souffla pour raviver la flamme. Élianta devait se dépêcher de réunir les feuilles nécessaires. Le plus long serait de les faire infuser. Elle s'élança dans la forêt. Son compagnon peinait à la suivre, encombré par la torche dont la flamme léchait les branches humides sur son passage, projetant sur les plantes une lumière mouvante et mystérieuse.

*
* *

— Quoi !

Krakus faillit en tomber à la renverse.

Alfonso le regarda d'un air penaud.

Marco, qui les avait rejoints, haussa le ton.

— Mais puisqu'on te dit que t'as pas à t'en faire. Tu voulais pas qu'ils viennent te voir, ils viendront pas. On leur a bien dit qu'il fallait pas venir te chercher. Élianta s'en occupe, elle va le soigner, et tout va rentrer dans l'ordre. Arrête de râler tout le temps.

Krakus prit sa tête entre ses mains.

— Élianta va le soigner... Élianta va le soigner... Il m'a fallu un trésor d'ingéniosité pour détruire sa crédibilité et vous, tranquillement, non seulement vous lui laissez la vie sauve, mais en plus vous lui donnez de quoi se refaire une réputation ! Mais vous avez perdu la tête ou quoi ?

Les deux idiots le regardèrent, la bouche entrouverte.

— Dégagez !

Ils restèrent immobiles.

— Dégagez ! Ou plutôt non... Allez me chercher Gody ! Tout de suite ! Magnez-vous le cul, il faut stopper Élianta !

Krakus se retrouva seul dans le silence de sa hutte. Il attrapa nerveusement son sachet de tabac et une feuille de papier à cigarette. Il commença à s'en rouler une, loupa son coup, puis balança tout rageusement par terre.

— Merde !

Pourquoi faut-il que je sois entouré d'abrutis ? se dit-il. Tout juste bons à vider un chargeur sur un champ de bataille sans se poser de questions.

Il fit les cent pas dans sa hutte, ne parvenant pas à se calmer. Il aurait bien tué tout le monde.

Gody ne tarda pas à apparaître, visiblement contrarié d'avoir été dérangé. Les deux autres restaient dans son ombre.

— Élianta va sauver avec ses plantes un type piqué par une veuve noire. Elle est en train de mijoter sa mixture. Il faut qu'on l'arrête. Qu'est-ce qu'on peut faire pour que ça échoue ?

Gody leva l'un de ses sourcils.

— Il faut savoir que les chamans utilisent un mélange de…

— J'm'en fous ! Dis-moi juste ce qu'il faut changer à sa potion magique pour que ça plante.

Gody lui jeta un regard noir.

— Parmi les différents ingrédients entrant dans la probable composition du mélange, le plus efficace serait surtout de retirer…

— OK, OK. Voilà ce qu'on va faire : Marco, Alfonso, vous allez faire diversion auprès de cette chamane de mes deux, pendant que Gody retire ce qu'il faut de sa soupe de sorcière.

Le toubib prit un air condescendant.

— Soyons sérieux, elle va tout de suite s'en rendre compte. Ce sont de grandes feuilles…

— Remplace-les par d'autres qui leur ressemblent !

L'autre fit la moue, mais ne trouva rien à redire.

— Allez, grouillez-vous ! Et pas un mot à Sandro. Il est pas au courant de cette affaire.

\*
\* \*

Élianta passa sa main sur le visage enfin détendu de Bimisi et lui ferma les yeux, la mort dans l'âme. Elle peinait à croire ce qui arrivait.

167

Tous les villageois agenouillés autour d'eux se recueillirent et récitèrent une prière, le regard incliné vers la terre. Leur doux murmure s'éleva dans la forêt sombre et mystérieuse. Les visages graves étaient à peine éclairés par des petites flammes vacillantes qui mouraient sous le chaudron, diffusant encore un peu de chaleur dans l'humidité de la nuit.

Élianta ne put réprimer les larmes qui coulaient le long de ses joues. Elle se sentait terriblement triste. Elle n'avait pas su le libérer de l'emprise du venin, préserver sa vie, retenir son âme… Maintenant, il ne lui restait plus qu'à penser à lui, et prier, prier pour que cette âme se libère de son corps et s'élève sereinement…

Elle ferma les yeux.

Soudain, on perçut le bruit sourd de pas foulant lourdement le sol, écrasant des branchages, piétinant la terre endormie.

Krakus surgit de la pénombre, flanqué de ses deux acolytes brandissant de grosses torches enflammées qui projetaient une lumière vive et profanatrice. Son regard balaya l'assistance, puis se vissa sur elle. Un regard insistant, lourd, accusateur. Sa voix, puissante et ténébreuse, s'éleva alors dans la nuit, pénétrant ses entrailles et s'imprimant dans son cœur.

— Toi, Élianta, tu as fait croire à tout le monde que tu savais soigner les hommes. La vérité est que tu en es incapable. Bimisi s'en est remis à toi. Par ta faute, il est mort.

## 19

— Je me souviens…, dit Sandro, lorsque j'étais enfant, ma mère m'avait demandé quel instrument je voulais apprendre. J'ai choisi la guitare, la guitare classique. Je l'ai choisie car c'est l'un des rares instruments qui se suffise à lui-même. Nul besoin d'un ensemble ni même d'un orchestre pour le pratiquer. On en joue seul, seul avec soi-même. Chaque note, chaque accord, chaque arpège émane de vous. C'est votre travail, votre sensibilité, votre talent à vous seul qui s'exprime au bout de vos doigts et produit ce son qui n'appartient qu'à vous, cette musique qui vibre dans le corps de l'instrument et résonne dans le vôtre…

Sandro, debout dans sa hutte, tournait le dos à Krakus qui l'écoutait en silence.

— Un jour, mon professeur au conservatoire m'a annoncé à mon grand désarroi que j'allais préparer un morceau qui se jouerait… en quatuor. En quatuor… J'étais désemparé. J'allais devoir subir la présence, que dis-je, l'intrusion dans l'exercice de mon art de trois autres élèves. Pendant plusieurs semaines, je préparai seul ma partition, travaillant à contrecœur ce qui n'était qu'une fraction de morceau n'ayant guère de sens, privé du reste de l'orchestration. Puis le jour vint où le professeur décida de nous rassembler. J'y allai en traînant les pieds. Pour s'échauffer, chacun joua à tour de rôle sa partie en solo. Écouter les autres me déplut, tout comme je détestai jouer devant eux. Mes imperfections m'avaient toujours agacé. Les leurs m'étaient insupportables. Notre amateurisme m'apparaissait nu, évident, honteux. Quant à nos interprétations de cette musique, elles divergeaient, bien évidemment, chacune à l'image d'un ressenti forcément très personnel. C'est alors que le professeur nous invita à jouer ensemble, simultanément. Je me souviens très bien de ce moment particulier, étrange. Il battait la mesure avec son bras pour nous aider à nous synchroniser. Ma toute première sensation fut très désagréable : je ne m'entendais plus jouer… J'avais l'impression que mes notes disparaissaient, noyées dans celles des autres. Je dus me concentrer pour parvenir à les distinguer à peine. Je forçai mon jeu pour qu'elles résonnent plus fort, qu'elles dominent les autres. Je luttai ainsi un bon moment, ma musique tentant de survivre à celle des autres. Puis il se passa un phénomène incroyable, extraordinaire. Je cessai de lutter, de vouloir à tout prix exister indépendamment des autres, et ma musique trouva naturellement sa place, s'accorda aux autres. Elle fusionnait sans cesser d'exister pour autant. Elle s'inscrivait dans une œuvre collective qui la dépassait et dans laquelle elle avait toute sa place, une œuvre qui la sublimait. L'ensemble était d'une beauté qui surpassait largement la beauté de chacune de nos parties. Je ressentais une sensation étrange, tout à fait nouvelle pour moi. J'avais l'impression que mes mains jouaient toutes seules, que je ne les contrôlais plus. Tout m'échappait. Je me fondais dans ce groupe de musiciens et, paradoxalement, ce que je vivais n'était pas une abnégation de soi, mais une expansion de soi dans une fusion jouissive avec les autres. En m'effaçant, j'existais encore plus, mais dans une autre dimension, une dimension plus vaste, plus grande. Transcendante. Cette expérience fut pour moi... quasiment mystique.

Sandro se tut et laissa le silence reprendre possession de l'instant. Puis il se retourna vers Krakus.

— Les Indiens, continua-t-il, connaissent ce bonheur au quotidien. En permanence, ils se sentent en fusion avec quelque chose qui les dépasse, une sorte de lien mystique qui les tire vers le haut.

Il avala sa salive.

— Maintenant qu'on les a séparés les uns des autres et coupés de la nature, on va leur transmettre le malheur de l'individualisme. Un individualisme forcené.

Krakus le regardait sans rien dire.

— Tout ce que tu veux, finit-il par lâcher. Dis-moi juste... ce qu'on doit faire.

Sandro resta silencieux un instant, puis se mit à marcher lentement, de long en large.

— Pour qu'ils deviennent individualistes, il faut d'abord les amener à vivre dans la peur. La peur de l'autre, et la peur de manquer. Manquer de nourriture... manquer... d'amour.

Ce dernier mot qu'il prononça eut l'effet d'un poignard dans son cœur. Il dut réunir son courage pour continuer.

— On va leur faire croire qu'il n'y en a pas pour

171

tout le monde, que la vie est un combat individuel, que seuls les meilleurs peuvent survivre et, au-delà, que seuls les meilleurs peuvent être heureux. Les plus forts, les plus rapides, les plus intelligents… les plus beaux…

— C'est un peu la vérité, non ?

— C'est ce que Darwin nous a fait croire. Mais Darwin se trompait…

— Ah ouais ? C'était quoi, déjà, sa théorie ?

Sandro inspira profondément.

— Darwin explique l'apparition de l'homme sur Terre par une évolution naturelle des espèces. Il pense que le hasard rend certains êtres vivants plus forts ou plus aptes que d'autres à ce qu'il voit être une lutte pour la vie. Ce sont donc ceux-là qui survivent, se reproduisent, engendrant une descendance qui possède les mêmes caractéristiques avantageuses. Ainsi, de fil en aiguille, les espèces évolueraient en ne sélectionnant que les meilleurs, les plus aptes à lutter.

— Et en quoi c'est faux ?

— C'est pas totalement faux, mais la sélection naturelle n'explique pas tout le mécanisme de l'évolution, vraisemblablement beaucoup plus complexe. Et, par ailleurs, la théorie de Darwin n'explique pas non plus les sauts d'évolution que l'on constate. Il y a des chaînons manquants entre deux espèces connues pour valider sa théorie. Par exemple entre le singe et l'homme. À son époque, Darwin pouvait croire qu'on n'avait simplement pas retrouvé la trace de ces espèces intermédiaires, sauf que, aujourd'hui, on a eu beau retourner les sédiments un peu partout dans le monde, on ne l'a toujours pas retrouvée…

— Donc sa théorie n'est plus d'actualité ?

— Eh bien… si, encore.

172

— Je comprends pas, là…

— Disons qu'on ne cherche pas trop à explorer ses failles.

— Ah ouais ? Pourquoi ?

— La remettre en question reviendrait à remettre en question nos modes de pensée, et sans doute nos modes de vie. Ce serait… perturbant.

— Comment ça ? Je vois pas le rapport.

— La théorie darwinienne a façonné notre civilisation. Elle a conditionné notre vision de la vie, perçue comme une lutte pour survivre, survivre contre le reste du monde, contre la nature. D'où la croyance que le progrès technique nous rendra heureux. Le capitalisme aussi s'est fondé là-dessus. Nos rapports sociaux également. Si on prend un peu de recul, c'est finalement toute notre société depuis le XIXe siècle qui s'est développée sur la base de cette vision issue de la théorie de Darwin.

Krakus le regarda, interdit. Sandro se dit qu'il songeait peut-être à ce qu'aurait été son mode de vie si Darwin n'avait pas répandu ses idées.

— Bon, OK, revenons à ce que, nous, on va faire concrètement à nos sauvages.

Sandro soupira et laissa ses yeux errer sur le sol, songeur.

— Je veux qu'ils voient ce dont on a besoin dans la vie, comme un gâteau à partager, un gâteau… trop petit. Je veux leur faire croire qu'il n'y a pas assez de ressources vitales pour tous, que pour être heureux il faut s'accaparer ce que, du coup, les autres n'auront pas. Ça doit être vrai pour la nourriture, la reconnaissance, les qualités, les possessions matérielles…

— Remarque, en ce qui concerne la nourriture, c'est pas faux…

173

Sandro leva les yeux vers lui.

— Il y a dans le monde un milliard de personnes qui souffrent de sous-alimentation et…

— Tu vois !

— Et il y en a deux milliards qui souffrent de suralimentation.

— Sans déconner…

— Il y a de quoi nourrir tout le monde sur Terre, tout comme il n'y a pas de limite à l'amour que l'on peut recevoir. Tout le monde est « aimable » et n'a rien à faire ou à démontrer pour être aimé. Mais si on fait croire que les nourritures terrestres et spirituelles sont limitées, on pousse à l'individualisme et au conflit. Si l'on pense que tout le monde ne peut être aimé, alors on génère de la compétition.

— Mouais…

— Il faut instiller le sentiment que ce que l'autre gagne, je le perds. Si l'on fait un compliment à quelqu'un, je dois me sentir amoindri. Il faut créer une compétition pour tout, enseigner l'habitude de se comparer aux autres.

Krakus murmura, songeur :

— Enseigner l'habitude de se comparer aux autres…

— Oui, se comparer aux autres.

Sandro s'assit en face de Krakus.

— Et si on veut les achever, alors il faut parallèlement détruire en eux l'estime de soi. Ainsi on les enfermera dans une double contrainte : *la solution est individuelle, mais tu n'es pas à la hauteur.*

Krakus acquiesça.

— Concrètement…

— Concrètement, on va leur faire croire qu'ils ne

peuvent être aimés qu'en fonction de la possession de certaines qualités physiques, intellectuelles ou comportementales. Il faut commencer à glorifier les rares réussites individuelles, les rares exploits personnels, et pointer du doigt tous les manquements, les défauts personnels, les erreurs...

Krakus soupira et, d'un geste involontaire du bras au-dessus de la table, fit tomber le pot de terre qui se brisa au sol.

— Saloperie !

Sandro sourit.

— Marc Aurèle disait : « Il ne faut pas s'irriter des choses, car elles s'en moquent. »

Krakus se leva en haussant les épaules.

— T'as autre chose à me dire ou c'est tout pour aujourd'hui ?

— Ça ira comme ça...

Krakus resta un instant sans bouger, puis fit un signe de tête et quitta les lieux.

Ça ira comme ça, se répéta Sandro. Pour l'instant. Il y avait déjà de quoi bien déstabiliser ces hommes qui avaient ruiné sa vie. Quand ils seraient enfin malheureux, lui, Sandro, pourrait retrouver la paix intérieure...

Mais Marc Aurèle ne le quittait pas. L'image du philosophe assaillait régulièrement son esprit, soufflant inlassablement à ses oreilles ses paroles de sagesse.

*Tu te déshonores, mon âme, et bientôt tu n'auras plus l'occasion de te racheter. Car la vie est brève et la tienne touche à sa fin ; et sans aucune considération pour toi-même, tu fais dépendre ton propre bonheur des âmes des autres.*

## 20

Élianta crut entendre le doux tintement d'une clochette de bois à l'extérieur. Mais c'était pour ses voisins. Désespérément seule, elle se languissait de recevoir un message.

Depuis le décès incompréhensible de Bimisi et la terrible accusation publique de Krakus, elle se sentait mal. Certes, elle avait suivi à la lettre les indications de son maître pour la préparation du traitement et, de ce point de vue-là, elle n'avait rien à se reprocher. La mort de Bimisi était une énigme. Sans doute la volonté des esprits, à laquelle nul ne pouvait s'opposer. D'ailleurs, personne au village ne lui en voulait. Mais les mots de Krakus repassaient en boucle dans son esprit et elle ne pouvait s'empêcher de culpabiliser.

Les semaines s'étaient écoulées, et elle avait du mal à reprendre le dessus. Elle qui auparavant goûtait chaque instant de la vie ne cessait maintenant de ressasser le passé ou de tenter de s'évader dans le rêve d'un futur qu'elle espérait plus prometteur.

Heureusement, le vidophore l'aidait à oublier ce qui la tracassait. Elle passait chaque jour des heures entières à se laisser aller, l'esprit absorbé par le défilement des bulles. Après coup, elle avait un curieux sentiment de vide. Alors elle mangeait quelque chose, grignotait sans avoir faim, puis retournait s'oublier devant les jolies bulles ascendantes.

La semaine précédente, Ozalee avait créé un léger vent de panique en annonçant au Jungle Time que les estimations de Gody faisaient craindre des pénuries de fruits dans la forêt. Il n'y en aurait sans doute plus pour tout le monde, avait-elle rapporté. Du coup, chacun s'était mis à cueillir tout ce qu'il pouvait pour stocker, et l'on avait rapidement constaté que les fruits venaient à manquer. Élianta avait tout de suite compris que la prévision s'autoréalisait. Du coup, elle avait tenté de rassurer tout le monde. Emmenant avec elle une ribambelle de gamins, elle était partie deux jours en excursion et avait rapporté de grandes quantités de bananes, d'ananas, de papayes et de maracujas pour les offrir aux villageois. Elle voulait démontrer que la peur était injustifiée, que la forêt offrait de la nourriture en abondance. Mais, loin d'être rassurés, les gens s'étaient précipités dessus et tout avait disparu en l'espace de quelques minutes. Au Jungle Time, Ozabee avait évoqué des risques de vol, et chacun fermait maintenant soigneusement sa hutte à l'aide de lianes.

Le seul fruit qui se raréfiait vraiment était le coupou, réclamé par les gamins en échange de leur délivrance de messages. Il fallait aller de plus en plus loin pour en récolter.

Pour protéger les gens de nouvelles attaques d'animaux venimeux, Krakus avait mis en place des rondes afin de surveiller l'approche des serpents et l'apparition de toiles d'araignées. On avait aussi abattu les derniers arbres dans l'enceinte du village. Seuls quelques arbustes avaient été conservés, que l'on taillait sévèrement chaque semaine.

Une clochette retentit à nouveau. Élianta se leva et ouvrit la porte de sa hutte. Mais c'était encore pour sa voisine. Celle-ci ne la vit point, occupée à marchander avec le gamin. Désormais, les porteurs de messages vendaient aussi des friandises, toutes plus alléchantes les unes que les autres.

Ne tenant plus en place, Élianta décida d'aller se baigner.

Elle traversa le village désert, franchit les nouvelles clôtures et se retrouva dans la forêt. Elle avança, se glissant entre les plantes, admirant ces hauts arbres qu'elle aimait tant, écoutant le doux bruissement des feuillages, et respira à fond. Il y avait eu de fortes pluies toute la matinée. La chaleur revenue, la nature exhalait ses parfums, suaves et voluptueux comme des vapeurs de paradis. Élianta se sentit soudain mieux, comme si elle se reconnectait avec elle-même. Elle étreignit un arbre et ferma les yeux quelques instants. Elle avait l'impression de revivre.

Elle rejoignit le bord du bassin. Avec l'orage du matin, l'eau d'ordinaire si claire était devenue aussi opaque que de la glaise.

Elle détacha son pagne et le laissa glisser le long de ses jambes. Puis elle s'immergea dans l'eau, une eau épaisse comme de la boue, divinement relaxante…

*
* *

Après un déjeuner avalé sans appétit, Sandro s'allongea dans son hamac et s'endormit instantanément. Il se mit à rêver, et se retrouva plongé au IV<sup>e</sup> siècle... Marc Aurèle était sur les bords du Gran, dans les plaines de Hongrie où son armée luttait contre les Barbares. C'était la tombée de la nuit. Le calme revenait sur le champ de bataille. Mais le vent, qui n'avait cessé de balayer la plaine toute la journée, un vent froid qui pénètre dans le cou et vous glace le sang, refusait de se calmer. Marc Aurèle rentra dans sa tente et retira son casque. Les bougies diffusaient une lueur réconfortante qui se reflétait dans la statue d'or de la Fortune. Celle-ci devait toujours se trouver dans l'appartement de l'empereur et le suivait donc lors de ses campagnes.

Un garde se présenta entre les pièces de tissu qui occultaient l'ouverture et annonça le légat. Celui-ci apparut, le visage grave, un pli d'anxiété entre les sourcils. Marc Aurèle avait remarqué que celui-ci s'accentuait au fil des mois, tandis que l'armée luttait péniblement pour maintenir les frontières de l'empire.

— Le conspirateur a été arrêté, dit le légat, encore essoufflé.

Marc Aurèle le regarda sereinement sans rien dire. L'autre reprit :

— Il a reconnu les faits. Tout est en ordre. Il ne manque plus que ton feu vert pour l'exécuter.

L'empereur resta silencieux quelques instants.

— Qu'on lui laisse la vie sauve, dit-il.

Le légat ne put réprimer une expression de désapprobation.

— Cet homme a attenté à ta vie...

— Eh bien, ne nous comportons pas comme lui.

L'autre eut un geste de protestation, puis il se ressaisit, salua et quitta les lieux. Les flammes des bougies vacillèrent.

Marc Aurèle resta quelques instants songeur, ensuite il retira sa tunique et la posa sur le lit. Il se versa un peu de vin de Falerne dans une coupe, s'assit au bureau et sortit le parchemin sur lequel il notait chaque soir ses pensées. La flamme de la bougie diffusait une agréable chaleur. Il saisit une plume, la trempa dans le petit pot rempli d'une encre visqueuse et noire comme les ténèbres, puis resta un moment la plume en suspens. On entendait dehors le sifflement du vent dans les toiles des tentes et, par moments, quelques éclats de voix des soldats.

La plume crissa sur le parchemin et l'encre resta quelques instants mouillée, comme en relief, dans un ultime effort pour briller avant de sécher à jamais.

*La meilleure manière de se venger des méchants, c'est de ne pas se rendre semblable à eux.*

Marc Aurèle posa son regard sur la petite flamme. La lumière de la bougie brille et conserve son éclat jusqu'à ce qu'elle s'éteigne, se dit-il. La sincérité, la justice et la sagesse s'éteindront-elles avant l'heure ?
Il reprit sa plume.

*Veille à ne jamais éprouver à l'égard des misanthropes ce que les misanthropes éprouvent à l'égard des hommes.*

Un rire moqueur.
Sandro se réveilla en sursaut. Un singe s'accrochait à sa fenêtre, à l'extérieur.
Son rêve s'évapora, se dissipa dans l'air comme le brouillard de la jungle dès qu'un rayon de soleil

apparaît. Mais Sandro se souvenait du message, de la morale.

Comme il est facile, se dit-il, d'adhérer à une idée, et complexe de l'intégrer dans sa vie, son ressenti, son comportement... Bien sûr qu'il aimerait pouvoir pardonner, mais quand on a été touché dans sa chair, comment est-ce possible, à moins de s'appeler Marc Aurèle, Jésus ou Gandhi ?

Il s'extirpa de son hamac et sortit. La pluie avait cessé. Une envie de marcher le prit. De s'aérer l'esprit.

Quelques minutes plus tard, ses rangers et vêtements de protection enfilés, il pénétrait dans la forêt.

Ses pas prirent instinctivement la même direction que la fois précédente. Pourtant, la végétation lui sembla différente. Tout poussait tellement vite que le paysage changeait en permanence. Même à l'aide d'une boussole et d'une carte, il lui serait totalement impossible de rentrer seul chez lui.

Au bout d'un moment, il parvint en vue du rocher plat qu'il se souvenait avoir remarqué près du bassin. Un rocher noir et luisant comme de l'onyx sous les quelques rayons de soleil parvenant à se frayer un chemin dans une trouée entre les arbres. Il marqua une pause, puis s'approcha en silence. Pourquoi retournait-il en ce lieu ? Il aperçut l'eau. Aussi brune et opaque que celle du fleuve Amazone. La pluie du matin avait en revanche nettoyé l'air, ramenant au sol les moindres poussières, et le paysage était maintenant d'une netteté saisissante. Les feuilles des plantes brillaient comme les yeux d'un caïman. Sandro s'avança à pas feutrés et, au détour d'un buisson, il la vit.

Elle était au même endroit que la dernière fois,

les épaules hors de l'eau, de dos, gracieusement appuyée à une branche à moitié immergée. À quelques mètres à peine. Sandro se retenait presque de respirer. Il voyait la nuque étroite de la jeune femme, ses épaules finement sculptées, ses longs bras délicats. Il demeura ainsi un long moment, passif et silencieux. Les plantes, délavées par la pluie du matin, exhalaient un parfum infiniment subtil.

La jeune femme s'élança soudain en avant, dans cette eau tellement épaisse qu'elle ne produisit guère de vagues. Elle nagea vers l'autre rive, tournant le dos à Sandro. Il était temps de partir, mais il ne bougeait pas, incapable du moindre mouvement.

À l'approche du rivage, la nageuse se redressa et marcha vers le bord, dévoilant progressivement ses épaules puis son dos à mesure qu'elle avançait. Son corps était enduit d'une boue brune et luisante, une boue lisse qui recouvrait totalement sa peau. Elle sortit du bassin et s'étira, toute nue et néanmoins habillée de cette glaise brillante qui soulignait les courbes de sa féminité. Une statue de chocolat...

Sandro ne pouvait détacher ses yeux de cette vision qui lui semblait irréelle.

À ce moment, une pluie fine réapparut et la statue inclina sa tête en arrière, tournant son visage vers le ciel, les yeux clos. La pluie coula doucement sur ses paupières, ses joues, ses lèvres, ses épaules, et commença à la déshabiller lentement, très lentement. La boue se dissolvait au fur et à mesure, s'effaçait progressivement, dévoilant peu à peu la peau de la jeune femme, son corps d'une beauté sublime, irréelle, sa nudité troublante. La sculpture redevenue femme resta ainsi tant que l'averse dura, puis, tranquillement, entreprit de longer la rive, se rapprochant dangereusement de Sandro qui se figea de nouveau.

Mais la jeune Indienne s'arrêta à la hauteur du rocher, l'escalada et s'allongea sur le dos, yeux fermés, offrant son corps au soleil enfin revenu.

À quelques mètres de là, Sandro n'osait plus bouger. L'une des œuvres de Rodin venait d'être déposée au milieu de la forêt amazonienne, sur un socle de roche, juste devant lui.

La beauté suspend le temps, et il ne sut dire combien de minutes il resta ainsi, condamné à contempler celle qui s'imposait à son regard.

Au bout d'un long moment, le rythme de sa respiration indiqua que la jeune femme s'était endormie. C'était le moment de s'éclipser.

Il jeta un coup d'œil alentour avant de s'éloigner, et c'est alors qu'il le vit. À mi-chemin entre elle et lui, un serpent rampait dans la direction de la belle endormie. Au premier regard, Sandro l'identifia. Il avait suffisamment lu les guides de survie. Un corail, facilement reconnaissable à sa robe colorée avec trois anneaux noirs entre deux rouges. Impossible de se tromper. Il se souvenait même des effets de sa morsure : une douleur très vive, un œdème, suivis de troubles de la vue, de convulsions, pour finir par une paralysie des muscles respiratoires et une mort par asphyxie.

Le serpent rampait à la base de la roche plate, avançant lentement vers l'Indienne allongée.

Oubliant sa vengeance, Sandro fut saisi d'un sentiment d'urgence. Il ne pouvait pas la laisser à la merci d'une mort atroce, comme ça, sous ses yeux ! N'écoutant que sa conscience, il chercha des yeux le moyen de tuer l'animal. Une pierre. Il fallait une pierre. Vite ! Il balaya le sol du regard. Rien. De la végétation à profusion, mais pas de pierre...

Soudain il aperçut une sorte de bûche assez longue, sans doute oubliée par les enfants venus couper du bois pour le feu. Cela ferait l'affaire.

Il avança avec précaution, posant délicatement ses pieds sur les feuillages pour ne pas faire de bruit. Il ne devait être entendu ni du reptile ni de la jeune femme qui, si elle se redressait, se mettrait aussitôt en danger. Il saisit doucement la bûche, puis avança vers le rocher, lentement, lentement, en silence. Il se rapprochait, pas à pas, brandissant son gourdin, tandis que le serpent n'était plus qu'à cinquante centimètres de sa proie.

Sandro fit le dernier mètre en retenant sa respiration. Maintenant. Il fallait frapper maintenant. Il regarda sa bûche puis le corail, tentant d'évaluer la distance, de bien calculer son coup, de bien viser. Il sentait le trac monter en lui, la pression de l'enjeu. Le serpent arrivait entre les jambes de sa victime, à hauteur de ses chevilles. Allez ! Maintenant ! Sandro bloqua sa respiration et abattit sa massue d'un coup.

La suite se déroula à toute allure, sans qu'il pût réagir en rien. Le gourdin frappa violemment la roche en frôlant le serpent, et Sandro tomba à genoux. Le reptile se retourna vivement, se redressa. Sandro vit la tête plate et triangulaire prendre du recul en s'élevant, puis se jeter dans sa direction.

Dans le même temps, l'Indienne s'était levée d'un bond et avait lancé sa main vers le serpent dans un geste d'une vitesse stupéfiante. Elle l'attrapa en le saisissant sous la tête juste avant qu'il ne morde.

Sandro eut le temps de voir la gueule s'ouvrir et le terrible crochet commencer à se refermer, à quelques centimètres de son visage.

C'est à ce moment-là qu'il réalisa vraiment ce à quoi il avait échappé, et cette pensée le pétrifia, tandis que le reptile prisonnier continuait de le fixer de ses minuscules yeux plissés en projetant vers lui sa fine langue fourchue.

La jeune femme se redressa et Sandro, à genoux et encore sous le choc, leva lentement les yeux vers elle. Malgré sa nudité, sa posture avait quelque chose d'arrogant. Ses yeux noirs brillaient de colère. Debout, les jambes légèrement fléchies, elle tenait le corail d'une main en le pinçant toujours sous la tête. Le serpent se contorsionnait et sa queue battait les cuisses de la jeune femme.

— Il a failli te tuer, par ta faute.

Sandro trouva le reproche injuste. Il tenta de reprendre ses esprits pour parler.

— Je n'ai pas l'habitude de manier le gourdin, moi.

— Personne ne t'a demandé de le faire.

— Mais... il s'apprêtait à t'attaquer. J'ai fait ça pour te sauver !

Il ne pouvait détacher son regard de l'animal qui continuait de se tortiller entre les doigts de sa geôlière.

— Un serpent n'attaque jamais un humain, sauf s'il se sent menacé.

La jeune femme pinça le reptile en un point précis sous la mâchoire. Il se tendit et cracha son venin par saccades. Puis elle le lança dans les feuillages.

Sandro avala sa salive.

— Comment t'appelles-tu ? demanda-t-elle.

Il leva de nouveau les yeux vers elle.

— Sandro.

— Sandro…, répéta-t-elle lentement.

Un mélange de sérénité et d'affirmation se dégageait de sa personne.

— Et toi ? osa-t-il.

Les yeux noirs se posèrent sur lui. Un regard doux dans lequel pointait une lueur d'impertinence.

— Élianta.

## 21

— Au suivant !

L'homme s'avança et s'assit par terre en tailleur.

Krakus commençait à apprécier le nouveau rôle qu'il s'était attribué. C'est en travaillant chacun au corps qu'on obtient les meilleurs résultats.

— Rappelle-moi ton nom…

— Chesmu.

— Ah oui.

Krakus se souvenait que Chesmu était le sujet idéal : conciliant, d'accord avec tout, pas d'objections. Le gars facile.

— Alors, Chesmu, on va faire un petit point sur ce qu'on a vu hier. T'es prêt ?

— Oui.

— Très bien ! Alors voyons… Voyons, voyons… Imagine une situation…. Tu es là, dans le village, et quelqu'un te sourit. Qu'est-ce que tu fais ?

— Quelqu'un me sourit ?

— Oui.

— Ben, c'est sympa, je lui souris aussi.

— Mais non, malheureux !!! Rappelle-toi…

— Euh…

— Est-ce que tu sais pourquoi il te sourit ?

— Parce que ça lui fait plaisir de me voir ?

— Ça, c'est ce que croient les naïfs. Car, si ça se trouve, il se moque gentiment de toi, ou encore il cherche à t'amadouer pour obtenir quelque chose...

— Ah...

— Est-ce que t'as le moyen de savoir la *vraie raison* pour laquelle il te sourit ?

— Ben...

— Alors ne souris pas !

— Ah bon...

— Tu dois rester sur tes gardes, sinon tu vas te faire avoir à tous les coups. Ou tu vas passer pour un niais. Quand on est intelligent, on sourit pas tout le temps.

— Ah... On sourit pas, quand on est intelligent ?

— On sourit pas.

— Et... si j'ai envie de sourire, malgré moi ?

— Tu te retiens.

— Ah bon...

— Ça va te demander un peu d'effort au début, mais après, ça deviendra une habitude et t'auras plus du tout envie de sourire.

— Ah, très bien.

Krakus sortit son sachet de tabac et entreprit de rouler une cigarette.

— De toute façon, le mieux, c'est de jamais montrer tes émotions. Et tu ne dois t'étonner de rien, surtout, sinon tu passes pour l'idiot du village qui découvre le monde. Garde une distance froide avec les événements et les gens.

Il alluma la cigarette avant de poursuivre :

— OK. Autre essai. Concentre-toi.

— D'accord.

— Imagine… Tu découvres un coin de la forêt bourré de maracujas. Y en a tellement que tu ne peux pas tout manger. Qu'est-ce que tu fais ?

— Je préviens vite les autres pour qu'ils puissent en profiter avant que les fruits tombent.

Krakus soupira.

— Tu le fais exprès ou quoi ? Si tu préviens les autres, qu'est-ce qui va se passer ?

— Ils vont venir en manger.

— Tu l'as déjà dit. Quoi d'autre ?

— Euh…

— Si tu préviens les autres, ils connaîtront le coin. La prochaine fois, ils seront sur le coup avant toi !

— Mais si je peux pas tout manger, je vais pas laisser les fruits pourrir…

— Qu'est-ce que ça peut te faire ? Tu dois gérer ton intérêt avant tout. Ton intérêt, c'est d'être le seul à connaître les bons coins. Si tu partages l'info, y en aura moins pour toi la fois d'après. Qu'est-ce que tu crois que les autres feraient, à ta place ? Chacun gère son intérêt, mon vieux. Si tu fais pas pareil, tu te fais avoir.

— D'accord.

— Ça aussi, c'est une question d'intelligence. Quand on est intelligent, on pense d'abord à soi pour tirer son épingle du jeu.

— D'accord.

Krakus tira une bouffée de sa cigarette.

— Bon, autre chose. Fais gaffe à ce que tu réponds, maintenant.

— OK.

— Imagine, tu parles avec quelqu'un, tu donnes ton opinion sur un truc, et l'autre, il est pas de ton avis. Qu'est-ce que tu fais ?

Chesmu réfléchit un instant.

— Eh bien… j'écoute.

— T'écoutes ? Pourquoi t'écoutes ?

— Pour essayer de comprendre.

— Comprendre quoi ?

— Eh bien, s'il a une autre vision des choses, c'est bon à savoir… Ça pourrait enrichir la mienne.

— Tout faux. Ça t'apporte quoi de faire ça ?

— Savoir ce qui est juste. Découvrir la vérité.

— Oh, là, là, là, là… T'es complètement à côté de la plaque… Il faut pas chercher la vérité, il faut chercher à avoir raison !

— Avoir raison ?

— Quand on est intelligent, on a raison. Tu dois toujours avoir raison.

— Ah…

— Quand t'as dit un truc, tu dois te battre pour que personne ne réussisse à te contredire.

— Ah bon ?

— Évidemment !

— Bon…

— Tu veux un tuyau pour y arriver ?

— D'accord.

— Au moment précis où quelqu'un te contredit, imagine qu'en fait il s'en prend à toi, fais comme si ta personne était menacée. Essaye de le ressentir en toi. Dans ta tête, dis-toi que tu dois te défendre comme si c'était une question de survie, que si tu laisses l'autre avoir raison, c'est comme si tu cessais d'exister…

— Ouh, là… Et… ça marche ?

— Fais-le une bonne dizaine de fois, et tu verras, au bout d'un moment, dès que quelqu'un te contredira, tu te sentiras très mal, et tu embrayeras tout seul sur la contre-attaque. Ça passera en mode automatique. Nickel.

— Bon, d'accord.

Krakus prit une bouffée de cigarette et relâcha la fumée lentement en réfléchissant.

— OK, on passe à autre chose. Concentre-toi.

— D'accord.

— Si tu croises quelqu'un et que tu te rends compte qu'il est très intelligent, qu'est-ce que tu fais ?

— Ben, je lui dis.

— Tu lui dis quoi ?

— Que je le trouve intelligent.

Krakus se prit la tête entre les mains.

— Ça va pas, non ? Dis jamais ça ! Sinon, toi, tu vas passer pour un idiot, à côté de lui. Il faut jamais dire ça.

— D'accord.

— D'ailleurs, tu dois jamais faire de compliments.

Chesmu ouvrit des yeux ronds comme des lebitongos.

— Jamais faire de compliments ?

— Jamais.

— À personne ?

— À personne.

— Bon, d'accord.

— Complimenter, c'est élever l'autre. Donc, c'est se rabaisser.

— Et… même pas à une femme ?

— Surtout pas à une femme !

— Mais si je la trouve jolie…

— Raison de plus pour ne pas lui dire ! Sinon, tu ne l'intéresseras plus. On n'est pas séduit par ce qui est inférieur à soi.

— Ah, d'accord…

Krakus écrasa sa cigarette par terre.

— Bon, je crois qu'on a fait le tour pour aujourd'hui.

— D'accord.

— T'as bien compris tout ça ?

— Oui.

— T'as plus qu'à l'appliquer.

— D'accord.

— Allez.

Chesmu se leva, l'air préoccupé.

— Oh, je pense à un truc. Si j'applique tout ça, je vais plus être très naturel…

Krakus fronça les sourcils.

— Qui t'a demandé d'être naturel ?

— Ben…

— Ça t'apporte quoi, d'être naturel ? Les favelas de Rio regorgent de mecs naturels. Tu tapes dans n'importe quelle poubelle, y en a dix qui tombent.

— Bon d'accord, d'accord…

Krakus se leva à son tour.

— Dernière chose : il faut que t'arrêtes de dire tout le temps « D'accord ». Quand on est intelligent, on n'est pas d'accord.

— Comment ça ?

— Si t'es d'accord avec ton interlocuteur, ça veut dire que t'es pas capable de penser par toi-même. Si tu veux être respecté, faut jamais que t'adhères aux idées des autres. Cherche pas à savoir si elles sont bonnes ou pas. Par principe, tu dis non.

— D'accord.

— C'est pas gagné.

## 22

— T'as l'air d'aimer ton job, dit Marco d'un ton de reproche.

Krakus lui jeta un regard en biais. Il balança son chapeau de protection sur la table, retira la veste de son treillis et s'affala par terre en face de ses gars. La fin de journée était bien chaude.

— Y a rien à boire ? dit-il.

— Parler, ça donne soif...

Krakus ne releva pas. Marco tenait un briquet qu'il tripotait en le faisant tournoyer lentement entre ses doigts. À côté, Alfonso, mal à l'aise, regardait ailleurs.

— Nous, on n'a personne à qui parler. On s'emmerde ferme, dit Marco sans lever les yeux de son briquet.

— Ne vous plaignez pas, les gars ! Prenez ça comme des vacances payées. Y en a beaucoup qu'aimeraient être à votre place.

— Ben, je leur laisse, alors...

Krakus avala sa salive.

— Faut pas exagérer. Y a pire, quand même...

— Si t'avais rien à faire, tu supporterais pas plus que nous...

— Vous avez qu'à tchatcher avec les Indiens. Ils sont pas désagréables.

— Pour parler de la taille du manioc ou de comment on tricote un pagne ?

Alfonso pouffa de rire.

— D'habitude, reprit Marco, quand on passe dans une tribu, on peut au moins se faire plaisir avec les filles.

— Quand elles veulent bien, rectifia Alfonso.

Le briquet s'échappa des doigts de Marco.

— Quand elles veulent pas, on s'arrange pour qu'elles veuillent quand même...

— Pas faux, gloussa Alfonso.

— Tandis que là, on n'a pas le droit de toucher à la marchandise.

— Oui, mais là, on a le client avec nous, dit Krakus.

— Qu'est-ce que ça change ?

— Tout.

— Il s'en foutrait peut-être.

— Ça m'étonnerait.

Marco alluma le briquet et regarda la flamme danser.

— Après tout, il a bien dit qu'il voulait les détruire.

— Psychologiquement. C'est pas tout à fait pareil.

— Bof. C'est quoi la différence ?

— Ça défonce l'intérieur sans laisser de trace à l'extérieur.

— Ben, quand je force une fille, c'est pareil, non ?

— Laisse tomber. On va pas planter la mission alors qu'on a bientôt fini. Surtout que Sandro, je le sens de moins en moins, ces derniers temps. Il devient... fuyant. Si tu déconnes, il est fichu de sauter sur l'occasion pour tout arrêter.

— J'en ai marre, moi. Alors dépêche-toi de finir, qu'on touche notre pognon et qu'on se casse.

*<br>* *

La nuit tombait. La fraîcheur, enfin, pointait le bout de son nez.

On frappa à la porte de la hutte. Sandro se redressa tandis que Krakus entrait.

— Bonsoir. Alors, c'est OK pour ce soir ?

Sandro ne répondit pas et détourna la tête.

— On va pas le remettre de soir en soir, dit Krakus d'un ton exaspéré. Tout le monde est prêt... On n'attend que ton feu vert.

Sandro fit la moue. Il se fichait pas mal que tout le monde soit prêt. Tout comme il se fichait de l'exaspération de Krakus.

À deux mètres, il pouvait sentir l'odeur de cigarette dont son visiteur était imprégné. La cigarette... La cigarette lui rappelait son séjour à Paris, quand il avait rencontré Tiffany. En sortant du musée Rodin, ils avaient pris un petit déjeuner à la terrasse d'un café, rue de Varenne. Tout le monde fumait autour d'eux. La fumée enveloppait la jeune femme, tournoyant en volutes dansantes, la transformant en princesse apparue par enchantement dans un conte de fées. Pour la première fois de sa vie, il avait aimé l'odeur du tabac.

Son esprit traversa l'Atlantique et se retrouva dans le bureau du président de l'université de New York, lors de leur dernière rencontre. L'universitaire l'avait incité à faire son deuil, à tourner la page, plus d'un an après...

— Jamais, murmura Sandro.

— Hein ?

— Rien.

— Bon, alors qu'est-ce qu'on fait ?

Sandro leva les yeux vers son interlocuteur.

— C'est d'accord, allez-y. Jouez avec les bas instincts…

Krakus se retira en hâte, craignant sans doute que son client ne change d'avis.

Sandro resta un long, très long moment seul dans le silence de sa hutte. Puis, mû par un sentiment étrange, il enfila sa veste et un chapeau et sortit. La nuit l'étreignit, une nuit sans lune où seules quelques rares étoiles parvenaient à scintiller à travers les arbres, des arbres à la fois protecteurs et menaçants, des arbres qu'il ne voyait pas mais dont il sentait la présence dans l'obscurité. Un frisson parcourut son corps. Il sortit sa lampe de poche et l'alluma. La pile était faible. Il prit la direction du village, le mince faisceau de lumière jaune éclairant ses pas.

Le trac montait en lui tandis qu'il s'approchait, pour la première fois, de la place centrale où résonnait de la musique, essentiellement des percussions. De loin, il pouvait apercevoir, rougis par les feux, les visages dans la foule rassemblée pour le spectacle. Sandro sentit son cœur se serrer, mais il poursuivit jusqu'à se trouver à une vingtaine de mètres. Positionné sur le côté, il pouvait voir aussi bien l'estrade que les spectateurs.

Le show mettait en scène des Indiens qui semblaient raconter une histoire à travers des tableaux de danse, de chant, mais aussi des dialogues entre les personnages. Des jeunes uniquement. Le scénario avait l'air assez mouvementé, jalonné de scènes de bagarres très réalistes et d'une grande violence. Les spectateurs étaient scotchés, manifestement pas du tout habitués à ce genre d'exhibition. Ils écarquillaient les yeux, certains avaient la bouche ouverte, d'autres avaient des mouvements de recul quand un personnage envoyait un coup de poing en pleine face. Une femme se cachait les yeux pendant certaines séquences. La plupart avaient l'air complètement fascinés, comme hypnotisés. Certaines scènes avaient des connotations très sexuelles. On y voyait de jeunes Indiennes dans des attitudes vulgaires tenir des propos provocateurs ou effectuer des danses tenant plus du coït simulé que de l'expression artistique.

Les Indiens étaient tellement captivés qu'ils n'auraient pas remarqué un caïman passant devant l'estrade ni un arbre s'effondrant à côté d'eux.

Le malaise de Sandro s'accentua. L'image de Marc Aurèle se dressa devant lui, se superposant aux images de la scène. L'empereur avait tout fait pour essayer de diminuer la cruauté des spectacles des amphithéâtres. Se mettant la foule à dos, il avait pris des mesures pour limiter les représentations de scènes choquantes. Il était convaincu que l'adoption d'une certaine moralité permettait d'élever l'âme. Un jour, la foule, sous le charme d'un esclave ayant dressé un lion à dévorer des hommes, réclama son affranchissement. Offusqué, Marc Aurèle avait répondu : « Cet homme n'a rien fait de digne de la liberté. »

Sandro, en proie à un mélange de honte et de haine, dévisagea les Indiens rassemblés. Certes, ils n'étaient peut-être pas habitués à ce genre de spectacle. Mais ils jouaient moins les effarouchés quand il s'agissait d'offrir en sacrifice à leurs dieux une jeune Occidentale innocente.

## 23

— Ça sert à quoi de peindre des troncs d'arbres ?

Alfonso regardait des Indiens à l'œuvre sur de grands fûts tronçonnés.

Krakus sourit.

— Ça permet à des bois-canons de ressembler à des amarantes.

— Ah...

— C'est bien fait, hein ?

— Ouais, ouais, c'est bien fait... Et... ça sert à quoi ?

— C'est pour le spectacle de ce soir.

Alfonso fronça les sourcils et prit un air gêné.

— Marco, il dit que tu t'amuses bien, qu'au début, les Indiens, on devait les liquider, et que maintenant on leur fait des shows.

— Oui, mais c'est des shows pour leur filer le bourdon. Pas pour leur faire plaisir.

— Ah...

— Viens par là, faudrait pas qu'ils nous entendent.

Il était temps de reprendre un peu Alfonso en main, histoire de ne pas le laisser seul à la merci de la mauvaise influence de Marco.

Ils s'éloignèrent et firent quelques pas dans le village. Pas un chat sur la place. Les Indiens devaient être occupés à cueillir des coupous en forêt. Il faisait très chaud, une chaleur sèche, pour une fois. Leurs grosses rangers soulevaient la poussière sur leur passage.

— Tiens, dit Krakus. Ce soir, par exemple, ce sera un numéro d'hommes forts. On va voir des hommes soulever des troncs d'amarante que personne ne peut porter, tellement ils sont lourds.

— Ouais…

— Sauf qu'en fait nos hommes vont soulever des bois-canons dix fois plus légers.

— D'accord…. Et en quoi ça leur file le bourdon ?

— Mets-toi à la place d'un spectateur. Si t'es un homme, tu sais que t'es pas capable d'en faire autant, donc t'as les boules. Si t'es une femme, eh bien, tu rêverais que ton homme il soit fort comme ça, donc t'as les boules qu'il le soit pas. Résultat : après le spectacle, chacun ira se coucher avec le cafard.

— Ah ouais, je vois. C'est pas un peu tordu, tout ça ? J'ai l'impression que tu te creuses la cervelle pour trouver des trucs pas possibles…

— Ben… C'est du psychologique, tu vois. C'est ce qu'on disait l'autre jour.

— Ouais…

— Il faudrait que je trouve l'équivalent pour les femmes. Un show où on montrerait des filles plus belles qu'elles le sont en réalité. Je sais pas encore comment faire, j'ai pas trouvé l'idée. Parce que tu vois, là encore, tout le monde aurait les boules, les femmes comme les hommes.

— Ouais, je vois.

Alfonso n'avait pas l'air très convaincu.

— Bon, j'ai eu une idée encore plus vicieuse.

Krakus retira son chapeau et s'éventa le visage. Il était en sueur. Le soleil cognait fort depuis qu'on avait abattu les arbres dans le village.

— J'ai imaginé une école nouvelle formule, dit-il. Je commence à peine à mettre ça en place auprès de la maîtresse. Mais ne dis rien à Sandro. Il est pas au courant et on ne sait jamais. Il pourrait refuser qu'on touche aux mômes. Je le sens de moins en moins, alors je me méfie.

— De toute façon, moi, je lui parle pas.

— Tu me diras, c'est lui qui m'a donné l'idée, sans le vouloir. L'autre jour, il me parlait de Descartes.

— De qui ?

— Descartes. Un philosophe français, paraît-il. Il est mort, je crois. Il a dit un jour : « Je pense, donc je suis. » Sandro dit que c'est des conneries.

— C'est des conneries ?

— Ouais. Il dit qu'au contraire nos pensées nous empêchent parfois d'être.

— D'être quoi ?

— D'être tout court.

— Ouh, là… Sandro, il doit parfois fumer en cachette des trucs d'Élianta…

— Non, c'est simple, en fait. Parfois, t'es tellement dans tes pensées que tu vois plus ce qu'il y a autour de toi, t'écoutes plus ce qu'on dit, tu sens plus rien. Donc, finalement, c'est comme si t'étais débranché de toi-même. Et Sandro dit que tes pensées ne sont pas la réalité. Quand t'es dans tes pensées, t'es comme dans un film, mais t'es pas dans ta vie. Donc, finalement, plus tu penses, et moins tu es.

Krakus sortit sa gourde et but une gorgée d'eau. Alfonso fit la moue.

— Mouais...

— Non, c'est pas fumeux, je t'assure.

— Bon, et quel rapport avec les mômes ?

— Eh bien, je me suis dit qu'on allait apprendre aux mômes, dès le plus jeune âge, à être à côté de leur vie. On va les conditionner à être uniquement dans les pensées, dans le mental, quoi. On va les enfermer dans leur mental, ne s'adresser qu'au mental, ne stimuler que leur mental, et les empêcher d'utiliser autre chose que le mental. On va leur enseigner des milliards de choses au niveau mental, et on va rien leur apprendre aux autres niveaux.

— C'est quoi, les autres niveaux ?

— Eh bien, Sandro dit que c'est apprendre à être bien dans sa peau, à l'écoute de son corps, apprendre à se connaître, à s'aimer, à avoir confiance en soi, à gérer ses émotions, apprendre à communiquer avec les autres, à les comprendre, savoir écouter, convaincre, se faire respecter, gérer les relations, résoudre ses conflits, comprendre ses peurs et aller au-delà, apprendre à apprécier la vie, à être serein... Bref, tout ce qui te permet de t'épanouir, quoi.

— Ah ouais ?

Alfonso sortit une feuille de coca et la mit dans sa bouche.

— Et non seulement on va pas leur enseigner ça, mais en plus on va les empêcher de pouvoir l'apprendre en dehors de l'école. Il faut pas qu'ils puissent se rééquilibrer le soir.

— Ça, ça va pas être facile...

— Si. On va contrôler leur temps libre.

— Contrôler leur temps libre ?

— Oui, on va leur donner tellement de trucs à faire

tout seuls après l'école – toujours sur le plan mental, bien sûr – qu'ils n'auront plus le temps d'expérimenter des choses par eux-mêmes, de se frotter à la vie, de rêver, de rencontrer du monde…

— Ah ouais…

Krakus remit son chapeau. C'était quand même mieux que le soleil sur le crâne.

— D'ailleurs, à ce propos, on va bien sûr leur interdire de parler en classe, tout comme on va leur interdire de bouger. Ils seront obligés de rester assis, immobiles, sans communiquer. Ils resteront là, à recevoir des informations mentales à longueur de journée. Interdit d'échanger, d'éclater de rire, de pleurer. On va leur bourrer le crâne de trucs à apprendre par cœur sans se poser de questions.

— À mon avis, ça marchera pas, ils vont se rebeller, les gamins.

— T'en fais pas. On fera croire à tout le monde que c'est bon pour eux. Les mômes seront bien obligés de suivre.

— Oh, là, là…

— On va aussi les garder pour le repas de midi et les obliger à manger à toute allure.

— Manger à toute allure ? Ben, pourquoi ?

— Il ne faut pas leur laisser le temps de savourer chaque bouchée, ressentir un bien-être, puis l'arrivée de la satiété. Il faut les couper de leur corps, que manger devienne une activité qu'ils pratiquent à toute vitesse sans rien ressentir.

— C'est chaud, ton truc.

— Ouais. Très chaud. Et on va encore pousser le bouchon un peu plus loin.

— Arrête…

— On va sabrer complètement leur confiance en soi : en classe, on va s'arranger pour jamais les valoriser, mais au contraire pointer du doigt la moindre erreur, la moindre petite faute... À longueur de journée.

— La maîtresse acceptera jamais.

— C'est presque fait.

— Non ? !

— Si.

— Comment t'as fait ?

— Je lui ai fait croire que, si elle les complimentait, ils s'endormiraient sur leurs lauriers. Alors que, en réalité, c'est le contraire, bien sûr.

— Et elle a gobé ?

— Pas tout de suite. Elle a protesté en disant qu'elle connaissait les enfants mieux que moi. Je lui ai répondu : « Peut-être, mais c'est moi qui fais le programme. » Chacun son rôle.

— Et elle a cédé ?

— Disons qu'il a d'abord fallu que j'en appelle à Descartes.

— Qu'est-ce que tu lui as dit ?

— Je pense donc tu suis.

## 24

Élianta s'agenouilla au bord du bassin pour sentir les délicates fleurs blanches qui venaient d'éclore. Encore engourdies de rosée, elles distillaient un parfum d'une subtilité exquise.

Elle se pencha au-dessus de l'eau et vit son reflet à la surface. Après quelques instants, un doute apparut. L'image qui se présentait à elle était celle d'une jeune femme soucieuse. Elle ne se reconnaissait pas. Il lui sembla que ses traits étaient tirés. Commençait-elle à vieillir ? Elle ne s'était jamais posé la question. L'âge n'avait jamais été une préoccupation, au contraire. Alors pourquoi en était-elle subitement inquiète ?

Elle se pencha un peu plus au-dessus de l'eau miroitante. Ses seins apparurent à la surface, et elle les regarda attentivement. Elle se mit légèrement de profil, puis de face à nouveau. N'étaient-ils pas... trop petits ?

Une feuille se posa sur l'eau, créant des ronds qui firent vaciller son image.

Un sentiment bizarre monta en elle, doucement, un sentiment subtil mais chargé de tristesse, de chagrin, une sorte de vague à l'âme. Pour la première fois de sa vie, Élianta avait honte de son corps.

Elle se redressa et remit son pagne. Elle ne se baignerait pas aujourd'hui. Le cœur n'y était pas. Elle marcha au hasard, foulant les herbes folles, se glissant entre les plantes, les arbres et les lianes. Elle avançait, avançait, mais son humeur morose la suivait, la précédait, l'habitait.

Depuis quelque temps, rien n'allait plus. Son avenir de chamane était tombé à l'eau après deux échecs successifs. Elle s'était de toute évidence fourvoyée dans une mauvaise voie. Et puis la vie au village avait changé, et pas dans le bon sens. Chacun vivait dans son coin, les gens souriaient moins, avaient toujours l'air préoccupé. C'était comme s'ils avaient oublié que la vie est en soi un cadeau, un don du ciel, que chaque instant est merveilleux. Et d'ailleurs, elle-même, n'avait-elle pas perdu de sa joie de vivre ?

En fin de compte, tout cela remontait à l'arrivée des étrangers. Ils avaient certes apporté des plaisirs et des distractions, on se sentait aussi beaucoup mieux informés qu'auparavant, et pourtant chacun avait perdu sa candeur, son insouciance, sa douce acceptation de la vie et de ce qu'elle offre. Chacun gardait à l'esprit les problèmes, les ennuis et tous les dangers du monde dans lequel on vivait et dont on avait désormais pleinement connaissance. Le Jungle Time multipliait les mauvaises nouvelles. Il ne se passait pas une journée sans que l'on apprenne la découverte d'une fourmilière menaçante, les risques de pénurie de tel ou tel gibier ou encore les problèmes vécus par des gens du village pour lesquels on se sentait souvent impuissant. Et par ailleurs il vantait les exploits de certains, des exploits personnels tout à fait inatteignables du commun des mortels, des exploits qui faisaient se sentir tout petit et inintéressant. Après quoi, on en arrivait presque à apprécier les mauvaises nouvelles qui nous soulageaient en nous rassurant sur nos problèmes quotidiens, puisque d'autres étaient plus malheureux que nous. Alors il ne restait plus qu'à tout oublier devant le vidophore qui était peut-être une invention salutaire.

Ces derniers temps, les gens devenaient aussi plus agressifs, elle l'avait remarqué. Il y avait des accrochages, des disputes qui tournaient mal. Les gamins aussi se bagarraient violemment, alors qu'ils n'y auraient pas songé avant. Elle ne savait pas pourquoi, mais pressentait que tout était lié, comme dans la nature. Une chose était certaine, elle pouvait l'affirmer même si elle ne pouvait le démontrer : à l'origine de ces troubles, à la racine du mal, on trouvait la peur. Une peur lancinante qui ne disait pas son nom, mais se déclinait sur tous les plans : peur de manquer, peur des maladies, peur des animaux, peur de ne pas être aimé, peur des autres... Or cette émotion si négative, si néfaste, n'existait pas parmi les siens avant l'arrivée des étrangers.

Un sentiment de colère monta en elle, un sentiment inhabituel, désagréable. Elle en voulait à Krakus et ses hommes d'avoir perturbé leur équilibre de vie, d'avoir changé leur regard, d'avoir créé en eux des préoccupations et des attentes qui, jusque-là, leur étaient étrangères et...

Le choc fut silencieux, mais la douleur vive. Élianta vacilla, puis se laissa tomber au sol. Étourdie par l'impact, elle demeura un certain temps immobile.

Son front la faisait souffrir. Elle y porta la main et

sentit une plaie visqueuse. Ses doigts se maculèrent de sang. Comment avait-elle pu se cogner contre la branche d'un arbre, elle qui vivait dans la forêt depuis sa naissance et à qui cela n'était jamais arrivé ?

Elle respira calmement pour retrouver ses esprits. Le choc l'avait ramenée brutalement à la réalité, la tirant de ses pensées, débranchant son mental et la remettant dans son corps, ici et maintenant. Douloureusement.

Assise sur la Terre mère, elle redevenait lentement elle-même. Elle remercia en silence les esprits pour cet accident qui lui avait évité de se perdre dans la nuit de l'esprit où elle s'était laissé emporter, puis elle prit le temps d'accepter la douleur. Le prix à payer. L'acceptant, elle l'apprivoisa, calmement, et celle-ci s'adoucit.

Elle avait eu tort : si elle pensait que Krakus était dans l'erreur, elle devait simplement aller le voir et lui parler. Ruminer les problèmes n'apportait rien. Ressasser des idées négatives tire vers le bas, dans le lisier de la rancœur sur lequel ne poussent que la déprime et la maladie.

Elle regarda autour d'elle. Il lui fallait trouver un palmier wassaï. Antiseptique, sa sève avait aussi un pouvoir cautérisant. À première vue, il n'y en avait pas. Elle fit l'effort de se lever. Ça allait mieux. Elle inspira l'air parfumé des senteurs de la forêt, de sa forêt, et le savoura un instant. La lumière était particulièrement belle. Quelques rayons de soleil s'étaient frayé un chemin à travers les branches et jouaient avec les feuilles bercées par le léger souffle du vent. Un carillon de scintillements.

Élianta prit tranquillement la direction du camp des

étrangers, coupant à travers bois, se faufilant sous les branches, entre les lianes retombantes et les plantes grimpantes, enjambant les ruisseaux et les arbres couchés. Le précieux palmier finit par se montrer. Elle en coupa une feuille et appliqua doucement la section de la tige sur sa plaie. La fraîcheur de la sève bienfaitrice irradia son front.

Quelques minutes plus tard, Élianta arriva devant la hutte.

Des éclats de voix à l'intérieur. Elle tapota la porte et entra. De la fumée et des vapeurs d'alcool. Trois hommes qui se turent en tournant la tête dans sa direction. L'un était affalé dans un hamac, un autre sur une souche, et Krakus, debout, adossé au mur de bambous.

— On peut se voir un instant ? Je voudrais te parler, lui dit-elle en désignant l'extérieur d'un discret signe de tête.

— Bien sûr, ma jolie, répondit-il sans bouger d'un iota.

Quelques instants s'écoulèrent et il resta dans la même position, un léger sourire aux lèvres. Le silence devint gênant. Elle décida de se lancer.

— Je voulais te dire... Je voudrais que tu comprennes... Je sais que tu as sauvé mon peuple d'une terrible maladie qui nous menaçait tous...

— Mais ?

Elle secoua la tête.

— Je sais que tu nous veux du bien, que tu es convaincu que tes idées sont bonnes...

— Mais ?

Elle respira à fond.

— Je suis inquiète pour nous.

Il la regarda sans se départir de son petit sourire. Tout le monde restait immobile. Seule la fumée des cigarettes continuait de s'élever, tourbillonnant dans la hutte.

— Je ne reconnais plus mon peuple, dit-elle. Il y a eu de bonnes choses, certes, mais... en fait, nous nous éloignons de notre propre nature.

Krakus porta tranquillement son verre à ses lèvres.

— Nous étions sereins, nous sommes devenus des gens préoccupés, reprit-elle. Préoccupés par toutes sortes de choses, dont certaines nous dépassent.

Il posa son verre et sortit un petit sachet dans lequel il plongea ses doigts.

— Nous nous aimions et aimions vivre, dit-elle. Maintenant, nous doutons de nous et avons peur de la vie.

Krakus se roula une cigarette.

— Nous nous réfugions dans nos activités, continua-t-elle. Mais nous nous perdons dans l'action, sans même être vraiment présents dans notre corps. Nous mangeons toute la journée en faisant autre chose en même temps, sans même ressentir ce que...

Il craqua une allumette.

— Vous avez enfin appris à faire plusieurs choses à la fois. C'est bien.

La fumée de Krakus rejoignit celle de ses hommes. L'atmosphère devenait irrespirable.

— Nous nous gavons sans plus prier pour remercier la Terre mère et...

— Prier dans le vide ne sert pas à grand-chose.

Le gars dans son hamac se mit à ricaner.

— Nous n'agissons plus en conscience. Nous ne sommes plus conscients de nos gestes, de nos actes, de nos paroles et de leur portée, de la vie, de notre valeur et de la valeur de chaque instant...

Elle se tut un moment. Les hommes échangèrent un regard.

— Nous sommes même un certain nombre à être mal... dans notre corps, continua-t-elle en baissant les yeux.

Le gars assis sur la souche leva la tête.

— Moi, je serais bien, dans ton corps, dit-il.

Celui dans le hamac pouffa de rire. Krakus sourit.

Élianta se raidit instinctivement. Sur le mur d'en face, un lézard avait réussi à se glisser entre les bambous.

— Je ne suis pas venue te faire des reproches. Je suis venue te demander de poursuivre ce que tu as fait de bien, et d'arrêter ce qui nuit à notre équilibre...

Le gars se leva de sa souche et s'accouda à la fenêtre en grommelant quelque chose qu'elle ne comprit pas. Krakus prit une bouffée et la relâcha dans sa direction.

— Par exemple ?

— Eh bien... par exemple... que ton Jungle Time mette en avant des personnes ayant une grande bonté, du courage ou toute autre qualité que chacun peut développer s'il en fait l'effort, plutôt que des gens ayant des attributs innés leur donnant des qualités inatteignables si l'on n'est pas né avec... Que tes spectacles mettent en valeur la beauté des personnes, des paroles et des actes, plutôt que d'exhiber une vulgarité et une violence qui n'honorent ni leurs acteurs ni ceux qui les regardent.

— Mes spectacles ont un succès considérable. Tout le monde vient les voir. Les gens adorent...

— Ce qui avilit notre âme est aussi ce qui flatte nos sens et nos instincts primaires.

Krakus ne répondit pas.

— J'aimerais aussi que tu mettes en avant tout ce qu'il y a de bien dans le village, toutes les initiatives positives, toutes les bonnes nouvelles porteuses d'espoir, plutôt que ce qui nous fiche la trouille. Plus personne ne sort sans son arc...

Il resta silencieux.

— Bref, remplace tout ce qui induit la peur par ce qui suscite l'amour. C'est l'amour la solution, Roberto. C'est l'amour le meilleur antidote contre la peur.

Le gars à la fenêtre se retourna.

— T'as raison, cocotte. Fais-moi l'amour et tout ira mieux.

Il marcha vers elle. Elle le fusilla du regard et ne bougea pas. Mais il continua de s'approcher. Derrière, l'autre dans son hamac gloussait comme un maraïl.

Il la saisit par la taille, mais elle se dégagea prestement.

— Ne me touche pas !

— Marco..., dit mollement Krakus.

Le gars se rapprocha de nouveau.

— Tu vas voir, cocotte : l'amour fait partir la peur.

— Arrête !

Elle lança un regard à Krakus. Il détourna les yeux. Elle recula jusqu'à se retrouver dos au mur.

Marco s'avança vers elle, une expression menaçante sur le visage. Elle le repoussa des deux mains. Mais, d'un geste vif, il lui saisit les poignets et les écarta pour les plaquer violemment au mur derrière elle.

— Lâche-moi ! hurla-t-elle.

— T'excite pas, cocotte. On a tout notre temps…

Elle se contorsionna pour se libérer, mais les grosses mains d'acier la clouaient au mur.

— Laisse-la.

Une voix grave et profonde.

Tout le monde s'immobilisa et le silence se fit instantanément. Élianta tourna la tête.

Sandro se tenait à l'entrée de la hutte.

## 25

Mojag préparait son texte depuis plusieurs jours, et son histoire était maintenant bien ficelée. Une histoire simple comme il les aimait, mais qui invitait à réfléchir sur soi, le monde, la vie et la mort, la Terre mère, le ciel, les étoiles…

Il ne s'en considérait pas l'auteur. Il n'était qu'un scribe entre les mains des esprits, il le savait bien. Ceux-ci lui soufflaient des idées, lui chuchotaient des mots, glissaient des images inspirantes devant ses yeux et peuplaient ses rêves de personnages énigmatiques qu'il n'avait jamais rencontrés.

Il traversa le village en direction de la grande place. Malgré son âge avancé, ses pas étaient assurés.

En chemin, il entendit des rires d'enfants. Il se retourna et vit deux gamins, leur clochette de messagers à la main et un sac plein de coupous sur le dos.

— Ah, les enfants… Quand je vous vois avec vos… clochettes de bois, ça me rappelle la fois où… un serpent à sonnette est entré dans la maloca et…

— On n'a pas le temps, désolé ! dit l'un d'eux. On a des tas de trucs à faire…

— Attention ! dit l'autre en montrant du doigt une

racine qui sortait de terre. Ne te prends pas les pieds dedans, Mojag. Tu sais, à ton âge, tu ferais peut-être mieux de rester dans ta hutte…

Ils s'en allèrent en riant.

Mojag les regarda, songeur, tandis que leurs rires s'éloignaient, puis il reprit son chemin.

Bon, il n'avait toujours pas décidé du titre de son histoire. Il se remémora ses idées et les passa en revue, une par une… Pas très convaincantes, trouva-t-il. Et, surtout, ça ne faisait pas « Bing ». Quel autre titre choisir ? Voyons, voyons… Oh ! C'était pas facile… Bon, tant pis, ce soir, il se passerait de titre.

Il parvint sur la place et s'assit tranquillement à l'endroit habituel. Les villageois n'étaient pas encore rassemblés. Depuis quelque temps, leurs occupations diverses les empêchaient d'être là au coucher du soleil comme le voulait la tradition. Ce n'était pas grave. Il avait tout son temps.

Depuis l'abattage des arbres, on pouvait facilement voir la lune. Ce soir, elle s'élevait haut dans le ciel, un ciel encore clair, illuminé par un soleil mourant.

Mojag attendit patiemment, admirant la voûte céleste, guettant l'apparition des premières étoiles.

Puis la nuit tomba d'un coup et les feux devinrent la seule source de lumière sur la place. Celle-ci était encore déserte. Le vieux conteur s'inquiéta. La semaine précédente, déjà, il avait trouvé les rangs clairsemés et avait pensé qu'une festivité ou un concours avait dû être prévu au même moment. Il y en avait tellement, maintenant. Alors, cette fois-ci, il s'était renseigné et avait vérifié. Tout le monde était bien disponible à l'heure habituelle pour leur rendez-vous hebdomadaire.

Il attendit encore un long, un très long moment

dans la fraîcheur humide du soir, jusqu'à ce que les feux s'affaiblissent et que la lune s'incline dans le ciel. Puis il se leva et reprit lentement le chemin de sa hutte, chaque pas plus lourd que le précédent.

Pour la première fois de sa vie, il était triste d'être vieux.

*
* *

— Faut arrêter les conneries ! On a réfléchi.

Krakus ouvrit les yeux. Marco se tenait à l'entrée de la hutte. Pas moyen de faire une sieste tranquille.

— Ouais, on a réfléchi, confirma Alfonso qui suivait.

Marco avait un regard noir.

— On va se casser d'ici.

Krakus avala sa salive. Il se redressa.

— Qui ça, on ?

— Alfonso et moi. Gody, s'il le souhaite. T'as qu'à rester avec ton Sandro, vous vous entendez bien tous les deux…

— Qu'est-ce qui se passe ? Pourquoi vous m'annoncez ça comme ça, tout d'un coup ?

— On en a marre. Il se passe plus rien. Tu fais qu'organiser des petits spectacles, des petits jeux à la con. Les autres, ils sont tout contents, contrairement à ce que tu penses. Tout va bien pour eux, et, pendant ce temps-là, nous, on s'emmerde et on nous laisse même pas faire ce qu'on veut.

C'était donc ça.

— On ne peut pas non plus faire n'importe quoi si ça plaît pas au client.

— Sandro n'avait pas à se mêler de mes affaires avec l'Indienne ! Et toi, t'avais pas à le laisser faire !

— Voyons, qu'est-ce que tu voulais que je fasse...

— T'as même pas levé le petit doigt.

— C'est lui qui paye... Il a son mot à dire, c'est normal.

— Tu t'écrases toujours devant Sandro. C'est pas parce que c'est le client que tu dois céder sur tout. C'est toi le chef d'expédition, après tout. Et je te rappelle que ce qu'il nous fait faire, c'était pas dans le contrat au départ. Et c'est pas joli joli. Alors faut pas en plus qu'il nous donne des leçons.

— Faut aussi se mettre à sa place...

— On dirait que t'es gêné, avec lui. T'es jamais naturel. C'est quoi ? C'est parce qu'on a buté sa femme ?

— Tais-toi !!! T'es fou ? !! Il pourrait entendre...

— Qu'est-ce que tu veux que ça me fasse !

— La ferme !!! explosa Krakus en se levant d'un bond.

Alfonso jeta rapidement un coup d'œil par la fenêtre. Marco fit nerveusement quelques pas en regardant ailleurs, tentant de cacher un air malgré tout un peu piteux.

— Calmos. Il va pas aller au commissariat du coin...

Alfonso pouffa.

— Ça suffit, maintenant ! On fait pas n'importe quoi, on dit pas n'importe quoi. Alors, vous deux, vous restez ici. On partira à cinq comme prévu, c'est comme ça et pas autrement. Mais il faut finir le boulot. Y en a plus pour longtemps, alors vous n'allez pas tout foutre en l'air maintenant !

Krakus se tut, et un silence plombant s'abattit dans la hutte. Les deux rebelles détournaient le regard.

— Ben, alors grouillez-vous, marmonna Marco entre ses dents. Dans tous les cas, faut qu'on se tire d'ici vite fait.

Krakus les regarda quitter la hutte. Ces idiots n'étaient même pas capables d'apprécier tout le mal qu'il faisait.

## 26

Et Gody créa l'ombre !

Depuis le défrichage du village, le soleil régnait sans partage. En despote tyrannique, il imposait aux pauvres villageois une fournaise impitoyable. Alors, devant cette aberration de la nature, l'inventeur fou, dans un éclair de génie, avait eu l'idée de tendre un peu partout de grandes toiles entre de hauts piquets de bois.

L'une des grosses rangers de Krakus tapa dans une motte de terre sablonneuse, soulevant un nuage de poussière. Il jura, toussa et continua son chemin.

— Le monde entier croit que le sol de l'Amazonie est riche et fertile. Des conneries, oui. Y a pas plus pauvre.

Soudain, Alfonso s'arrêta net.

— Il fait trop chaud, j'en peux plus… Qu'est-ce que tu voulais me montrer ?

— Ça vient, ça vient.

Marco était parti chasser en solitaire. Krakus avait saisi l'occasion pour emmener Alfonso avec lui au village. Il fallait qu'il voie le résultat des actions menées auprès des Indiens. Qu'il comprenne ce qu'on faisait.

Il était encore récupérable, en dépit de la mauvaise influence de Marco. Si les deux se liguaient contre lui, c'était cuit. Mais si à l'inverse Marco se retrouvait isolé, il serait bien obligé de suivre. Il ne s'en irait pas tout seul dans la jungle où ses chances de survie seraient nulles.

Ils arrivèrent en vue du village. Il y avait çà et là de petits attroupements. Une effervescence peu coutumière.

— Regarde. On a organisé toutes sortes de concours. Tir à l'arc, tir à la sarbacane, ascension d'un arbre, concours du plus grand nombre de bambous coupés en un temps limite. Là, il faut tresser des lianes, là, soulever des souches très lourdes, là-bas, couper un rondin à la hache en un temps record.

— Ah ouais... C'est sympa, tout ça.

— Non, c'est pas sympa, car on fait en sorte que tous les perdants se sentent mal. Et comme on en a en moyenne vingt pour un gagnant...

— Ah ouais, pas cool...

— Non, pas cool.

L'ennui, avec Alfonso, c'est qu'il était toujours d'accord avec le dernier qui parlait. Une sorte de paresse relationnelle. Ça ne voulait pas dire qu'il était convaincu.

Ils s'approchèrent.

— Et pourquoi ils le font, alors, si c'est pas cool ? Moi, je resterais dans ma hutte, zen...

— Au début, par curiosité. Après, parce qu'ils sont pris au piège.

— Au piège ?

— Ouais, quand ils perdent, il suffit de les humilier un peu pour les faire sortir de leur état zen, justement.

Après t'en as qui vont déprimer comme s'ils valaient plus rien. Très bien. Et les autres qui vont tout faire pour prouver que, si, ils ont de la valeur. Ça leur donne envie d'en découdre, tu vois, alors ils foncent dans des activités où ils vont chercher par tous les moyens à redorer leur blason. Et comme chaque fois y a qu'un gagnant pour vingt perdants, ils sont pas sortis de l'auberge.

— Dur.

— Ouais.

Krakus avait passé la matinée à observer le déroulement des concours. Il avait bien étudié les réactions de chacun. L'orgueil du gagnant de la coupe de bambous. Le désespoir d'un certain Hakan qui s'était retrouvé bon dernier à deux des concours.

— Tiens, regarde qui voilà, dit Alfonso. Ta copine.

Krakus plissa les yeux pour voir à travers la lumière aveuglante du soleil. La silhouette d'Élianta s'approchait du stand de tir à l'arc.

— À sa place, je scrais à cent lieues sous terre, accablé par la honte, avec tout ce qu'on lui a fait subir depuis le début. Faut croire qu'elle aime ça.

Il l'observa quelques instants.

— Viens, dit-il. On va lui redonner une occasion de se ridiculiser en public.

Alfonso afficha un large sourire et le suivit.

De loin, Krakus vit qu'elle avait sa tête des mauvais jours. Elle assistait aux événements d'un air désapprobateur. Elle se tourna vers eux en les entendant approcher et il lui sembla qu'elle se crispait en les reconnaissant.

— Tentée par un concours ? lui lança-t-il.

— Pourquoi ferais-je ça ?

Il lui adressa un large sourire.

— Pour te mesurer aux autres.

— Aux autres ? Dans quel but ?

— Savoir si t'es meilleure.

Il vit Élianta observer quelques instants le déroulement de l'épreuve. La cible était tellement éloignée que la plupart des flèches ne l'atteignaient même pas.

— Ça m'apporterait quoi de savoir ça ?

— Connaître la joie de la victoire…

Un Indien tira et sa flèche finit sa course par terre, lamentablement.

— Comment pourrais-je ressentir de la joie devant ceux qui seraient tristes d'avoir perdu ?

Le soleil se cacha derrière un nuage et, d'un seul coup, la chaleur devint plus supportable.

— Tu serais reconnue pour ta réussite…

Elle resta silencieuse un instant.

— Je préfère être aimée pour qui je suis plutôt que reconnue pour ce que je fais.

Krakus jeta un regard à Alfonso. Il souriait dans le vague, probablement déconnecté de la conversation. Élianta observait à nouveau ses amis, un peu songeuse. La chaleur n'avait pas l'air de l'atteindre.

— Je t'ai déjà vue tirer. T'es plutôt bonne, alors pourquoi tu t'inscris pas ?

— Tenter de battre les autres ne m'intéresse pas. Les vraies victoires sont celles que l'on remporte sur soi.

Krakus la toisa quelques instants.

— Tu dis ça parce que t'as peur de perdre.

— Si j'étais moins bonne qu'un autre au tir à l'arc, je serais sans doute meilleure que lui sur un autre plan, auquel personne n'aura songé. Au final, ça change quoi ?

— T'as peur.

Elle le regarda dans les yeux.

— Ce serait plutôt à toi de concourir, puisque tu soutiens l'intérêt de ce genre d'épreuves...

Krakus secoua la tête.

— Le tir à l'arc n'est pas ma spécialité.

Il se sentit soudain dévisagé par l'Indienne.

— Eh bien, tu n'as qu'à concourir dans ta spécialité... C'est quoi, au fait ?

Elle avait dit ça avec un petit air malicieux. Ne surtout pas tomber dans ses filets. Rester vague.

— Le leadership.

Elle ne répondit rien. Krakus se détendit.

— Et comme je suis le seul ici, ajouta-t-il fièrement, il n'y a pas de concours possible.

— Je te croyais chaman...

— C'est pas incompatible.

Elle eut l'air de réfléchir pendant quelques instants, puis le fixa d'un air de défi.

— Dans ce cas, j'accepte de concourir face à toi.

Krakus avala sa salive.

— Un concours de chaman n'aurait pas de sens...

— Eh bien, j'accepte un concours de *leadership*, comme tu dis. Si tu peux endosser l'habit du chaman, je peux revêtir celui du chef.

Krakus jeta un coup d'œil à Alfonso. Celui-ci le regardait d'un air un peu niais.

Il fallait trouver une échappatoire. Mais quoi ?... quoi ?...

— En quoi ça consisterait ?

Élianta observa tranquillement les hommes en action dans les différentes épreuves.

— Disons... Encadrer une équipe pour construire

une hutte. Le premier qui l'a finie complètement a gagné.

— Qui me dit que t'as pas plus d'expérience que moi dans ce domaine ? Ce serait peut-être pas équilibré…

— On n'a qu'à déléguer à 100 % les tâches. On se contente de diriger les opérations, sans agir nous-mêmes.

Krakus se sentait le dos au mur. Il ne pouvait pas prendre le risque d'échouer devant Alfonso. Surtout pas. Alors comment être sûr de s'en tirer ?

Il regarda autour de lui. Les Indiens s'affairaient aux différentes épreuves. Il revit ceux qui avaient déjà participé le matin et revenaient tenter leur chance à nouveau. Et soudain il eut une idée…

— J'accepte, à condition de pouvoir choisir moi-même mon équipe. En premier.

— Si tu veux, dit-elle sans hésiter.

Quelle idiote, se dit Krakus. Comment pouvait-elle lâcher si vite sur l'essentiel ?

Il s'avança parmi les participants. Pour avoir assisté toute la matinée aux concours, il connaissait bien les hommes, ou plutôt leurs capacités. Il choisit, un par un, les gagnants de chaque spécialité utile à son défi.

Élianta, quand vint son tour de constituer son équipe, s'adressa à la cantonade.

— Mes amis, je cherche six volontaires pour bâtir ensemble une hutte le plus vite possible. Quels sont ceux parmi vous qui ont envie de s'associer pour relever le défi ?

Krakus n'en revenait pas. Elle n'allait même pas choisir elle-même ses hommes… Quel manque de lucidité… Lui qui pensait qu'elle se rabattrait sur les seconds, les « vice-champions ».

La suite lui donna raison. Les premiers volontaires se manifestèrent... tous mal classés aux concours de la matinée. Une vraie bande de toquards ! Jubilant intérieurement, Krakus s'éloigna sans attendre, impatient de briefer sa nouvelle équipe. Il allait avoir le plaisir, une fois de plus, d'humilier la jeune femme en public.

Il s'installa à l'écart. Le coup d'envoi fut donné et Krakus, après avoir discrètement envoyé Alfonso espionner l'organisation d'Élianta, s'empressa de réunir ses hommes.

— Je vous ai choisis parce que chacun d'entre vous est le meilleur dans sa spécialité. Toi, Jacy, et toi, Dyami, vous êtes les plus rapides pour couper des rondins. Les meilleurs du village. C'est donc vous qui serez en charge de la structure de la hutte, des piliers et des solives sur lesquels on fixe les bambous. Toi, Milap, tu es le plus rapide des tailleurs de bambous. Awan, c'est toi le plus fort. Tu vas donc être celui qui porte tout le bois depuis la forêt jusqu'à la hutte. Inteus et Ituha, vous êtes les deux meilleurs tresseurs de lianes du village. C'est vous qui allez assembler les bambous pour faire les murs et les palmes pour le toit.

Les hommes se tenaient fièrement devant lui, manifestement gonflés d'orgueil.

— Je vais vous fixer vos objectifs, continua-t-il. Tout doit être fini... voyons... en deux heures.

— Deux heures ? dit Jacy, étonné.

— Oui, deux heures.

— Pour tout faire ? demanda Milap.

— Bien sûr !

— Nous sommes six, reprit Jacy. Habituellement, à six, il nous faudrait trois à quatre heures...

— Oui, sans vous presser. Là, c'est un concours. D'ailleurs, le temps file. Dépêchons-nous.

— Ça me semble quand même pas très réaliste, dit Awan.

— Mais si, vous y arriverez. Allez, c'est décidé : c'est votre objectif.

Les hommes se turent, l'air contrarié. Si on ne les pousse pas un peu, se dit Krakus, ils vont glandouiller.

— Maintenant, reprit-il, on va décliner cet objectif pour chacun d'entre vous. Jacy et Dyami, vous avez… vingt minutes pour couper les rondins.

— Vingt minutes ? dit Jacy. Mais c'est impossible ! C'est à peine le temps qu'il nous faudra pour repérer les bons arbustes…

— Vous en êtes capables, j'ai confiance en vous…

Krakus regarda sa montre.

— On va commencer à 14 heures. À 14 h 20, vous devez avoir terminé.

— Mais enfin… tu l'as déjà fait, toi ? Tu sais ce que ça représente comme travail ? Comment il faut s'y prendre ?

Krakus se sentit remis en cause dans sa compétence technique. Ne surtout pas débattre sur le contenu du métier, sinon c'est cuit. Évidemment qu'ils s'y connaissaient plus que lui…

— Vous êtes les meilleurs, vous devez y arriver.

— Mais on…

— Si vous atteignez votre objectif, vous recevrez une prime.

— Une prime ?

— Oui.

— Qu'est-ce qu'on aura ?

— Vous verrez. Donnez le meilleur de vous-mêmes et vous serez pas déçus.

— Mais…

— Si vous n'atteignez que 80 % de votre objectif, vous aurez 50 % de votre prime, et en dessous de ça, vous n'aurez rien du tout.

— Hein ? C'est quoi tout ça ?

— Awan, tu vas ensuite apporter ce bois ici. Ton objectif est de le faire en… quinze minutes.

— Quinze minutes ? Mais on ne sait pas encore où se trouve le lieu de coupe… Il faudra peut-être plus.

— Ça fait partie des aléas. J'en ai tenu compte dans l'objectif.

— Et s'il faut trois voyages ?

— Tu aviseras. Puisque tu commenceras à 14 h 20, ton objectif est de finir à 35.

— Et si Jacy et Dyami n'ont pas fini à l'heure ?

— Tu verras ça avec eux. Ça ne me regarde pas.

Krakus vit Alfonso revenir vers lui avec une mine réjouie.

— Excusez-moi une minute.

Il se pencha vers son gars.

— Alors ? chuchota-t-il.

— Aucun leadership, aucune autorité. Tu peux être tranquille. Elle leur demande même comment ils veulent s'organiser ! Et je te laisse deviner la meilleure…

— Vas-y.

— Y a des gonzesses dans son équipe.

— Tu blagues…

— Trois ! Trois sur six. Mort de rire.

— Excellent. Bon, il faut que je reprenne. Retourne voir et tiens-moi au courant.

— Ouais, OK.

Krakus, petit sourire aux lèvres, revint vers ses bâtisseurs. Il assigna à chacun ses objectifs, et chacun tenta de négocier. La réunion dura, dura, et s'éternisa encore… Quand elle se termina, tout le monde était de mauvaise humeur, insatisfait, le moral dans les chaussettes. Krakus n'en était pas mécontent : mieux valait que chacun soit conscient de la difficulté de sa mission.

Jacy et Dyami s'élancèrent dans la forêt, à la recherche du bois adéquat. Awan les suivit de loin. Ils eurent de la chance et trouvèrent rapidement ce qu'ils cherchaient. Ils commencèrent leur travail. Awan les observait.

— Prends ce qu'on a déjà coupé, lui dit Dyami au bout d'un moment. Ça gagnera du temps.

— Je peux pas. Mon objectif court à partir du moment où je commence à porter. J'ai intérêt à attendre le dernier moment et à grouper mes voyages.

— Mais si, vas-y quand même ! Les autres pourront commencer à assembler le bois !

— Ben, non, ça fait partie de votre mission, pas de la leur…

— Arrête de parler, dit Jacy à son coéquipier. Tu nous retardes…

— Mais j'essaye de faire avancer les choses…

— Écoute, notre intérêt, c'est d'atteindre notre objectif de coupe. Le reste…

Sur ce, Ituha, qui observait sans rien dire jusque-là, fit remarquer que la hache de Jacy avait sans doute besoin d'être affûtée.

— J'ai pas le temps, faut que je coupe, répondit Jacy. Et je te ferai remarquer que c'est moi qui ai gagné le concours de coupe. J'ai pas besoin de conseils.

Krakus débarqua à ce moment-là.

— Hein ? ! Quoi ? Dyami, t'as coupé que ça ? Tu te fiches de moi ?

— Mais je...

— T'es censé être un winner.

— Mais écoute-moi, c'est parce que...

— Je ne veux pas d'explications, je veux des résultats. Je te préviens, si t'atteins pas ton objectif, t'es viré. Y en a plein qui seraient heureux d'avoir ta place.

Une heure plus tard, la hutte commençait à prendre forme. Alfonso revint auprès de son chef.

— Alors ? demanda Krakus.

— Mort de rire. Élianta a proposé à tout le monde de s'arrêter.

— De s'arrêter ? !

— Ouais. Devine pourquoi.

— Vas-y.

— Pour boire un coup et se détendre un peu, qu'elle a dit.

— Sans déconner...

— Sans déconner. Et pourtant, on peut pas dire qu'ils s'épuisent à la tâche. Ils rigolent tout le temps...

— Ah bon ?.... Et qu'est-ce qu'elle fait, Élianta ?

— Elle leur dit que des trucs sympas, tout le temps, des compliments, des cajoleries... Bref, du grand n'importe quoi.

— Bon, ça me rassure. Ici, les gars ont bien essayé de m'embobiner pour faire un break. Évidemment, moi, je me suis pas laissé baratiner. On me la fait pas, à moi.

Ils firent quelques pas autour de la construction. Les hommes argumentaient entre eux sur la manière de s'y prendre, chacun convaincu d'avoir une meilleure idée que les autres.

— C'est bien, dit Krakus. Y a de l'émulation dans l'équipe.

— Ouais. Putain, qu'est-ce qui fait chaud !

— On se boit un truc ?

— D'ac.

Les deux hommes s'assirent par terre et burent en regardant l'ouvrage s'élever. Krakus essuya la sueur de son front d'un revers de manche.

Awan s'approcha d'eux.

— J'ai fini dans les temps, mon objectif est atteint. Mais je me suis tellement dépêché que j'ai très mal au dos, je peux presque plus bouger.

— C'est pas grave, ça passera.

— Alors c'est quoi, ma prime ?

Krakus toussa.

— Vu que l'équipe a du retard, je peux pas me permettre de te la donner ce coup-ci.

— Mais…

— Va aider les autres, donne-toi à fond et t'auras quelque chose, t'en fais pas.

— Mais…

— Vas-y, tu seras pas déçu, je te dis.

Awan s'éloigna en boitant.

— Ils peuvent pas s'empêcher de tirer la couverture à eux.

— Ouais, dit Alfonso, pensif.

— C'est pour ça qu'il faut être ferme. Sinon, on se fait bouffer.

Alfonso fronça les sourcils en regardant la hutte.

— Dis donc, t'as pas l'impression qu'elle penche bizarrement ?

— On s'en fout. C'est pas un concours d'architecture.

— Ouais, t'as raison.

Ils burent quelques gorgées désaltérantes.

— Qu'est-ce qu'il me veut, celui-là ? Ah, ils sont vraiment pas autonomes, soupira Krakus en voyant Jacy venir vers eux, l'air contrarié.

— Ituha dit que tu leur as demandé de tresser le toit au sol et de le monter après, alors que d'habitude on le tresse directement en place. C'est vrai, ça ?

Krakus acquiesça.

— T'aurais pu me prévenir ! Je suis concerné, quand même !

— Les événements exigent parfois un changement de stratégie en cours de route.

— J'aurais aimé le savoir…

— Chacun son rôle. Allez, va, ne t'occupe pas des décisions stratégiques. Reste concentré sur tes objectifs.

Jacy s'éloigna en râlant et en traînant les pieds. Krakus secoua la tête.

— C'est pas facile de trouver des gens motivés, de nos jours.

— Tiens, regarde qui voilà, dit Alfonso.

Élianta s'avançait dans leur direction.

— Peut-être qu'elle capitule ?

— Peut-être…

Elle se planta devant eux.

— On a arrêté, dit-elle.

Les deux hommes échangèrent un regard entendu.

— T'abandonnes, c'est ça ?

— Non. On a fini.

À ce moment-là, on entendit un grand fracas. Tous sursautèrent et se retournèrent : la hutte de Krakus venait de s'écrouler.

## 27

*Reprends tes esprits, reviens à toi, réveille-toi, admets que ce sont tes rêves qui te troublent et regarde à nouveau les choses en face...*

Certes, ses esprits étaient troublés, mais les douces paroles que Marc Aurèle chuchotait inlassablement à son oreille ne suffisaient pas à éclaircir ses vues sur sa situation, à l'extirper de cet imbroglio de sentiments contradictoires plus emmêlés que l'écheveau de lianes étouffant l'arbre devant sa fenêtre.

Tout son être haïssait ce peuple et criait vengeance. Et, par moments, une partie de lui culpabilisait de détruire chez ces gens un équilibre intérieur dont il mesurait la valeur à l'aune de sa propre incapacité à l'atteindre. Colère, remords, envie, jalousie, dégoût, respect et rejet s'enchevêtraient alors en lui.

Un oiseau vert vint se poser sur la souche devant la fenêtre de la hutte. Cette vision ranima Sandro, le ramena dans son corps, ses pensées confisquées par la beauté du réel. Soudain pleinement associé à ses sens, il s'ouvrit à l'intensité de ce moment, conscient de ce qu'il voyait, entendait et ressentait, et sa vie, l'espace d'un instant, s'illumina d'une couleur et d'une saveur insoupçonnées.

Puis il se laissa rattraper par son monde intérieur, un monde irréel où les mots, les images et les émotions cultivées régnaient en maîtres absolus sur son âme.

L'oiseau émit un cri strident. Ses plumes étaient d'un vert vif et, au sommet de son crâne, la petite crête jaune s'agitait dès qu'il remuait la tête. Il avait un air triste qui ajoutait à l'attirance que Sandro ressentait pour ce petit être.

L'image d'Élianta apparut soudain dans son esprit, et il s'empressa de la chasser au plus vite.

On entendit des pas se rapprocher. L'oiseau s'envola et l'on frappa à la porte.

Krakus déboula comme un rhinocéros, débordant d'une odieuse énergie virile. Sandro se referma instantanément.

L'autre s'affala sur un siège en soufflant bruyamment. Il était couvert de sueur.

— Ah ! Putain de chaleur !

Il sortit sa gourde, but à grosses gorgées, puis s'essuya la bouche d'un revers de manche.

Sandro se sentit subitement envahi dans son intimité. Une touche de répulsion s'ajouta à l'envie désespérée de se retrouver à nouveau seul.

Il lui tourna négligemment le dos.

— Ça peut plus continuer comme ça, dit Krakus. Faut passer à la vitesse supérieure. Quand la bataille traîne en longueur, les soldats s'enlisent et se mutinent.

Sandro laissa son regard voguer par la fenêtre.

— Le temps d'une métamorphose n'est pas le temps de la guerre.

— En tout cas, il faut qu'on avance. C'est quoi, la prochaine étape ?

L'oiseau revint se poser sur la souche et déposa devant lui une énorme graine de toulouri. Il regarda autour de lui en tournant sa tête par à-coups successifs, comme un automate. Puis il se mit à picorer la graine, la secouant à chaque bouchée, après quoi il s'essuyait le bec sur l'arête de la souche.

Sandro aurait voulu être cet oiseau, goûtant l'instant présent sans se soucier de rien.

— Alors ? dit Krakus impatiemment. C'est quoi, la prochaine étape ?

Sandro ressentit violemment le ton agacé de son interlocuteur. Il se permettait de s'agacer, lui qui ne souffrait pas et ne savait rien de sa souffrance et du dilemme qui le rongeait de l'intérieur. Il avait envie de le lui crier à la figure, de le chasser de sa hutte avec sa gourde, sa sueur et ses mauvaises manières, de...

*Aie à l'esprit que la force, l'énergie et le courage n'échoient pas à celui qui s'indigne et se fâche. Plus on se rapproche de l'impassibilité, plus on est fort. La colère trahit la faiblesse de même que l'affliction : toutes deux sont des blessures, des capitulations.*

Oui, c'est ça, se dit Sandro, je suis faible, affligé, blessé. Sur le point de capituler.

D'ailleurs, pourquoi, cette dernière année, avait-il répété inlassablement à ses étudiants les paroles de Marc Aurèle au point de les connaître par cœur ? N'était-ce pas pour s'en convaincre lui-même ? N'en était-il pas le véritable destinataire ?

— Il faut que tu coopères plus, dit Krakus sur un ton de reproche. On ne peut pas continuer comme ça. J'en ai marre de devoir te tirer les vers du nez.

Sandro ne détachait pas ses yeux de l'oiseau vert. Il mourait d'envie de saisir Krakus par le col et de le jeter dehors. Mais il se sentait lourd, plombé, comme si son corps pesait trois tonnes. Incapable de faire un seul mouvement.

Si seulement il était cet oiseau. Léger, libre, libre de ses mouvements, libre de son existence… Pouvoir s'envoler d'un battement d'ailes et changer de vie.

Krakus soupira. Un soupir d'une grossièreté insoutenable.

— Merde, c'est pour toi qu'on fait tout ça, après tout. C'est toi qui l'as voulu ! C'est ta femme qu'on a trucidée, pas la mienne.

Une douleur fulgurante s'ajouta à la colère intérieure de Sandro. Cette situation devenait insupportable, insoutenable. Il aurait voulu ne jamais être venu là, dans cette jungle infernale où il se retrouvait prisonnier, prisonnier de son esprit torturé et de ses émotions ravageuses, prisonnier de ses plans et de leur grossier exécuteur. Il n'aurait jamais dû quitter New York, cette ville qu'il critiquait quand il y était, mais qui lui manquait dès qu'il s'en éloignait. Il fallait en finir, au plus vite, puis partir, loin, loin de ces maudits Indiens, loin de cette forêt maléfique, et ne plus jamais revoir Krakus.

Krakus… La première fois qu'il avait entendu son nom, c'était au téléphone avec la compagnie d'assurances du magazine où travaillait sa femme, après qu'il les eut harcelés pendant quinze jours. Quinze jours interminables pendant lesquels il avait guetté en vain son retour pourtant programmé. Quinze jours pour convaincre le magazine de bouger. Puis cette équipe mandatée par l'assureur pour la rechercher et la retrouver à un jour de marche du village après son évasion en pleine nuit, presque à l'agonie après le supplice subi. Elle n'avait pas survécu au voyage du retour…

Un bruit de tabouret renversé. Krakus se relevait, prêt à partir.

— Attends, murmura Sandro sans quitter l'oiseau des yeux.

Krakus se figea quelques instants, puis se rassit.

Sandro avala sa salive. Il sentait son sang battre dans ses tympans.

— Nous allons leur inculquer un fléau terrible, pire que le palu et la dengue réunis.

Un silence dense envahit la hutte. Dehors, l'oiseau s'envola et disparut.

Sandro tourna les yeux vers Krakus et poursuivit :

— On a ébranlé leur confiance dans le monde en les abreuvant de mauvaises nouvelles. On a sapé leur confiance en eux-mêmes en les identifiant à leurs actions, leurs résultats, en les comparant entre eux. Ils n'aiment plus leur propre corps. Ils n'ont plus de liens avec la nature, plus de dieu, plus de vrais liens entre eux. Ils ont peur des autres. Ils ont perdu le bonheur de l'instant présent pour ressasser le passé et se perdre dans le futur… Maintenant que leur vie a perdu sa saveur merveilleuse, qu'ils se croient en compétition avec la terre entière, on va leur présenter une solution qu'ils vont s'empresser d'adopter. Ils vont s'y raccrocher comme un naufragé au milieu du fleuve Amazone s'agripperait à la queue rugueuse du premier caïman qui passe pour ne pas sombrer dans les eaux brunes…

Sandro détourna son regard et enchaîna :

— On va leur faire croire que de vulgaires objets ont le pouvoir d'enchanter leurs âmes embrumées.

Il s'arrêta, saisi par une douleur soudaine dans l'abdomen. Il tenta de respirer profondément et conclut :

— Puisque leur vie est devenue vide, vide de beauté, vide d'amour, vide de conscience, vide de sens, on va les amener à vouloir remplir ce vide en se gavant en vain de… choses matérielles.

La douleur le reprit, plus forte. Il se pencha légèrement en avant et attendit en fermant les yeux. Quand il les rouvrit, Krakus avait disparu. Il avait quitté la hutte sans dire un mot.

## 28

Le lendemain, Sandro sortit à l'aube, dès les premières lueurs du jour. La douleur devenue lancinante avait troublé sa nuit et maintenant il avait la sensation d'étouffer. Il voulait respirer, marcher à l'air pur.

La nature, surprise dans son sommeil par la pâle lumière de l'aurore, était calme et silencieuse, bercée par un air encore frais, baignée d'un soupçon de brume. Les prédateurs de la nuit s'étaient déjà retirés, et ceux du jour n'étaient pas encore levés.

Sandro ajusta son chapeau et fit quelques pas sous les arbres, tentant d'oublier la douleur. Une discrète odeur de mousse humide flottait dans l'atmosphère. Soudain il se figea. Un bruissement de feuilles, plus loin, sur sa droite. Il retint son souffle et attendit quelques instants sans bouger un cil, scrutant l'insondable barrière de plantes d'où le bruit s'était échappé.

Puis il la vit, à quelques pas de là. Élianta. Elle marchait en direction du village, son corps svelte glissant en souplesse entre les branches et les lianes. L'espace d'un instant, elle tourna son visage vers lui et il crut qu'elle l'avait vu. C'est alors qu'il fut saisi par le voile de tristesse enveloppant son regard, celui d'une femme dépitée et malheureuse, et sa douleur d'un seul coup s'amplifia comme si une aiguille empoisonnée lancée d'une sarbacane s'était plantée dans son ventre, distillant son venin, répandant en lui un profond malaise depuis ses entrailles jusqu'au tréfonds de son âme.

Un intense sentiment de honte l'assaillit tandis que l'étau de la culpabilité se refermait sur lui. Il ressentit alors un tel dégoût de lui-même que, sans plus réfléchir, il s'enfuit en courant, à toutes jambes, droit devant lui. Il s'enfonça dans la forêt, les branchages griffant sa peau, déchirant ses vêtements, arrachant son chapeau. Il courut, courut, se prit les pieds dans des racines, chuta, se releva et reprit sa course désespérée, le visage fouetté par les feuillages. Il courut tant qu'il put, jusqu'à ce que la nature vienne à bout de ses forces, le retienne dans ses filets, le force à se calmer, à bout de souffle.

Alors il se laissa tomber à genoux, puis roula sur le dos, en sueur, l'esprit en vrac, et il respira, respira, respira. Petit à petit, lentement, il retrouva son calme.

Étendu de tout son long, il fixait le ciel, les trouées d'un ciel bleu délavé à travers les sombres cimes des arbres géants. Un silence absorbant, intense. Il se sentit soudain infiniment petit, minuscule, une brindille dans la forêt, une poussière dans l'univers. Quel sens avait la vie de l'être infime qu'il représentait ? Qu'était-il en fin de compte ? Son corps, appelé à vieillir et mourir ? Ses pensées, promises à l'oubli ? Ses réalisations, condamnées à disparaître, gommées par le temps ?

Aucune réponse ne lui vint, mais un vertige, une

sorte de vertige métaphysique dont il sentait qu'il pouvait l'emporter dans les abîmes d'un territoire d'où l'on ne revient pas.

*Fouille au-dedans*, lui souffla Marc Aurèle. *C'est au-dedans que se trouve la source du bien. Elle peut jaillir à tout moment si tu fouilles sans cesse.*

La source du bien… Sa conscience, sans doute. Sa conscience… Sa conscience étouffée par la vengeance qui l'obsédait depuis plus d'un an. Une vengeance dévastatrice qui ne tenait pas sa promesse de soulagement, de libération. Une vengeance qui faisait de lui un malfaiteur au sens propre, un faiseur de mal.

Il resta longtemps silencieux, les yeux perdus dans ce ciel sans fond, la conscience diluée dans les vapeurs de l'aube.

Puis, lentement, telle cette brume s'élevant vers la cime des arbres, monta en lui le sentiment qu'il n'était pas, qu'il ne pouvait pas être ce faiseur de mal dont il avait endossé l'habit. Ce n'était pas lui, tout simplement. Un rôle contre nature. Une fausse identité qui bâillonnait sa conscience et étranglait son âme.

Il devait cesser, tout arrêter. Rentrer chez lui, réussir à pardonner, reprendre le dessus, ne pas gâcher l'étincelle de vie qu'une main bienfaitrice avait un jour déposée sur son âme pour lui donner corps. Redevenir en conscience une poussière de l'univers, et en jouir à chaque instant de son existence…

Il prit le chemin du retour, marcha en silence, l'esprit calmé, avec en lui un embryon de sérénité aussi fragile qu'une jeune pousse tentant sa chance au milieu de la forêt.

Au bout d'un long moment, il fut saisi d'un doute :

avait-il vraiment pris la bonne direction ? Il s'arrêta et regarda tout autour de lui, incertain. Il essaya de se repasser mentalement le film de sa fuite précipitée. Il était sorti de sa hutte, était parti sur sa gauche, donc vers... l'ouest ou le nord-ouest. Quand il avait vu Élianta, il s'était tourné vers sa droite, donc plutôt au nord... Mais quand il s'était élancé, ce ne pouvait pas être dans la direction d'Élianta, non, bien sûr... Et pourtant il avait eu l'impression de partir droit devant lui... Il avait dû se retourner d'abord, quand il avait vu son regard. Mais vers où ? Il lui semblait maintenant avoir effectué un demi-tour complet avant de fuir droit dans la direction opposée à celle de la jeune femme. Dans ce cas, il serait parti au sud.

Le retour se ferait donc plein nord. Admettons. Bon, maintenant, où était le soleil ? Pas évident avec ce toit de feuillage... Un peu tendu, il se déplaça jusqu'à percevoir des rayons. Le soleil était derrière. Pas logique : il aurait dû se trouver à sa droite, pour être à l'est... Il marchait donc depuis au moins dix minutes plein ouest au lieu de nord. Il sentit un soup-çon d'inquiétude poindre en lui. Mais tout allait ren-trer dans l'ordre. Il regarda sa montre et mémorisa l'heure. Se forçant à être confiant, il repartit vers le nord-est pour compenser l'erreur. Il marcha les sens en éveil pendant un bon quart d'heure, puis s'arrêta. Il devait avoir à peu près rejoint le trajet qu'il aurait dû prendre initialement. Il bifurqua donc vers le nord.

Une demi-heure plus tard, il s'arrêta de nouveau et regarda autour de lui, perplexe. Il n'y avait rien de reconnaissable... Mais n'était-ce pas normal ? La forêt n'offrait aucun point de repère, et aucune visibilité à plus de dix ou quinze mètres...

Il avait beau tenter de se rassurer, l'anxiété montait en lui.

Combien de temps avait-il couru en s'enfuyant ? Il était bien incapable de le dire…

Il repartit, scrutant la végétation tout autour de lui, espérant apercevoir enfin l'ombre d'une hutte ou le profil de la maloca. Il était à l'affût du moindre signe, du moindre élément connu, d'un ruisseau ou d'un rocher qu'il se rappellerait avoir croisé… Mais la forêt demeurait muette, dissimulant ses secrets, enterrant ses mystères. Plus Sandro avançait, plus il se sentait en terre étrangère.

Progressivement, une impression bizarre et inconnue l'envahit, d'abord diffuse, puis de plus en plus saisissante : la sensation de pénétrer un espace jusque-là inviolé, de profaner un lieu sacré, un sanctuaire. Chacun de ses pas lui semblait maintenant un sacrilège, une offense. Une transgression.

Soudain il entendit une sorte de craquement. Il tourna la tête et mit une bonne seconde avant de se rendre compte qu'un arbre gigantesque était en train de s'effondrer dans sa direction, tranchant impitoyablement les branches de tous ses voisins sur son passage. L'énorme masse s'abattait sur lui. Il bondit sur le côté et put à peine s'écarter de quelques mètres avant qu'un énorme fracas retentisse, comme si la terre elle-même avait tremblé. Le souffle projeta violemment une quantité incroyable de brindilles et de feuilles mortes qui lui fouettèrent le visage et le corps.

Il ouvrit lentement les yeux et se découvrit dans un épais nuage de poussières brunes, un nuage dense à l'odeur épineuse, duquel émergea brutalement une sorte de gros sanglier fou au museau en forme de trompe qui fonçait droit sur lui, hagard, les oreilles plaquées sur le crâne. Sandro eut tout juste le temps de se jeter derrière un arbre. La bête sauvage disparut dans un tourbillon.

Le silence retomba d'un seul coup et les plantes s'immobilisèrent, comme pour tenter d'effacer toutes traces des événements. La forêt, perfide, avait retrouvé son simulacre de calme. Seuls les milliards de particules en suspension continuaient de flotter dans l'air, parfumant l'atmosphère d'une inquiétante nuée de mystère.

Sandro, le cœur battant à tout rompre, regarda nerveusement autour de lui. Tendu, sur le qui-vive, il reprit lentement son souffle. Sa bouche était sèche, il avait très soif et aucun moyen de boire.

Il reprit pas à pas son chemin, attentif, méfiant. En proie à une soudaine superstition, il contourna largement l'arbre couché, comme le cadavre d'un adversaire dont la mort pourrait être feinte.

Il marcha plus lentement, à l'affût des menaces de la jungle. Au fur et à mesure de son avancée, sa confiance s'amenuisait, l'anxiété gangrenait son esprit. Quel inconscient il avait été de s'enfuir du village… Quel manque total de lucidité, quelle folie ! Il le regrettait si amèrement… Sa situation était maintenant tellement aberrante… Non, ce n'était pas possible. Il devait rêver. Il ne s'était pas égaré, non. Il n'avait pas fait ça… Il n'avait pas été stupide à ce point. Cela ne pouvait pas être vrai. Et pourtant, il était là, bien là. C'était la cruelle réalité.

Il s'arrêta de marcher. La forêt le cernait, l'assiégeait. Elle le *tenait*. Il était perdu. Il allait mourir là, tout seul. Une angoisse terrifiante s'empara de lui.

Il se mit à appeler à l'aide, puis à crier, à hurler. Il regardait dans tous les sens, en proie à un affolement total, incontrôlable. Il avait l'impression que les plantes se rapprochaient, tentaient de l'encercler, de le retenir. Il se mit à courir, à forcer les barrières, à déchirer les liens, à foncer comme une bête dans une direction puis dans une autre en appelant en vain de toutes ses forces, en exigeant, en suppliant.

Au bout d'un long moment d'une lutte désespérée, il finit par capituler, totalement abattu. Il tomba à genoux dans la sombre cathédrale végétale et se mit à pleurer. Autour de lui, les plantes, froidement drapées dans leur dignité, le regardaient sans compassion aucune. Les troncs ressemblaient à un parterre de croix dans un cimetière.

Il pleura, pleura... Il pleura longtemps, sur lui, sur sa vie, sur sa mort certaine. Il pleura tellement que même les paroles que Marc Aurèle lui susurra sur la relation à la mort furent entraînées par le flot de larmes, noyées avant d'avoir pu atteindre sa raison.

« On ne revient jamais de la *selva amazónica*. » Ces mots flottaient dans son esprit, surfaient sur sa détresse, hantaient sa conscience.

Quand il se calma enfin, après un temps infini, ses larmes avaient dénoué sa tension, emporté son angoisse et toutes ses émotions. Il se sentait vide, faible à l'extrême. Il savait qu'il allait mourir, et cela ne le révoltait plus, ne le répugnait plus. D'une certaine façon, il l'acceptait presque.

La chaleur était intense. Il sentit soudain que ses vêtements de protection étaient devenus superflus. Il retira ses rangers, son treillis à moitié en lambeaux, son tee-shirt. Il se libérait enfin de cet horrible carcan vestimentaire qui entravait son corps dans ses moindres mouvements.

Il fit quelques pas et aperçut un bassin, plus grand que celui qu'il connaissait près du camp. L'eau, d'une belle couleur café au lait, se montrait attirante, irrésistible par cette chaleur. Il n'avait plus rien à perdre. Que lui importait désormais d'être attaqué par un caïman, un anaconda ou une myriade de parasites ?

Il s'avança dans l'eau et s'immergea. Une sensation de bien-être immédiat s'empara de lui, l'enveloppant d'une fraîcheur salvatrice, libératoire, apaisante. Il ferma les yeux et savoura l'instant, sans penser à rien, absolument rien, sans rien faire... Juste ressentir, se sentir vivre, respirer... être.

Son corps se dissolvait dans l'eau, fusionnait avec elle et l'air respiré, vibrait au rythme du balancement nonchalant des feuilles dans le vent léger.

Il laissa le temps se dissoudre, s'effacer, disparaître, et l'instant s'étendre au point de devenir infini. Les yeux toujours clos, il se mit à sourire, à sourire d'extase devant ce qui s'offrait à lui comme une révélation : faire de chaque instant une éternité est le secret de l'immortalité...

Quand il rouvrit les yeux, longtemps après, la nature lui sembla changée. Les verts étaient plus tendres, les branchages plus fins, les lianes plus souples, la lumière plus belle. Pour la première fois depuis son arrivée en Amazonie, il entendait des oiseaux chanter. Des chants mélodieux, cristallins et gais, qui font sourire l'âme et éveillent en vous la joie en l'aidant à se frayer un chemin à travers l'épaisse couche de résistance constituée au fil des ans par l'accumulation des déceptions et des désillusions.

Il vit, parsemées au milieu des feuillages et des lianes, des fleurs délicates qui, sans pudeur aucune, dévoilaient leur beauté et libéraient les effluves subtils qui parfumaient si merveilleusement l'atmosphère.

Sandro, touché par cette divine harmonie, se sentait en osmose avec l'environnement. Il n'était pas spectateur de la nature, il se fondait en elle.

Soudain son esprit fut attiré par un scintillement. À une dizaine de mètres, la feuille d'un arbre tournoyait sur elle-même, renvoyant des éclats de lumière. Sans doute était-elle agitée par le vent. Pourtant, les feuilles voisines restaient immobiles. Intrigué, Sandro ne la quittait pas des yeux.

Au bout d'un moment, la curiosité l'emportant, il sortit du bassin et s'approcha. Un insecte était-il à l'origine de ce mouvement étonnant ? Il n'en trouva pas. Un peu plus tard, le tournoiement s'arrêta de lui-même, toujours sans raison apparente.

C'est alors que Sandro aperçut une autre feuille manifestant le même phénomène, dix ou quinze mètres plus loin. Il décida cette fois encore d'aller voir de plus près, bien décidé à en trouver l'explication. Mais, de nouveau, le mystère resta entier.

Son regard fut alors attiré par une autre lumière scintillant au loin. C'était d'autant plus étonnant qu'il n'avait jamais observé cela auparavant, depuis tout ce temps qu'il vivait dans la forêt.

Il n'aurait su dire s'il agissait par superstition, par une sorte d'intuition ou simplement parce qu'il n'avait rien d'autre à faire. Toujours est-il qu'il suivit le signe et ceux qui se manifestèrent en chaîne. Il marcha de feuille en feuille, obéissant au scintillement, suivant la lumière, désorienté par son incompréhension du phénomène.

Au bout d'une heure, son cœur s'arrêta net : à une vingtaine de mètres devant lui, un groupe d'Indiens avançaient en file, silencieux, arcs et flèches sur le dos. Sandro retint son souffle. Miraculeusement, sa présence n'avait pas été remarquée. Il resta immobile un long moment, puis finit par apercevoir à travers la végétation une hutte sur sa droite. Il lui fallut plusieurs secondes pour se rendre compte que c'était la sienne.

Une bouffée de soulagement l'envahit, irrésistible, euphorisante. Il avait de nouveau droit à la vie, droit à un futur. Son salut était tout aussi incroyable que l'avait été la promesse de sa mort quelques heures plus tôt.

Sa décision était prise. Il allait tourner la page de cet épisode désastreux de son existence. Il irait trouver Krakus, lui annoncer qu'on arrêtait tout, que l'on cessait définitivement de semer le malheur parmi les Indiens.

Il se sentait finalement allégé de renoncer à sa vengeance, libéré d'un poids qui l'écrasait et le tuait à petit feu. Il était fait pour diffuser le bien, pas pour répandre le mal. Sa motivation en choisissant d'enseigner la philosophie n'avait-elle pas été de partager la pensée des sages, et ainsi aider chacun à mieux vivre sa vie ? C'était sa vocation, sa mission. Son destin. Il ne pouvait pas lui tourner le dos impunément pour tenter en vain de soulager une douleur irréparable.

Il se faufila entre les branches et les plantes enlacées pour rejoindre sa hutte, et les mots d'un poème de Cléanthe revinrent à son esprit. Cléanthe… Le disciple de Zénon de Cition, le fondateur de l'école du

Portique qui avait tant influencé Marc Aurèle. Les mots se mirent à danser dans sa tête, tandis qu'il parcourait, léger, les derniers pas :

*Conduis-moi, Zeus, et toi, Destin,*
*Au lieu où, un jour, par vous, je fus assigné.*
*Comme je suivrai vite ! Si je ne le veux pas,*
*Devenu méchant, je ne suivrai pas moins.*

## 29

— Viens, suis-moi.

L'homme aux longs cheveux noirs réunis en une tresse leva les yeux.

— J'ai un projet pour toi, dit Krakus. Tu sais confectionner des sacs ?

— Comme tout le monde.

Ils prirent la direction de la forêt en longeant le ruisseau. Krakus releva son col.

Il avait découvert Hakan lors des concours. L'Indien avait été profondément humilié par ses échecs successifs et la façon dont on les avait révélés en public.

— Je voudrais que tu te mettes à faire des sacs pour les vendre aux villageois.

— Les vendre ?

— Oui, demander en échange des coupous, comme les gamins porteurs de messages.

— Ah… Et… pour quoi faire ?

— Je vais généraliser l'usage des coupous. En vendant des sacs, t'en recevras plein.

Ils sautèrent par-dessus un tronc d'arbre couché en travers du ruisseau. Krakus cassa une petite branche qu'il garda à la main.

— Et qu'est-ce que je ferai de tous ces coupous ? demanda Hakan.

— Tu pourras te procurer tout ce que tu veux.

Krakus entreprit de supprimer les ramifications de sa branchette afin de la transformer en bâton.

— Si j'ai besoin de quelque chose et que j'ai des sacs, il me suffit d'en échanger un contre la chose en question.

— Surtout pas, malheureux ! Sinon tu vas les échanger à leur valeur, à la valeur correspondant au temps que tu as passé à les faire.

— Ben, oui, c'est normal, non ?

— Mais non, ce qu'il faut, c'est obtenir plus que ce que ça t'a coûté, sinon ça n'a aucun intérêt !

— Ah bon ?

— Mais oui, comme ça t'auras un surplus de coupous.

— À quoi ça me servira ?

— À acheter d'autres choses.

— Encore d'autres choses ?

— Mais oui !

— Mais… je n'ai pas besoin de grand-chose…

Krakus planta la pointe de son bâton au centre de la grande feuille d'une plante aquatique. Elle la transperça et s'enfonça dans l'eau.

— Tu crois que t'as besoin de rien ?

Hakan fronça les sourcils.

— Ben… oui.

Krakus remua son bâton dans l'eau et celle-ci devint boueuse.

— Pourtant, ces derniers temps, t'as pas l'air franchement épanoui…

Hakan accusa le coup.

— On dirait, reprit Krakus, que personne ne fait plus attention à toi. On t'ignore comme si tu comptais pas...

Visiblement décontenancé, Hakan secoua la tête de dépit.

— Tu vois, continua Krakus, avec mon projet, quand t'auras plein de coupous, tu pourras... je sais pas, moi... te faire bâtir une hutte plus grande, plus haute, plus belle...

Hakan le regarda, interloqué.

— Une hutte plus grande ?

— Par exemple, oui.

— Mais... quel est le rapport ? Et puis, la mienne est suffisamment grande pour loger ma famille.

— Elle ne servirait plus seulement à loger ta famille.

— À loger qui, alors ?

Krakus s'amusa à fouetter des feuillages de son bâton.

— Ton amour-propre, dit-il en riant.

— Je comprends pas...

— Imagine : si t'as une hutte plus grande que les autres, tout le monde va te regarder différemment. On va se mettre à te respecter.

Hakan s'arrêta, étonné.

— Mais qu'est-ce que la taille de ma hutte a à voir avec moi ?

— C'est assez évident, non ?

— Euh...

Krakus le regarda dans les yeux.

— Tu es ce que tu as.

— Je suis ce que j'ai ? marmonna Hakan, songeur. Je suis ce que j'ai...

— Réfléchis : si tu as une grande hutte, c'est que t'as gagné beaucoup de coupous.

— Oui…

— Si t'as gagné plus de coupous que les autres, c'est que tu es plus…

— Plus quoi ?

— Plus tout.

— Plus tout ?

— Oui, plus tout. Plus fort, plus malin, plus doué…

— Ah…

— Quelqu'un de bien, quoi. On va te respecter.

— Bon… Si tu le dis…

— Ben, oui, forcément.

Krakus fit rouler son bâton entre ses doigts en marchant.

— Tu vois, reprit Krakus, il est là, ton problème, aujourd'hui. T'as pas assez pour être.

— T'as peut-être raison…

— D'où l'idée de mon projet pour toi.

— D'accord.

Ils continuèrent d'avancer le long du ruisseau, sous les grands arbres.

— Alors comment on s'y prend, pour faire un sac ?

— On tresse de fines lianes, puis on les noue ensemble avec une autre liane qu'on entrelace.

— Qu'est-ce que vous choisissez, comme liane ?

— Ça, dit Hakan en désignant une plante. Des lianes de moucouna. On en trouve partout, c'est assez souple et très solide.

— Bon, on va trouver autre chose… Dis-moi, combien de sacs t'es capable de fabriquer par jour ?

— Cinq, six peut-être…

Krakus fit une grimace.

— Faudrait monter jusqu'à sept ou huit.

Ils contournèrent des ronces en silence, puis revinrent près du ruisseau.

— En fait, je m'interroge, dit Hakan après un long moment. Je suis pas sûr d'avoir envie de faire des sacs à longueur de journée. C'est pas très varié.

— C'est le prix à payer si tu veux bien gagner ta vie.

— Si je veux gagner... ma vie ?

— Oui.

— Mais... Je l'ai déjà, ma vie...

— Cesse de te poser des questions et avance, veux-tu ? C'est un bon projet. Fonce.

— Je me demande juste quel sens ça aurait de faire tout le temps des sacs, comme ça...

— Est-ce que je me pose des questions sur le sens de mes actes, moi ? Et d'ailleurs, qui s'en pose ?

L'argument eut l'air de porter, car Hakan se tut.

— Bon, reprit Krakus, il va falloir qu'on leur donne un nom, à tes sacs.

— Un nom ?

— Oui, pour bien les différencier. Un nom qui permette de les identifier, et que personne d'autre n'ait le droit d'utiliser.

— Pourquoi ? Il suffit de les montrer. Tout le monde sait ce que c'est.

— Parce qu'on ne va pas vendre des sacs. Personne n'a besoin de sacs, tu as dit toi-même que chacun pouvait en confectionner.

Hakan le regarda, décontenancé.

— Je comprends plus rien.

— On va vendre des pansements pour les ego blessés, des rustines pour l'estime de soi en fuite.

— Hein ?

— On va vendre l'illusion d'une certaine image de soi.

— Mais qui a besoin de tout ça ?

— De plus en plus de gens, et ils en auront de plus en plus besoin à l'avenir, crois-moi...

Krakus utilisait maintenant son bâton comme une canne.

— Maintenant, il faut qu'on fixe le prix de tes sacs.

— Eh bien, je dirais... trente coupous.

— Trente coupous ? Ça va pas la tête ? C'est dérisoire...

— Non, quand on pense à tout le temps qu'il faut passer pour trouver des coupous... Ça me semble équitable.

— Je t'ai dit qu'on ne vendait pas un sac, on ne va donc pas le vendre à la valeur d'un sac. Comment veux-tu que les gens qui le portent aient une bonne image d'eux-mêmes si ce sac ne coûte que ce qu'il vaut ?

— Mais...

— Comment pourront-ils se distinguer si tout le monde peut se le payer facilement ? Non... Il faut qu'ils triment... Qu'ils passent des journées entières à arpenter la jungle pour ramasser ces maudits coupous. Il faut que ça leur coûte, qu'ils payent de leur personne.

Hakan restait sans voix.

— Tiens, ça c'est joli, dit Krakus en désignant des lianes délicates à l'écorce très fine. Ça pourrait faire l'affaire.

Hakan secoua la tête.

— Les lianes de cette plante ne sont pas assez solides.

— Tant mieux ! Comme ça tes clients devront en racheter régulièrement !

— Mais cette plante est rare. On n'en trouve pas facilement.

— Parfait ! Les sacs n'en auront que plus de valeur.

— Il y a autre chose…

— Quoi encore ?

— Elle est sacrée.

— Mais toutes vos plantes sont sacrées ! Arrêtez de me faire chier avec ça.

— Tu crois pas si bien dire. Celle-ci est un laxatif.

— Un laxatif ?

— Oui. Elle sert aussi à une préparation que seuls les chamans ont le droit de faire.

— Quoi ?

— C'est l'un des ingrédients du woorara.

Krakus hocha lentement la tête. Le woorara. Le curare dans lequel les Indiens trempaient leurs flèches… Il se rappelait, maintenant. Cette liane, il l'avait déjà vue dans le passé.

— Je crois que j'ai trouvé, dit-il en enfonçant lentement son bâton dans la terre.

— Quoi ?

— Le nom.

— Ah bon ?

— On les appellera « les sacs Woorara ».

Hakan le regarda d'un air un peu étonné, mais ne dit rien.

— Ça sonne bien, ajouta Krakus.

Il se gaussait déjà à l'idée de voir les Indiens travailler dur pour se ceinturer le corps de beaux sacs tressés dans la liane que toute l'Amazonie surnommait « la corde du diable ».

## 30

Ozalee contempla dans l'eau du ruisseau le reflet de son torse nu et un sourire apparut sur son visage : elle aurait bientôt des seins comme elle en avait tant rêvé. Des seins bien fermes, dressés et gonflés comme des papayes mûres sur le point d'éclater.

Patiemment, elle avait attendu, travaillant dur tous les jours pour récolter les coupous nécessaires.

Elle s'était un peu inquiétée de l'éventuel impact sur sa santé mais Gody l'avait rassurée : Il n'existe, à ce jour, lui avait-il certifié, aucune étude scientifique démontrant la nocivité de disques de bois galbé implantés sous la peau. De toute façon, en cas de problème, il inventerait bien un remède, n'est-ce pas ? On pouvait lui faire confiance.

Certes, elle aurait un peu mal au début, on l'avait prévenue. Cela disparaîtrait quelques jours plus tard, le temps que le corps s'habitue. Satisfaite, elle prit les petits coussins de feuilles qu'elle cachait habituellement sous sa robe, les ouvrit, et dispersa les feuilles à la surface de l'eau. D'une beauté naturelle, elles flottèrent un instant puis disparurent à jamais, emportées par le courant du jour.

— À quoi ça sert ?

— Eh bien…

Krakus se délectait de voir Gody un peu embarrassé par la question, sa dernière création entre les mains. Ça le ramenait un peu sur terre, car plus l'inventeur accouchait de ses trouvailles, plus il se prenait pour Dieu.

— Ça sert à rien ?

Le toubib se passa une main sur son crâne chauve.

— C'est-à-dire… Si l'on s'intéresse à l'aspect purement fonctionnel…

— Ça sert à rien, c'est bien ça ?

Gody posa sa création par terre.

— Disons… qu'elle n'a pas vocation à être vraiment utile, finit-il par reconnaître.

— Parfait ! On fera en sorte qu'ils ne puissent plus s'en passer ! Quoi d'autre ?

Assis par terre et adossé à un arbuste, Alfonso réprima un sourire. À côté de lui, le regard tourné vers le sol, Marco gardait sa tête des mauvais jours.

— J'ai trouvé le procédé pour teindre les pagnes, dit Gody.

— Ah, enfin ! On va pouvoir aussi teindre des lianes pour en faire des colliers. J'ai prévu de lancer une mode.

— Mais le seul fruit rouge dont le tanin puisse accrocher le tissu durablement est très dangereux. C'est pour ça qu'on le trouve facilement, d'ailleurs, puisque aucun animal ne le consomme.

— Tant mieux.

— Oui, mais pour teindre les affaires, on va devoir reverser dans le ruisseau de l'eau rendue très toxique. Ça va faire crever les poissons...

— On s'en fout, on ira pêcher en amont.

Krakus repensa aux considérations de Sandro sur les possessions matérielles. Le principe était bon, mais c'était lui, Krakus, qui avait eu l'idée de génie de l'appliquer d'une façon particulièrement vicieuse : non seulement il avait amené les Indiens à croire que le matériel pouvait remplir leur vide existentiel, mais en plus il s'arrangeait pour qu'ils n'aient pas accès à tout ce qu'ils se mettaient ainsi à désirer. Il créait des besoins imaginaires toujours plus nombreux, suscitait constamment en eux de nouveaux désirs inaccessibles afin de les mettre en état de manque permanent. Au final, il réussissait à les frustrer terriblement de... ce dont ils n'avaient en fait pas besoin. Ils devenaient malheureux de ne pouvoir avoir ce qui ne les aurait pas rendus heureux.

— Quoi d'autre ? demanda-t-il à Gody.

— Je suis parvenu à extraire le sucre de graines de protium, et à le concentrer.

— C'est calorique ?

— Évidemment.

— On peut le cuisiner ?

— Affirmatif.

— Parfait ! Je vais mettre une Indienne sur le coup. Elle va produire quantité de sucreries de toutes sortes. Ça va compléter la gamme de friandises vendues par les gamins porteurs de messages.

Marco leva les yeux au ciel et soupira. Krakus l'ignora.

— Ça va devenir très vicieux, reprit-il, un sourire aux lèvres. D'un côté, on va susciter le désir de ces sucreries en les mettant incessamment sous les yeux des Indiens, et de l'autre, on va continuer de leur faire croire qu'un beau corps est un corps mince. Bref, maintenant qu'on a réussi à imposer la minceur comme standard de beauté, on va tout faire pour les pousser à grossir !

Alfonso gloussa. Krakus continua, fier de lui.

— Et on ne va pas s'arrêter là… Quand on constatera qu'ils sont devenus accros au sucre, on continuera de les tenter tout en les faisant culpabiliser. Mon idée est que les gamins les allèchent en présentant les sucreries et qu'en même temps ils leur disent de pas en abuser car c'est mauvais pour leur santé. Et là, croyez-moi, on va vraiment les rendre fous…

À cette seule pensée, Krakus se sentait porté. Jamais, dans le passé, il n'était parvenu à avoir un impact aussi fort sur des gens. À la guerre, bien sûr, il avait connu l'euphorie de la bataille, ces instants intenses où l'ennemi s'écroule sous le feu. Mais ces victoires-là avaient quelque chose de mécanique, les corps tombant sitôt la gâchette pressée ou le chargeur vidé. Le mal infligé aux Indiens était beaucoup plus sophistiqué, réfléchi, satisfaisant. Krakus pouvait sentir l'influence qu'il exerçait sur ce peuple, il en mesurait les effets chaque jour.

Le plus jouissif pour lui était de les voir chercher à compenser leur mal-être naissant en adoptant ses suggestions sans voir en elles la cause de leurs problèmes futurs, telle la drogue qui soulage un instant d'une souffrance en creusant le sillon d'une souffrance plus grande encore. Ils cherchaient une consolation dans les dernières trouvailles de Gody comme on apaiserait sa soif en s'abreuvant d'un poison insidieux.

Leur dépendance était telle qu'ils avaient accepté sans broncher que le vidophore, jusque-là gratuit, devienne payant au seul motif que les nouveaux boîtiers diffusaient trois fois plus de bulles...

Krakus posa les yeux sur son équipe.

— Il faut que je vous dise quelque chose. Sandro est venu me voir pour me demander de tout arrêter et de rentrer immédiatement chez lui.

Alfonso se mit à sourire bêtement, Marco leva un œil, Gody un sourcil.

— On part quand ? demanda Alfonso.

Krakus ignora la question. Il dévisagea ses hommes l'un après l'autre, puis son regard s'évada en direction du village. De loin, on pouvait apercevoir le toit des huttes et l'ombre de la maloca.

— Je refuse de partir maintenant, finit-il par dire.

Alfonso ouvrit des yeux tout ronds, les deux autres se figèrent.

— Je veux d'abord finir le boulot, ajouta Krakus.

— Mais..., dit Marco, si Sandro veut...

— Je m'en fiche. On partira quand j'aurai terminé.

Le silence emplit l'atmosphère d'une gêne très palpable.

— Si on s'oppose à Sandro, dit Marco, si on reste alors qu'il veut partir... t'es sûr qu'il va nous payer ?

Tous les regards se posèrent sur Krakus. L'hébétude se lisait dans celui d'Alfonso, la préoccupation dans celui de Gody. Chez Marco, on sentait monter la colère.

Comment leur dire ? Comment leur avouer qu'il était allé au clash avec Sandro, que celui-ci avait précisément menacé de ne pas régler la facture et que, dos au mur, mis face à une décision qu'il n'avait pas imaginé devoir prendre, il avait refusé de céder, refusé de se plier au caprice d'un intellectuel lunatique ? Comment leur dire qu'il s'aimait trop dans ce rôle de gourou maléfique soufflant le chaud et le froid sur la vie d'un peuple ? Comment leur expliquer qu'il se réalisait totalement dans ces jeux de pouvoir et que, à sa propre surprise, il avait choisi de renoncer au pactole tant convoité afin de continuer d'exercer son influence diabolique ? Comment pourraient-ils comprendre, ces rustres incapables d'apprécier autre chose que le sang, le sexe et l'argent ?

— On se débrouillera, dit-il.

— Comment ça, on se débrouillera ? Pourquoi paierait-il si on le force à rester contre son gré ?

Krakus pouvait sentir la tension monter.

— Il est hors de question de partir avant d'avoir fini.

— Mais fini quoi ? Ça rime à quoi, ce qu'on fait, de toute façon ?

— Ouvre les yeux. Regarde autour de toi. Tu ne te rends pas compte de tout ce qui change, ici ? Regarde, bon sang ! Ils passent maintenant toutes leurs journées à trimer pour se procurer des coupous, tout ça pour acheter des tas de choses qui ne leur servent à rien. Ils ne voient même plus leurs enfants. On les a coupés de tout, on a réussi à leur faire une vie de merde, et toi, tu oses dire que ça rime à rien ?

— Qu'est-ce que tu veux que ça me fasse ? Moi, ça m'apporte rien, tout ça. Je m'emmerde à longueur de journée. On s'emmerde tous, sauf toi. Mais t'en as rien à cirer parce que tu penses qu'à toi. Monsieur s'amuse à des petits jeux qui n'excitent que lui et, pendant ce temps-là, nous, on compte les jours. Et maintenant, tu oses nous dire que tu t'amuses tellement que t'es prêt à sacrifier notre pognon ? Tu te fous de nous ou quoi ?

Krakus avala sa salive. Alfonso triturait un brin d'herbe en affichant son éternel regard bête. Gody, l'air absent, restait muet.

— Tu t'emmerdes parce que tu t'impliques pas dans ce qu'on fait. Regarde Alfonso : lui, il participe plus, et du coup il s'ennuie pas.

— Ah ouais ? C'est pas ce qu'il dit en privé, rétorqua Marco en se tournant vers son compère.

Alfonso ne montra aucune réaction. Les paroles semblaient glisser sur lui comme l'eau sur la carapace d'une tortue qui aurait fumé un gros pétard.

— Alfonso ? interpella Krakus.

L'autre ne répondit pas et continua de fixer son brin d'herbe en souriant mollement. Gody s'éclipsa en silence.

— J'en ai marre, dit Marco. Alors tu vas dire à Sandro qu'on accepte sa proposition, et on rentre tous.

— Impossible, dit Krakus en se levant.

— Pourquoi ?

— Je l'ai déjà refusée.

Il tourna les talons et s'éloigna. Il quitta le camp et prit la direction du village.

La situation devenait compliquée. Les gars ne le lâcheraient pas. Ils voulaient trop le pactole promis.

Lui-même n'en revenait pas d'y avoir renoncé aussi rapidement, après l'avoir si longtemps convoité...

En chemin, il croisa une femme d'une cinquantaine d'années qui l'interpella, révoltée.

— Hakan est en train de piller la forêt pour faire ses sacs. Il paraît que c'est toi qui lui as dit de choisir cette plante !

Décidément, c'était pas son jour. Ils s'étaient tous ligués pour lui faire des reproches.

Il se força à se calmer.

— Tu reconnaîtras que ça a du succès.

— Mais c'est une plante sacrée !

— Allez, c'est pas si grave que ça... Ces sacs plaisent à tout le monde... Je suis sûr que toi aussi, t'en as acheté...

Elle le dévisagea.

— Je suis capable de me faire un sac toute seule... Pourquoi en achèterais-je un ?

— Pour être à la mode dernier cri.

— La mode dernier cri ?

— Oui.

— Mais pourquoi obéirais-je à un cri ?

Krakus lui sourit.

— Tu dois comprendre. Si t'as pas un Woorara à cinquante ans, t'as raté ta vie...

Elle le regarda de biais.

— Mais tu réalises que c'est une plante rare ? Comment fera-t-on quand elle aura disparu et que des malades auront besoin d'un laxatif ?

— Ne t'inquiète pas. On a Gody. On peut lui faire confiance, n'est-ce pas ? Il est ingénieux. Il trouvera toujours un nouveau truc pour faire chier les gens.

# 32

Mojag cacha soigneusement ses cheveux blancs sous la coiffe de plumes, comme chaque jour depuis des semaines. Il ne faisait plus bon être vieux dans le village. Les seins gonflés et les muscles galbés étaient désormais plus convoités que la grandeur d'âme. Le désir, omniprésent, avait supplanté l'amour. Le dynamisme était plus valorisé que la sérénité. Quant à la sagesse, apanage du grand âge, elle n'inspirait plus personne et il ne serait plus venu à l'esprit d'un jeune de venir s'enrichir de l'expérience des aînés.

Les adultes ne venant presque plus l'écouter, Mojag avait décidé de s'adresser surtout aux petits. Eux savaient encore aller au-delà de l'apparence de la vieillesse. La pureté de leur cœur n'avait d'égale que l'innocence de leur regard. Mojag espérait contribuer à préserver leur beauté intérieure de la folie environnante, une folie que personne ne semblait voir, une folie à laquelle il tentait de résister, seul, bien seul, en racontant ses histoires. Résistance bien modeste, certes, presque dérisoire... Et pourtant il y croyait, convaincu que les actes infimes finissent par avoir un écho dans le monde, telles de petites ondes de conscience qui se propageraient en douceur...

Il sortit de sa hutte et traversa lentement le village. Il hésitait encore sur le titre de son histoire du jour. C'est important, un titre, ça contribue à donner du sens à l'histoire, à concentrer l'attention des petits auditeurs. Voyons, voyons... Décidément, il détestait choisir le titre de ses contes. Clairement pas son fort. Bon, allez, pour une fois, tant pis, il allait s'en passer.

Il arriva sur la place. Les petits l'attendaient impatiemment, réunis en cercle. Il retira sa coiffe et libéra ses cheveux blancs. Inutile de mentir aux enfants, leur regard pénètre sous les masques. Il s'assit et les salua, heureux de les retrouver. Leurs yeux pétillaient de curiosité.

Mojag prit tout son temps pour s'installer, faisant volontairement durer le suspense. L'air était doux et la lumière suave en cette belle fin d'après-midi. Un léger vent portait les senteurs chaudes des épineux.

— Il était une fois un petit tatou qui vivait au beau milieu de la forêt. Un adorable petit tatou avec des oreilles en corolle de fleur. Son terrier était installé sous un grand arbre, un arbre tellement haut qu'il touchait presque le ciel et, la nuit, caressait les étoiles. Tout autour, plantes et arbustes fournissaient facilement de quoi se nourrir. Mais le petit tatou était malheureux.

« Que me manque-t-il pour être heureux ? se demandait-il souvent.

« Un jour qu'il se lamentait ainsi sur son sort, assis sous le grand arbre, il entendit la voix du héron bleu, perché sur sa branche au milieu des feuilles luisantes. Le bruit courait dans la jungle que cet oiseau connaissait le secret des dieux, le secret du bonheur.

« — Tu manques de quelque chose, petit tatou ?

« Devant son terrier, le tatou dressa les oreilles. Le grand héron bleu lui avait parlé.

« — Vas-tu me dire ton secret ? demanda-t-il, intrigué.

« Le bel oiseau secoua la tête.

« — Tu n'es pas prêt à l'entendre.

« Le tatou se renfrogna, déçu.

« De toute façon, je n'ai jamais ce que je veux, se dit-il. Personne ne m'aime. Si au moins j'étais beau, mais mes écailles sont toutes petites comparées à celles des autres tatous. Je n'ai vraiment pas de chance… Ah, si seulement j'avais… un manteau de fleurs. Oui, un manteau de fleurs. Cela m'irait tellement bien.

« Mais seul le singe savait tresser un tel manteau de ses doigts habiles, et il exigeait beaucoup en échange. Alors le petit tatou se mit à travailler dur, très dur. Il passa des journées entières à récolter des noix de cajou, des bananes et des graines de maripa, qu'il offrit au singe en échange du précieux manteau.

« Alors il le revêtit, et se sentit très fier de sa belle parure.

« Le lendemain, son enthousiasme avait un peu baissé. Trois jours plus tard, il n'y pensait même plus. Il se retrouva, là, devant son terrier sous le grand arbre, et se lamenta.

« — Que me manque-t-il pour être heureux ?

« Et il entendit la voix du héron bleu, qui murmurait :

« — Tu manques de quelque chose, petit tatou ?

« Ce dernier se redressa.

« — Vas-tu me dire le secret des dieux ? demanda-t-il.

« — Tu n'es pas prêt, répondit l'oiseau.

« Vexé, le petit tatou rentra dans son terrier. Qu'il était sombre, ce terrier, qu'il était inconfortable ! Le sol de terre était dur et froid. Alors le tatou se mit à rêver de confort. Il se mit à désirer un tapis de mousse, une mousse moelleuse et douce dans laquelle il pourrait se blottir.

« Mais la mousse était rare. Alors il passa des journées entières à en cueillir délicatement çà et là pour la rapporter chez lui et reconstituer, morceau par morceau, un grand tapis recouvrant le sol. Puis, chaque jour, il devait aller chercher de l'eau pour maintenir l'humidité dont elle avait besoin.

« Les premiers temps, il apprécia son confort nouveau, puis s'y habitua et n'y fit plus attention. Beaucoup d'animaux lui enviaient son manteau de fleurs et son tapis de mousse, mais lui ne se sentait pas pour autant aimé. Il se mit à avoir peur de se les faire voler.

« Quand ses longues journées de travail se terminaient, il se retrouvait sous le grand arbre, fatigué, son manteau fleuri sur le dos.

« — Que me manque-t-il pour être heureux ? se lamenta-t-il, un soir de désespoir.

« Et le héron bleu, du haut de sa branche, lui dit :

« — Tu manques de quelque chose, petit tatou ?

« Le tatou leva les yeux, sans conviction.

« — Tu ne veux toujours pas me confier le secret ?

« Le bel oiseau se pencha vers lui.

« — Es-tu prêt à abandonner ton manteau et ton tapis pour connaître ce secret ?

« — Abandonner mes biens ? s'écria le tatou. Je me suis donné trop de mal pour les avoir...

« — Tu t'es donné du mal ? s'étonna le héron.

Alors pourquoi n'y renonces-tu pas pour recevoir du bien ?

« Le tatou haussa les épaules et rentra dans son terrier. Personne ne le comprenait. Personne ne le respectait. Si seulement... Si seulement il parvenait à en imposer un peu plus, à montrer sa valeur aux yeux de tous... Alors, là, peut-être le respecterait-on. Soudain, une idée lui traversa l'esprit. Il se précipita dehors et rejoignit le ruisseau qu'il suivit sur des kilomètres, à la recherche des plus beaux cailloux cachés au fond de l'eau. Chaque fois, il plongeait pour les saisir puis les fourrait dans un grand sac sur son dos. Puis il partit à la recherche de précieuses branches de manguier, un arbre rare dans cette forêt, un arbre dont le bois était très apprécié.

« Avec tout cela, il aménagea la sortie de son terrier. Il en fit un espace magnifique et imposant que tout le monde pouvait admirer en passant. Nul terrier n'était plus grandiose que le sien.

« Pendant quelque temps, le tatou se sentit plus important. Mais, au fond de lui, il était toujours aussi malheureux. Un jour qu'il se lamentait sur son sort, il entendit la voix du héron et leva les yeux vers lui.

« — Tu crois manquer encore de quelque chose, petit tatou ?

« Le tatou ne savait plus quoi penser. Il se rendait bien compte que tous ses efforts n'avaient pas changé grand-chose.

« — Veux-tu connaître le secret des dieux ? demanda l'oiseau.

« Comme le tatou ne répondait pas, il reprit :

« — Es-tu prêt à te défaire de tout ce que tu possèdes pour recevoir ce secret ?

« Sans quitter des yeux l'oiseau bleu, le petit tatou resta un long moment silencieux. Puis, sachant sa situation désespérée, il finit par acquiescer lentement. Alors le héron sauta de sa branche et, d'un coup d'ailes, vint se poser près de lui.

« — Même quand tu n'as rien, petit tatou, tu disposes d'un trésor extraordinaire, un trésor d'une valeur inouïe. La vie. Et la vie, petit, elle aime celui qui aime, et elle oublie ceux qui oublient d'aimer.

« — Elle aime celui qui aime..., répéta le tatou, songeur. Mais qui aime... quoi ?

« L'oiseau bleu sourit.

« — Rappelle-toi : n'est-ce pas l'amour qui est à l'origine de ta propre vie ? L'amour, petit, est l'essence de la vie. Sans amour, il n'y a pas de vie.

« — Mais quel est le rapport avec ma situation ?

« — Si tu poses ton regard sur la beauté du monde, l'amour que tu ressentiras illuminera ta vie.

« Le petit tatou fronça les sourcils.

« — Où la trouverai-je, la beauté du monde ? Où se cache-t-elle ?

« — Tu ne la vois pas car tu as perdu l'habitude de la regarder, mais elle est là, en ce moment, tout autour de toi.

« Le tatou, surpris, se retourna et scruta les alentours.

« — Où ça ?

« — Dans la goutte de pluie qui s'attarde sur une feuille, dans la coccinelle qui grimpe le long d'un brin d'herbe, dans les nuages cotonneux et le tronc sculpté des arbres, dans le parfum d'une fleur ou le chant d'un oiseau, dans la douceur de l'air que tu respires et la lumière qui te baigne, dans la pulpe d'un fruit charnu et le son cristallin de l'eau, dans les yeux des animaux et dans ceux des hommes, dans les rides des vieillards et les rires des enfants. La beauté est partout et tu ne la vois pas, occupé que tu es à courir après des illusions.

« Le petit tatou resta un long moment silencieux, interpellé par ces paroles. Puis il s'apprêta à réunir ses possessions et tenir ainsi sa promesse.

« — Tu peux les laisser où elles sont, dit alors le héron, maintenant que tu sais qu'elles ne valent rien…

« Le petit tatou se retourna vers lui. Le héron reprit :

« — Souviens-toi : le secret, c'est d'aimer. Aime ta vie sans rien désirer que tu n'aies déjà et tu goûteras la sérénité des dieux. Et si de plus tu parviens à aimer tout ce qui est autour de toi, à t'aimer toi-même et à aimer tous ceux que tu vois, alors non seulement tu goûteras la sérénité des dieux, mais aussi tu partageras leur extase.

« Le bel oiseau bleu prit son envol, et en quelques battements d'ailes disparut dans le ciel. »

## 33

Élianta mit son sac Woorara sur l'épaule, puis se ravisa et le reposa. Depuis qu'elle savait que Krakus était à l'origine de sa création, elle le voyait différemment. Elle s'en voulait presque d'avoir craqué pour cet objet, et s'étonnait de sa difficulté à s'en détacher. Pourquoi se sentait-elle nue sans lui, presque fragilisée ?

Elle sortit de sa hutte. L'air chaud était chargé de l'odeur de la pluie tombée au petit matin et des essences de plantes qu'elle avait réveillées.

Elle croisa un gamin porteur de messages. Le pauvre marchait en boitant. La semaine précédente, il avait été sauvagement agressé par un jeune du village. Une attaque gratuite. L'agresseur avait reproduit geste pour geste une scène exhibée la veille dans un spectacle violent.

Élianta lui acheta une friandise. Depuis qu'elle avait renoncé à devenir chamane, elle passait son temps à grignoter.

Elle traversa le village d'un pas hésitant, bien que sa décision fût prise. Elle allait rencontrer Sandro. Lui seul, parmi les étrangers, semblait avoir une âme suffisamment éveillée pour accepter cette discussion. Elle pressentait qu'il avait le pouvoir de stopper Krakus dans la mise en œuvre des idées absurdes qui emmenaient son peuple à sa perte, le faisant glisser dans le malheur comme un caïman glisse sur la berge pour s'enfoncer dans les eaux boueuses du fleuve.

D'ailleurs, elle-même n'était-elle pas touchée ? Elle sentait bien sa propre dérive personnelle. Elle en arrivait presque à oublier l'équilibre de vie qui avait été le sien, oublier à quoi ressemblait cette plénitude qui avait été la sienne au quotidien. À ce rythme-là, elle aurait tôt fait de considérer normal l'état d'insatisfaction sous-jacente dans lequel elle se trouvait désormais et ce début d'addiction à tout ce qui pouvait lui procurer de vains plaisirs en compensation.

Elle devait parler à Sandro. Une sorte de trac la retenait, un sentiment confus qui émergeait dès qu'elle pensait à lui. Mais elle *devait* le voir. À tout prix.

Une fois le village traversé, elle ne prit pas le chemin menant au camp des étrangers, mais entra dans la forêt pour le contourner. Elle voulait l'observer pour s'assurer que Sandro serait seul.

En approchant des huttes, elle entendit des éclats de voix. Pas de chance… Puis la porte de Sandro s'ouvrit et Krakus apparut, visiblement de mauvaise humeur. Il prit d'un pas alerte la direction du village. Le silence reprit ses droits. Elle attendit un long moment puis sortit du bois.

Elle frappa timidement deux coups et ne reçut aucune réponse. Alors elle poussa doucement la porte. À l'intérieur, la lumière tamisée du soleil, filtrée par les bambous, projetait de pâles rayures verticales sur le mur d'en face. Au sol, abandonné sur une écuelle ébréchée, un bâtonnet à la pointe rougie se consumait en dispersant lentement dans l'atmosphère de fines volutes de fumée à l'odeur suave.

Sandro, étendu dans son hamac, avait les paupières fermées. Les cheveux noirs en désordre, il semblait endormi. Son torse se soulevait lentement au rythme de sa respiration. Élianta resta immobile un long moment à l'observer en silence, puis réalisa qu'il avait ouvert les yeux et posait sur elle son regard d'un bleu profond comme un ciel de crépuscule avant l'apparition de la lune. Il n'avait pas réagi en la voyant, ni manifesté la moindre surprise, mais le pli entre ses sourcils était réapparu.

Elle s'avança de quelques pas.

— Mon peuple est malade, Sandro.

Le pli s'accentua et son regard sembla se perdre dans le vague, comme s'il fuyait dans un état second. Puis elle l'entendit murmurer :

— Je le suis aussi.

— Je voulais dire… Il est malheureux.

Les yeux toujours flous, sa voix grave reprit :

— Ai-je l'air épanoui ?

— Il souffre…

Le regard bleu revint se poser sur elle. Un regard pénétrant.

— Moi aussi.

Elle ne comprenait pas sa réaction. Pourquoi refusait-il d'entendre ce qu'elle disait ? Pourquoi tout ramener à lui ?

— Les idées de Krakus sont à l'origine de tout ça. J'ignore s'il a conscience de ce qu'il fait, mais l'effet est désastreux. Il rend tout le monde malheureux… Il faut le stopper, Sandro.

Il la fixa un moment, avec une expression ambiguë, tourmentée. Il semblait en proie à mille pensées et émotions contradictoires.

— Krakus n'est peut-être pas responsable, finit-il par dire d'une voix caverneuse.

— Qui veux-tu que ce soit ? Sandro, il faut l'arrêter. Ça ne peut plus durer.

— Le coupable n'est pas celui que tu crois...

— Je ne cherche pas de coupable, je cherche le retour d'un équilibre de vie qui a été détruit. Aide-moi, Sandro.

Il avait l'air de plus en plus torturé, comme si elle lui demandait de trahir un ami. Comment pouvait-il prendre la défense de ce grossier personnage qui lui ressemblait si peu ?

Elle s'approcha tout près de lui.

— S'il te plaît, Sandro, fais quelque chose.

Il secoua doucement la tête, l'air dépité. Elle pouvait entendre sa respiration. Dans l'écuelle ébréchée au sol, le bâtonnet continuait de diffuser lentement sa fumée qui semblait se tordre sur elle-même dans l'espace.

— J'ai demandé à Krakus de tout arrêter, finit-il par dire. Il... a refusé.

Élianta se figea tandis que son espoir s'évanouissait. Elle avait cru sentir que Sandro aurait le moyen de l'influencer. Son instinct l'avait-il trompée ?

— Ce qui arrive maintenant me dépasse, dit-il.

Elle resta sans voix, profondément déçue et peinée. Les yeux dans le vague, elle finit par ajouter, songeuse :

— Ce ne sont pas les événements qui dépassent l'homme, c'est l'homme qui s'efface devant les événements.

Le silence absorba ses mots, prenant possession de l'instant.

— Je n'ai pas le pouvoir de lutter contre Krakus, finit-il par dire. Ici, je dépends totalement de lui. Mon sort est entre ses mains...

— On se grandit en s'oubliant au profit de la cause que l'on défend.

Elle vit dans ses yeux que ses mots l'avaient blessé et elle les regretta aussitôt. Malgré son fatalisme et la pointe d'égoïsme qu'il exprimait, elle restait touchée par la profondeur et la beauté d'âme qu'elle sentait en lui.

Le visage de Sandro se crispa soudain, comme s'il réprimait une grimace de douleur.

— Qu'est-ce qui t'arrive ?

— Rien, dit-il dans un souffle alors que son corps s'était imperceptiblement contracté.

Sans réfléchir à ce qu'elle faisait, dans un ancien réflexe de guérisseur, elle posa sa main sur son ventre. Surpris, il tourna la tête vers elle et leurs regards se touchèrent.

Elle lut dans ses yeux la même douleur qu'elle avait déjà vue dans le passé, une douleur qui l'avait émue, une douleur qui lui donnait malgré elle envie d'agir, de réconforter, de soigner.

Elle se mit à masser délicatement son ventre, ferma les yeux et... se laissa doucement glisser en transe, comme si son propre corps entrait en vibration avec celui qu'elle palpait. Tandis qu'elle laissait ses mains agir d'instinct, elle sentit renaître en elle un sentiment enfoui depuis longtemps, un sentiment délaissé, réprimé. Sa vocation abandonnée refaisait surface, se manifestait, se rappelait à elle comme un destin refusant d'être né.

Sous ses doigts, la contraction, progressivement, se dénoua. Mais soudain Sandro lui saisit doucement la main.

— Non, dit-il. S'il te plaît, non.

Ses yeux bleus exprimaient maintenant un déchirement intérieur qui lui fendit le cœur.

Ils restèrent longtemps ainsi, immobiles, à se regarder en silence.

Puis Élianta se retourna et marcha lentement vers la porte. Elle s'apprêtait à sortir quand la voix profonde de Sandro la retint.

— C'est moi… qui suis à l'origine de ce qui arrive à ton peuple.

Élianta s'immobilisa.

— Je sais, dit-elle sans se retourner.

S'ensuivit un long silence et elle resta là, immobile, comme si ce moment était le dernier qu'elle devait passer en présence de cet homme qui la troublait tant.

— Qui te l'a dit ?

— Ton corps.

## 34

Les doigts d'Alfonso se glissèrent dans le sac, fouillèrent fébrilement quelques instants dans les recoins, puis ressortirent d'un coup. Alfonso s'empara du sac qu'il ouvrit en grand. Il n'en croyait pas ses yeux. Plus une seule feuille de coca !

Il se leva d'un bond, sortant brutalement de sa léthargie habituelle. Il retourna son sac d'un geste, répandant le contenu sur le sol.

Rien. Pas le moindre sachet oublié. Il secoua la tête, incrédule. Il n'avait pas prévu de rester aussi longtemps en mission… Comment allait-il faire ?

Un sentiment de colère monta subitement en lui, une émotion qu'il ne ressentait presque jamais. D'un seul coup, il remit tout en cause : le sens de sa présence ici depuis des mois, ce qu'ils faisaient, la durée interminable des journées, les mauvaises conditions de vie. Tout défila dans son esprit. Il avait soudain envie de tout remettre en question, de tout changer. Et, surtout, il voulait partir…

Puis il pensa à l'argent que seul Sandro avait le pouvoir de leur donner, et son énergie retomba d'un coup.

— On touchera jamais notre pognon, c'est cuit, se lamenta-t-il.

— Arrête de pleurnicher, c'est insupportable, dit Marco en essuyant la sueur de son front d'un revers de manche.

Ils étaient en lisière de la forêt, un peu à l'écart du camp, du village et des oreilles indiscrètes.

— Et si on faisait chanter Sandro ? Soit il nous donne l'argent, soit on raconte tout aux flics.

Marco leva les yeux au ciel.

— Et tu racontes quoi, gros malin ?

— Ben, tout. Que c'est lui qui a tout commandité à Krakus.

— Commandité quoi ? Si tu voles à quelqu'un sa bagnole, tu vas en prison, mais si tu le rends malheureux à vie, on te dit rien. T'es même libre de continuer.

— Merde.

Il faisait particulièrement chaud ce jour-là. En treillis, les hommes cuisaient dans leur jus.

— Ou alors, faut rendre ça illégal...

— Tu veux changer la loi ? dit Alfonso avec une pointe d'admiration dans les yeux.

— T'es con, toi. Je veux changer ce que Sandro a fait.

Alfonso fronça les sourcils. Marco reprit :

— On n'a qu'à buter les Indiens, et après on fait chanter Sandro.

— Ben, il dira que c'est nous.

— Non, il ne dira pas ça.

— Il va se gêner...

— Il peut pas le dire.

— Pourquoi ?

— Personne ne le croirait. Pourquoi on aurait fait ça ? On a aucun mobile. Lui, par contre, il en a un...

— Ouais, c'est vrai, ça.

— Donc il suffit de zigouiller les Indiens et on le tient par les couilles.

Marco sortit sa gourde et but quelques gorgées d'eau tiède. Alfonso resta silencieux un long moment.

— On va vraiment le faire ?

— Attendons de voir la suite des événements et on décidera. Avoue que ça nous ferait pas de mal. Ça fait longtemps qu'on n'a pas fait un peu de sport, non ?

*
* *

— Bon sang, où as-tu eu tous ces coupous ?

Krakus plongea sa main dans la grande jarre et fit rouler les précieux fruits entre ses doigts. Il y en avait des milliers.

— Peu importe, glissa Gody. Allons déjeuner, les autres nous attendent.

— Non, mais t'as vu la quantité ? Ça vient d'où ?

Gody se passa la main sur le crâne et se gratta lentement la nuque.

— Je leur vends des médicaments.

— Tu vends des médocs ? Sans déconner...

— En ai-je l'air ?

— Mais ils dépensent autant pour des médocs ?

— On fait vraisemblablement face à des proliférations microbiennes inédites et...

— Non, non, non... J'y crois pas, à ça...

— Que veux-tu que ce soit ?

— Non, c'est pas ça... Ce doit être autre chose.

Ça m'étonnerait pas que ça vienne de nos actions, du déséquilibre qu'on leur balance dans leur vie...

— Je ne vois pas le rapport.

— Dis-moi, ils seraient pas devenus accros à ces médocs, par hasard ?

— Disons qu'on note peut-être une petite dépendance...

— Ouais, c'est ça, ils doivent être complètement accros...

Gody fit un pas vers le portillon de sa palissade.

— On va manger ?

Songeur, Krakus ne bougea pas.

— On les a coupés de leur corps, du ressenti de leurs vrais besoins, de leurs envies profondes. Maintenant, tout leur vient de l'extérieur, on les bombarde d'informations, d'émotions, de désirs...

— Et alors ?

— Si ça se trouve, comme ils n'ont plus confiance en eux, ils n'arrivent plus à rassembler leurs forces à l'intérieur d'eux-mêmes et ils s'en remettent à l'extérieur, donc à des médocs...

— N'importe quoi.

— En tout cas, ils étaient déjà shootés au vidophore, au sucre, à la dernière de tes inventions, et voilà qu'ils sont maintenant shootés aux médocs. Trop fort...

— Je vais manger, salut.

Krakus regarda Gody s'éloigner. Il s'apprêtait à le rejoindre quand il vit au loin ses deux sbires qui s'approchaient. Marco avait sa tête des mauvais jours, et Alfonso le suivait d'un air étonnamment décidé.

Certains jours, il regrettait de s'être entouré de ces imbéciles. Mais c'était quand même moins pénible d'encadrer des idiots que des types qui cogitent trop et négocient tout le temps.

— Prépare ton sac, dit Marco, on rentre à la maison.

Krakus soupira.

— C'est quoi, ce délire, encore ?

— Dans trois jours on lève le camp.

— C'est moi qui décide.

— Fais ce que tu veux, mais nous, on se tire, et on a bien l'intention de prendre Sandro avec nous.

Krakus avala sa salive.

— Sandro est mon client. Et c'est pas à vous de décider pour lui.

— Ouais, mais il paraît que lui aussi, il a envie de rentrer, ton client. C'est même toi qui nous l'as dit.

— C'est une affaire entre lui et moi.

— Ouais, mais il nous doit de l'argent, ton client. Alors ça nous regarde aussi. À moins que tu payes à sa place.

Krakus les dévisagea. Alfonso avait l'air sur la même ligne. Trop tard pour le retourner.

— Bon, les gars, moi, je veux juste finir ce que j'ai commencé. On se donne trois semaines et on rentre tous ensemble.

— Trois jours.

— Quinze jours.

Marco le regarda d'un air mauvais. Son front luisait de sueur. Les veines de ses tempes semblaient prêtes à exploser. Il avait retrouvé l'expression qu'il avait autrefois sur les champs de bataille en Amérique centrale.

— Huit jours et pas un de plus. T'as intérêt à te grouiller.

## 35

Sandro restait désormais roulé en boule sur le plan-cher de sa hutte, le sac de couchage en guise de matelas. Son mal s'était accentué, la douleur au ventre devenait difficilement supportable et il ne pouvait plus rester étendu dans le hamac.

Il culpabilisait d'avoir lancé la machine, une machine de vengeance aux multiples rouages, aux engrenages diaboliques, une machine dont un autre s'était emparé, la poussant au bout de ses possibilités, une machine qu'il ne pouvait plus arrêter.

Il prenait enfin conscience de l'horreur de cette vengeance appliquée à un peuple vu comme un seul homme, sans distinction, sans chercher à épargner les éventuels innocents. Tout ça dans l'espoir d'un sou-lagement, d'un apaisement qui n'étaient pas venus.

Il était accablé de honte et de remords.

Quelques jours plus tôt, une idée avait germé en lui pour piéger Krakus et libérer les Indiens. Une idée qu'il s'était empressé de rejeter. Son issue était certes très hypothétique, un pari un peu fou, mais il l'avait rejetée pour une autre raison : ce pari fou aurait pour lui des conséquences qu'il n'était pas prêt à assumer.

Mais on ne se débarrasse pas des idées comme ça, et régulièrement celle-ci revenait assaillir son esprit, comme pour mieux lui rappeler sa responsabilité : une solution existait peut-être, ce *pari fou* était envisageable, mais lui, Sandro, refusait de le tenter, refusait d'en payer le prix... Les mots d'Élianta revenaient alors en écho : « On se grandit en s'oubliant au profit de la cause que l'on défend. » Elle avait raison. Il n'était qu'un petit égoïste, rien de plus.

Recroquevillé en chien de fusil à même le sol, il ruminait sa honte.

Soudain, il entendit un bruit et tourna lentement la tête. Élianta se tenait debout dans la pénombre, le visage grave. Sa silhouette émergeait à peine de l'obscurité, mais sa présence irradiait, comme si son aura dépassait largement les contours de son corps. Ils se regardèrent sans rien dire. Elle ne le salua pas et s'avança en silence jusqu'à lui.

— Bois ça, dit-elle froidement en lui tendant un bol en terre.

Il se redressa avec difficulté. Le bol était à moitié rempli d'un liquide verdâtre. Il leva les yeux vers elle. Le regard glacial de la jeune femme lui intimait l'ordre de s'exécuter.

Il lui fallut quelques secondes pour comprendre. Plutôt que le dénoncer aux hommes du village, elle lui offrait la possibilité d'en finir tout seul...

Interdit, stupéfié, il regarda le poison. Il ne s'attendait pas du tout à ça.

Le destin le mettait face à sa culpabilité. Nos actes ont un prix. Tôt au tard, la vie nous apporte toujours l'addition.

Il devait payer.

294

— Prends-le.

Le bol s'imposait à lui. Lentement, il le prit entre ses mains.

Il avait l'impression d'être Socrate se préparant à boire la ciguë qui allait le tuer. Socrate, accusé de corrompre la jeunesse et d'introduire de nouveaux dieux dans la cité. C'était exactement ce que lui, Sandro, avait fait… Accusés des mêmes crimes, condamnés à la même peine. Sauf que Socrate, lui, était innocent…

Sandro approcha lentement le bol de ses lèvres.

Le philosophe grec l'avait bue d'un trait sans sourciller, malgré la profonde injustice du châtiment qu'on lui infligeait. Aurait-il le même courage, lui dont la culpabilité avérée avait pour seule circonstance atténuante la souffrance que lui avaient causée ses propres victimes ?

— Bois.

Était-ce par lassitude ? Lassitude de la lutte menée en vain depuis des mois, lassitude de la culpabilité qui étouffe et du remords qui ronge… Il posa ses lèvres sur le bol, ferma les yeux et but… une gorgée. Le goût fortement amer l'assaillit aussitôt. Il s'arrêta et toussa.

— Bois.

Il la dévisagea. Son regard n'exprimait aucune compassion. Cette absence totale d'empathie soudain le révolta, l'amenant brusquement à sortir de sa torpeur. Oui, il avait mal agi. Oui, ce qu'il avait fait était terrible. Mais ce qu'il avait lui-même subi de ce peuple l'était également.

— Il faut que tu saches, dit-il en tentant de contenir son émotion. Tiffany était ma femme.

— Bois. Tu parleras après.

Sandro était outré, scandalisé.

— Je suis en train de te dire que la femme que

vous avez tuée l'année dernière était la mienne, et c'est tout ce que tu as à répondre ?

Élianta recula en écarquillant les yeux.

— Pourquoi dis-tu une chose pareille ?

— Elle a séjourné parmi vous et…

— Je me souviens très bien d'elle.

— Vous l'avez sacrifiée.

Élianta continuait de reculer, l'air horrifié.

— Tiffany ? Mais elle est… partie… librement.

— Tu mens !

— Sandro…

— Vous l'avez tuée…

— Mais, si tu ne me crois pas, demande à Krakus…

— Krakus ? Comment pourrait-il…

— Demande-lui.

Sandro avala sa salive, soudain bouleversé.

— Il l'a vue en ta présence ?

— Bien sûr : quand il est venu la chercher au village…

— Krakus…

Sandro posa le bol par terre.

— Non ! Bois !

— Certainement pas.

Il tenta de se lever, mais fut saisi de douleur et retomba.

— Bois et tu guériras.

— Hein ?

— C'est amer, mais il faut tout boire si tu veux guérir.

— Mon Dieu, Élianta…

— Quoi ?

— Rien.

— Si. Quoi ?

— Je t'aime.

## 36

Avec beaucoup d'amour et un peu de patience, on peut changer le monde. Mojag avait envie d'y croire.

Il laissa la porte de sa hutte ouverte et prit le chemin de la grande place. La lumière était particulièrement belle, ce jour-là, et les fleurs offraient à qui le désirait leurs parfums délicieux.

Il avait écrit son histoire en y mettant tout son cœur.

Il voulait tellement que les siens redécouvrent la simplicité du bonheur, qu'ils réalisent à quel point ils se compliquaient la vie pour rien, qu'ils n'avaient en réalité pas besoin de grand-chose pour vivre heureux... Il avait tellement envie de revoir l'insouciance dans leurs yeux, l'amour dans leurs gestes, de les revoir se délecter à chaque instant de la beauté du monde et des êtres qui le peuplent, de les voir retrouver cette exquise satisfaction d'être vivant, et d'en jouir à chaque instant sans rien attendre d'autre que voir, sentir, toucher, entendre ce que la vie offre à nos sens.

Certes, son histoire ne serait qu'une brindille dans une forêt d'épineux, mais nul ne connaît le destin d'une brindille...

Mojag arriva sur la place. Les enfants l'attendaient.

Trois adultes s'étaient glissés parmi eux. Cela faisait bien longtemps qu'il n'en avait plus vu.

Il ne lui restait que quelques instants pour le plus délicat : trouver un titre à son histoire. À moins que pour cette fois, juste pour cette fois, on ne se passe de titre ?

*
* *

Le soleil au zénith régnait en maître absolu, imposant le repos à la plupart des hommes et des animaux. Même le vent avait capitulé, laissant les parfums de la jungle prendre possession de la chaude atmosphère dans un silence étourdissant.

Assis par terre et adossé au tronc d'un patawa, Sandro récupérait lentement ses forces.

Il avait découpé son pantalon pour en faire un short qu'il portait pieds nus, un tee-shirt léger sur les épaules.

Le remède d'Élianta, tellement infect qu'il avait à trois reprises failli le vomir, s'était révélé redoutablement efficace. Une fois rétabli, il faudra te laver de tes fautes, avait-elle dit avec beaucoup de douceur. Elle seule savait comment.

Toute la nuit, il avait pensé au mystère entourant la mort de sa femme et culpabilisé en comprenant à quel point la version officielle était bancale. Tiffany échappée du village tombant sur ses sauveteurs en pleine jungle... Cela supposait qu'elle ait parfaitement mémorisé le chemin à l'aller et qu'elle ait été capable de le reprendre en sens inverse. Tout ça dans une forêt dont la physionomie changeait chaque jour...

C'était presque impossible. Lui-même en aurait été totalement incapable.

Une ombre s'avança sur lui. De grosses rangers de cuir noir firent craquer les brindilles en les écrasant sur la terre sèche. Sandro leva les yeux et se raidit en voyant Krakus.

— Alors, philosophe, il paraît que tu vas mieux ?

Sandro ne releva pas.

— Tu vas pouvoir me dire, enchaîna Krakus, ce que tu proposes pour la suite des réjouissances.

Sandro resta muet.

— Allons, allons, détends-toi, on va bientôt rentrer à la maison. Mais avant de partir, tu vois, je tiens à ce qu'on lance un dernier truc, histoire de finir en beauté. Un truc bien vicieux, qui marque les esprits…

Sandro garda le silence. C'était ça ou lui sauter à la gorge.

— Dans une semaine, on lève le camp. C'est ce que tu voulais ? Ça te va ?

La voix de Krakus commençait à trahir son agacement.

— Pour dire vrai, reprit-il, on lève le camp… si j'ai fini le boulot.

Sandro regardait le sol. Quelques fourmis se frayaient un chemin entre les brindilles.

— Si tu m'aides pas, ça prendra plus de temps. Forcément…

Une fourmi se glissa entre les énormes crans de la semelle de Krakus puis ressortit quelques secondes plus tard de l'autre côté.

— Alors, on fait quoi ? dit Krakus d'un ton qui révélait son exaspération croissante.

La fourmi entreprit d'escalader le mastodonte. Elle

tâta le terrain en différents endroits tout autour, puis se hissa dessus et commença son ascension.

— Merde ! explosa soudain Krakus.

La fourmi ne parut pas le moins du monde impressionnée.

— Tu vas me dire ce qu'on doit leur faire subir, hurla-t-il, sinon…

— Sinon tu me feras ce que t'as fait à ma femme ?

Krakus se figea instantanément, comme sonné.

Le visage fermé, il resta silencieux un long moment, avant de reprendre lentement la parole d'une voix changée, en balayant le sol du regard.

— Je vois que ce traître de Marco t'a parlé, ou cet idiot d'Alfonso…

Sandro le fixa droit dans les yeux.

— Pourquoi l'as-tu tuée ?

Krakus soutint son regard sans rien répondre.

— Hein ? Pourquoi ?

L'autre le toisait en gardant le silence.

— Dis-le !

Un sourire pervers se dessina progressivement sur le visage de Krakus qui restait muet.

— Aie le courage de l'avouer !

L'odieux personnage continua de sourire, impassible.

— C'est énervant, n'est-ce pas, quand on n'obtient pas de réponse à ses questions…

Sandro, le visage en feu, bouillonnait de haine.

Il avait en face de lui l'assassin de sa femme. Il n'avait même pas essayé de nier. Mais pourquoi avoir tué celle qu'il était censé sauver ?

Il tenta de se calmer pour retrouver ses moyens, rassembler ses esprits. Il se força à ralentir sa respiration, et petit à petit à faire redescendre sa tension d'un cran.

— Si tu me dis ce qui s'est passé, finit-il par lâcher d'une voix froide, je te donnerai ta dernière consigne pour les Indiens.

— Ah, tu vois, quand tu veux...

Krakus donna un coup de pied dans une motte de terre sèche. La poussière retomba sur sa ranger qui devint marron.

— Ta femme a quitté le village avec nous, reprit-il.

— Pourquoi n'est-elle pas revenue plus tôt comme prévu ?

— Son accompagnateur s'était cassé la cheville. Il était bloqué sur place pour encore quelques semaines. Ta femme est donc repartie avec nous. En chemin, quelques jours plus tard, on est tombés sur une Indienne qui ramassait des fruits. Elle était seule. Les gars ont voulu... Ils ont essayé de...

— La violer.

— Ta femme s'en est mêlée. Elle aurait pas dû. Elle a voulu la défendre, ça a mal tourné, et elle s'est pris un mauvais coup. C'était un accident. Rien de plus. Comme on voulait pas d'emmerdes, on a ensuite maquillé ça pour que ça ressemble à un sacrifice rituel. Mais ça change rien au fait que c'était un accident. Ce serait pas arrivé si elle s'était occupée de ses oignons.

— Tu mens.

Krakus lui lança un regard de travers.

— Prouve-le.

— L'autopsie montre que les entailles sur son corps ont été infligées avant son décès, pas après.

Nouveau coup de pied dans la motte. La ranger devint beige.

— Qu'est-ce que ça peut te foutre ? Elle est morte, elle est morte, non ?

— Je veux savoir.

Krakus soupira.

— Oh, et puis merde !

Il tapa ses rangers l'une contre l'autre et elles redevinrent noires.

— On l'a maîtrisée et elle a assisté à...

— Au viol.

— Mais elle hurlait, complètement hystérique. Gody supportait pas ça. Il supporte pas les cris de femme. Mais impossible de la faire taire, elle se débattait en beuglant tant qu'elle pouvait. Alors il l'a chloroformée...

— Mon Dieu...

— Mais on était coincés, elle en avait trop vu.

— Alors vous avez fait les entailles avant de la supprimer.

— Y avait pas beaucoup de solutions...

— Bande de fumiers, dit Sandro entre ses dents.

— Elle a rien senti, elle était endormie.

— Tais-toi !

Sandro se leva. Au loin, on apercevait les huttes du village.

— Et tu m'as laissé accuser des innocents, et... les châtier... jour après jour... depuis tout ce temps...

— À ce propos, tu me dois la dernière consigne...

Sandro secoua la tête, dégoûté.

— Pauvre type.

Les yeux de Krakus se mirent à briller de colère.

— Tu t'es engagé !

Sandro le regarda dans les yeux.

— Crève.

302

Krakus soutint son regard un long moment.

— Si tu m'aides pas, ça va prendre plus de temps. Mes gars vont être contrariés...

— Qu'ils aillent au diable.

— À moins que, pour les faire patienter un peu, je leur offre cette chamane de mes deux, histoire qu'ils se payent un peu de bon temps en m'attendant.

— Je t'interdis de toucher à Élianta !

Krakus répondit par un odieux sourire.

Sandro le fixa rageusement, puis détourna son regard. Il scruta la forêt, bouillonnant intérieurement. Il *devait* trouver une solution. Il le fallait. Il regarda le village, imagina les Indiens dans leur nouveau mode d'existence et de pensée, la vie confisquée par les illusions qui envoûtaient dorénavant leur esprit. Tout ça par sa faute... mais à cause de Krakus.

Il fallait trouver quelque chose, mais aucune solution ne lui venait. Seule l'idée du *pari fou* auquel il avait songé quelques jours plus tôt planait sur son esprit. Cette solution bien trop lourde de conséquences pour lui assaillait sa conscience malgré ses efforts pour l'en chasser...

*Comment ta conscience se comporte-t-elle ?* disait Marc Aurèle. *Tout est là. Le reste, ce qui est indépendant de ta volonté, n'est que cadavre et fumée.*

Autour de lui, les arbres, totalement immobiles en l'absence du moindre souffle de vent, semblaient attendre sa décision.

Il ferma les yeux et respira profondément un long moment.

— Je vais te donner la dernière consigne, finit-il par murmurer.

303

Krakus fronça les sourcils sans se départir de son affreux sourire.

— J'écoute…

Sandro hésita un moment, puis se lança.

— Retire-leur tout ce que tu leur as donné.

Le sourire s'effaça. Les sourcils restèrent froncés. Sandro reprit :

— Retire-leur ce à quoi ils se sont progressivement attachés, ce qu'ils croient désormais être leur source de bonheur, et ils pleureront toutes les larmes de la Terre.

Krakus, interloqué, le fixa longuement d'un regard vide, sans réagir. Puis soudain il explosa de rire, d'un rire cruel et sonore qui ne s'arrêtait plus.

## 37

Il y avait foule, ce jour-là, sur la grande place du village. Les Indiens, qui travaillaient de plus en plus, n'avaient qu'un jour de repos hebdomadaire, le dimanche. Tout le monde l'appelait « le jour de Gody ». C'était en effet chaque dimanche que ce dernier présentait ses nouvelles créations, et les villageois se pressaient pour venir découvrir ce qui allait leur permettre de se défaire des coupous durement gagnés pendant la semaine.

Ce jour-là, la foule était encore plus nombreuse que d'habitude car le Jungle Time de la veille avait annoncé que Krakus serait présent pour faire une déclaration. Des changements devaient avoir lieu dans la vie au village.

Sandro se glissa parmi les Indiens. Ils étaient tous bardés de lianes tressées qu'ils portaient en colliers, en ceintures, en bracelets, et, bien sûr, de sacs Woorara. La plupart des hommes avaient en outre leur arc en bandoulière ou à l'épaule. Le soleil faisait luire les corps moites, ravivant la couleur des peintures traditionnelles sur les visages, exhalant des odeurs âpres et acides. La chaleur humaine s'ajoutait à celle de l'atmosphère.

De toutes parts, des conversations animées produisaient une bruyante cacophonie sur la place. Des nuages épars traversaient le ciel à vive allure, leurs ombres s'avançant sur la foule comme la main géante d'un dieu menaçant.

Soudain, Krakus apparut sur scène entouré de ses sbires, bientôt suivis de Gody. Les conversations s'évanouirent et chacun se concentra. Le silence inonda la grande place tout entière. Krakus balaya lentement l'assistance d'un regard mystérieux issu de pensées indéchiffrables.

Puis sa voix s'éleva, plus froide qu'à l'accoutumée, et les spectateurs s'immobilisèrent instinctivement.

— J'ai pris une décision, annonça-t-il. À partir de ce jour, nous arrêtons la vente des créations de Gody. Vous apprendrez à vous en passer.

La foule demeura parfaitement silencieuse. Sandro pouvait lire l'incompréhension sur les visages. Krakus les toisait, guettant visiblement leurs réactions.

— J'ai aussi décidé d'interdire la vente des sacs Woorara.

Les Indiens restaient figés, comme frappés de stupéfaction devant ces annonces inattendues qu'ils ne comprenaient pas.

Les nuages accéléraient leur allure dans le ciel, leurs ombres gigantesques balayant l'assistance immobile comme un projecteur de pénombre.

Soudain, la voix de Hakan émergea de nulle part.

— J'ai le droit de continuer ! Tu ne peux pas m'en empêcher !

Un murmure parcourut la place de part en part, se muant bien vite en onde de protestation.

Krakus devait l'attendre, car la froideur de son

306

visage céda la place à un sourire à peine perceptible, qui trahissait une certaine satisfaction.

— Autre chose, reprit-il d'une voix plus forte. À compter de ce jour, les spectacles seront interdits dès lors qu'ils comportent des scènes violentes.

Une rumeur d'indignation monta de l'assistance. Des objections et des reproches fusèrent de toutes parts. Le désarroi se lisait sur les visages.

Krakus semblait hypnotisé par l'hostilité engendrée par ses propos. Il regardait la masse des mécontents avec une pointe de jubilation dans les yeux.

À côté de lui, ses sbires observaient d'un air soucieux la tournure des événements.

Krakus reprit la parole et continua d'égrener une à une les mesures confiscatoires de tout ce qu'il avait mis en place depuis son arrivée. À l'énoncé de chacune, les réactions se multipliaient, s'intensifiaient, l'obligeant à attendre avant de poursuivre. En moins d'une heure, toute la place était au bord de l'insurrection. La colère grondait, des cris de rage fusaient de toutes parts.

Krakus semblait fasciné par cette révolte, cette foule galvanisée par ses propos, unie contre lui, cette foule dont il devait percevoir le cri comme la preuve irréfutable de son pouvoir à lui, ce pouvoir qu'il avait tant de mal à cultiver, qu'il avait peut-être même désiré toute sa vie.

Il restait là, imperturbable, debout face au peuple qu'il bravait. On sentait qu'il mesurait sa toute-puissance à l'aune de l'opposition qu'elle engendrait.

Sandro vit une épaisse fumée noire s'élever dans le ciel tourmenté, en provenance du camp des étrangers. On avait mis le feu aux huttes.

On entendit soudain un grand fracas. Des jeunes en colère avaient abattu les piliers de la maloca et celle-ci venait de s'effondrer.

Krakus, porté par le désastre qu'il générait, continuait de proclamer ses nouvelles règles, d'une voix puissante et ténébreuse.

— À compter de ce jour, les vidophores sont interdits...

La protestation vira à l'émeute. Des mouvements de foule poussèrent les gens les uns sur les autres, sous une avalanche de cris et de menaces.

Le ciel anthracite se mit à tonner. Un orage sec, sans une goutte de pluie.

Krakus semblait au bord de l'extase.

Tout à coup, un sifflement traversa l'espace tandis qu'une flèche fendait l'air au-dessus de la foule à la vitesse de l'éclair. Tout alla très vite. Sandro la vit se planter dans l'abdomen de Krakus qui écarquilla les yeux dans une expression de surprise plus que de douleur. La foule se tut instantanément. La place entière retint son souffle dans un silence soudain et total. Puis très vite trois autres sifflements déchirèrent ce silence, touchant en plein cœur les hommes de Krakus qui s'effondrèrent.

Krakus s'affaissa sur lui-même avant de tomber à genoux. C'est alors que son regard, balayant l'assistance, rencontra celui de Sandro et ne le lâcha plus. Ses yeux remplis de haine disaient qu'il avait compris, qu'il savait que Sandro l'avait manipulé. Il entrouvrit les lèvres pour parler, mais aucun son ne sortit. Seul un affreux rictus déforma sa bouche. Alors il leva lentement vers Sandro un doigt accusateur. Son bras se mit à trembler, d'abord légèrement, puis de plus en plus, et il s'effondra face contre terre.

Sandro regarda mourir le seul homme capable de le ramener chez lui. Puis, lentement, très lentement, il tourna les yeux vers la forêt, la forêt sombre et profonde. Dans le ciel torturé, les nuages agglutinés avaient viré au noir.

On ne revient jamais de la *selva amazónica*.

## 38

Une main. Une main prenant la sienne, qui le tirait doucement.

Sandro tourna la tête. Élianta se tenait là, le visage grave, et ses yeux lui demandaient de la suivre.

Ils se faufilèrent entre les groupes de gens encore sous le choc des événements. Ils traversèrent la place bondée, puis le village désert, et plongèrent dans la forêt. Ils se glissèrent entre les arbres, marchant en silence.

La main d'Élianta, bien que délicate, le menait avec une certaine assurance. Quand les dernières huttes furent hors de vue, ils ralentirent le pas. Sandro se sentait troublé, ému du contact de sa paume contre celle de la jeune femme, qui ne le lâchait pas. Il n'en revenait pas de la toucher, de sentir sa douceur, sa chaleur. Il aurait donné n'importe quoi pour rester ainsi, sa main dans la sienne, en arrêtant le temps, pour l'éternité.

Ils marchèrent sans rien dire pendant un long moment, se glissant entre d'innombrables tonalités de verts aux senteurs aussi subtiles que variées. Soudain, Sandro aperçut à travers la végétation une clarté diffuse, loin devant eux, tandis qu'un léger murmure continu se faisait entendre. La clarté s'accentua à mesure qu'ils avançaient. Le bruit de fond devint une sorte de bourdonnement, puis bientôt un grondement sourd. Ils se retrouvèrent au bord d'un cours d'eau assez large, inondé de la lumière d'un ciel partiellement dégagé. L'orage avait fui, abandonnant à sa traîne quelques nuages affolés.

Élianta entraîna Sandro le long de la berge, et soudain apparut un spectacle à couper le souffle. À cet endroit, le lit de la rivière était constitué sur toute sa largeur d'une immense roche plate sur laquelle l'eau glissait. Au bout de la roche, l'eau se précipitait dans le vide à la verticale d'une chute de plus de vingt mètres, puis se pulvérisait à l'arrivée dans un brassage magistral.

— Je viens souvent ici, lui dit-elle. Cet endroit est magique.

Ils descendirent quelques mètres en aval sur le terrain en forte pente, posant leurs pieds nus sur les mottes de terre à la base des arbustes pour ne pas tomber. Puis ils contournèrent un petit talus et se retrouvèrent juste en contrebas du sommet de la chute d'eau. La roche plate faisait un surplomb important au-dessus du vide sur toute la largeur de la rivière. Ce surplomb formait un toit sous lequel, légèrement en retrait, le rocher offrait une sorte de plate-forme horizontale qui semblait permettre de traverser sous la rivière à l'abri, comme un long corridor à deux parois, l'une de roc, l'autre constituée de l'eau tombant du toit en un rideau transparent.

Sandro sentit une douce pression dans sa main, tandis qu'Élianta le précédait dans le passage.

Il se baissa légèrement pour tenir debout et longea la paroi de façon à se tenir loin du vide. Le fin rideau d'eau était écarté du bord de près d'un mètre. À travers lui, on avait une vue déformée de la vallée, une vue plongeante sur le ciel et la forêt.

Protégé du soleil par le toit de roche noire, le passage offrait une fraîcheur surprenante, très apaisante. Parvenue au milieu de la traversée, Élianta lâcha la main de Sandro et ils s'assirent par terre, face au lumineux écran bleu et vert. Ils restèrent un long moment silencieux. Malgré la troublante sérénité du lieu et la non moins troublante présence d'Élianta à ses côtés, les images de la foule en colère revenaient hanter l'esprit de Sandro.

— Où es-tu ? lui demanda doucement la jeune femme.

Sandro soupira.

— La mort de Krakus ne rendra pas à ton peuple sa liberté, son insouciance et sa joie de vivre. Je suis bien placé pour le savoir.

Élianta ne nia point.

— J'ai créé, reprit-il, un monde d'illusions qui se nourrissent d'elles-mêmes, un monde insensé qui s'autoalimente.

La jeune chamane ne répondit pas.

Sandro laissait son regard se perdre dans le bleu et le vert de ce voile d'eau, toute cette eau qui coulait, coulait sans jamais s'arrêter, coulait à l'infini. Une eau pure comme l'était l'âme des Indiens avant son arrivée, fluide comme l'était leur vie.

— Un monde de malheur, ajouta-t-il.

Ni ce site extraordinaire ni la présence d'Élianta ne parvenaient à lui faire oublier, ne serait-ce qu'un instant, le poids de ses actes. Où qu'il aille, ils le poursuivraient, le saliraient, s'accrocheraient à lui comme s'ils restaient imprégnés dans ses vêtements, dans les pores de sa peau.

— Tu as agi ainsi parce que Krakus t'a menti, induit en erreur. C'est lui le vrai coupable, pas toi.

Sandro ne répondit rien.

— Ta seule responsabilité, dit-elle, est de n'avoir pas su pardonner.

Il acquiesça lentement, sans quitter l'eau des yeux. Chercher à se venger avait vraiment été la pire des choses.

— Tourne la page, dit-elle. Tes actes passés ne t'appartiennent plus. Seul compte ce que tu fais aujourd'hui.

Sandro soupira.

— Malheureusement, les remords ne s'effacent pas sur une simple décision... Quant à ce monde que j'ai créé, qui dilue les consciences et aliène les esprits, il a atteint un point de non-retour. Qu'y puis-je, maintenant ?

— Je sais, j'en ai senti les effets sur moi-même... et je les subis encore. Mais nos consciences peuvent se réveiller. Je vais parler à tous...

— Ne fais pas ça ! Tu te ferais crucifier...

Elle resta silencieuse un long moment. Devant eux, l'eau s'écoulait, immuable, insouciante du fracas qui l'attendait, vingt mètres plus bas.

Élianta finit par dire d'une voix très calme :

— Ce qui est contre nature est voué à disparaître. Cela prendra sans doute beaucoup de temps, mais ce monde-là finira par s'effondrer de lui-même.

Sandro la regarda. Ses beaux yeux noirs reflétaient la lumière de l'eau ruisselante. Ses lèvres étaient rebondies comme des framboises bien mûres, veloutées et pulpeuses. Les traits de son visage, parfaitement détendus, ne révélaient aucune inquiétude, aucune peur. Elle avait l'air tellement sereine, tellement confiante qu'il se sentit soudain apaisé.

— Moi, je te pardonne, dit-elle.

Il ferma les yeux, se laissant pénétrer par ses douces paroles, admirant sa sagesse. La jeune femme se comportait en philosophe. Lui n'en avait que le titre.

Pendant de longues minutes, il resta ainsi, sans bouger. Les yeux clos, il sentait sa présence tout près de lui.

Au bout d'un moment, il l'entendit se lever et ouvrit les yeux. Elle s'approcha de lui, saisit doucement son tee-shirt et le lui retira. Il frémit quand ses mains frôlèrent son torse. Elle était tellement près qu'il pouvait sentir le parfum suave de sa peau.

Il se leva à son tour. Les mains d'Élianta agrippèrent son short et le tirèrent vers le bas, en vain. Ses doigts s'emparèrent du bouton et de la fermeture Éclair. Elle ne connaissait visiblement pas ces accessoires occidentaux, car, malgré sa dextérité, elle ne parvenait pas à les défaire. Sandro, de plus en plus troublé, voyait ses doigts délicats s'atteler à la tâche.

La jeune femme était légèrement inclinée vers ses mains et Sandro pouvait humer le parfum naturel de ses cheveux, un parfum si sensuel qu'il anesthésia ses dernières résistances et le plongea dans le désir.

Élianta finit par réussir et, d'un geste souple, acheva de le déshabiller. Sandro se retrouva nu, incapable de cacher son émoi, gagné par un mélange ineffable de honte et de fierté.

315

Elle ne sembla pas prêter la moindre attention à son encombrante ardeur. Son visage serein ne trahissait aucune émotion. Il se pencha lentement vers elle pour l'embrasser. Elle lui prit alors la main et le tira doucement pour l'emmener avec elle. Il la suivit ; elle s'arrêta à deux pas de là, juste au bord du précipice. La lumière était plus belle que jamais. Le bleu du ciel virait au rose. Il se rapprocha d'elle.

— Saute, Sandro, lui dit-elle d'une voix très douce.

Sandro crut d'abord qu'elle plaisantait et lui sourit. Mais à la vue du visage sérieux de la jeune femme, il comprit qu'il n'en était rien.

Son émoi retomba d'un coup.

— Je crois que tu en as besoin, dit-elle.

Il regarda vers le bas. Vingt mètres sous ses pieds, l'eau bouillonnait dans un tourbillon d'écume.

— Mais je vais me tuer, protesta-t-il.

Le regard d'Élianta se perdait dans le voile d'eau devant elle.

— Nos jeunes gens le font pour passer à l'âge adulte, dit-elle sans quitter l'eau des yeux. C'est un rite purificateur et initiatique. Ceux qui s'en sortent deviennent des hommes.

Ceux qui s'en sortent, se répéta pensivement Sandro.

Il n'avait pas plus envie de mourir que de passer pour un lâche aux yeux d'Élianta. Les yeux d'Élianta... Ils reflétaient toujours la lumière ruisselante du voile d'eau qu'elle regardait. Des yeux qui donnaient à Sandro envie de vivre, pas de mourir. Sans eux, la décision aurait peut-être été facile. La vie dans une impasse, rongée par la culpabilité. Se laver de tout ça ou mourir. Un pari envisageable... Mais là, la situation était tout autre.

Il se pencha une nouvelle fois au-dessus du vide. Tout en bas, l'eau était brassée, secouée impitoyablement... Sauter d'une telle hauteur était pure folie... Et pourtant, les Indiens le faisaient...

Marc Aurèle... Comment Marc Aurèle réagissait-il face aux dilemmes ? Marc Aurèle... Marc Aurèle... L'image du philosophe n'apparaissait plus. Ses paroles s'étaient évanouies, ses pensées... devenues inaccessibles. Marc Aurèle, son conseiller, son mentor, son guide, Marc Aurèle l'abandonnait, le lâchait...

Sandro se sentit soudain seul, seul à décider de ses actes, seul... à choisir sa vie. Il relâcha la main d'Élianta et ferma les yeux.

Il resta ainsi un long moment, puis, très étrangement, se mit à ressentir quelque chose. Un sentiment nouveau, inconnu, émanant du plus profond de lui-même. Son instinct apparaissait. Son instinct longtemps réprimé refaisait surface et lui soufflait ce qu'il devait faire. Maintenant.

Il ouvrit les yeux et sauta dans le vide.

Élianta attendit un instant, puis elle se pencha et scruta les remous tumultueux. Elle ne vit rien et continua de fouiller du regard les eaux tourmentées. Elle resta ainsi un long moment, la gorge serrée, puis finit par se redresser. Par expérience, elle savait qu'il n'y avait plus d'espoir. Sandro devait mourir, les esprits l'avaient décidé. C'était ainsi, elle ne pouvait que s'y résigner, essayer de l'accepter. Des larmes affluèrent dans ses yeux et elle ne fit rien pour les retenir.

Le cœur gros, elle marcha jusqu'au bout du passage. De l'autre côté, elle retrouva la chaleur et les effluves de plantes. Dans le ciel rose de fin de journée, un mince croissant de lune s'élevait déjà. Bientôt, la nuit effacerait ce triste jour, mais son chagrin perdurerait, elle le savait.

Sur cette rive, la pente était trop escarpée pour être descendue de face. Elle fit une boucle dans la forêt pour rejoindre la berge, en ce point précis où la rivière rendait ceux qu'elle avait engloutis.

Elle s'approcha. Le corps sans vie de Sandro l'attendait, sur le dos, doucement bercé par les flots léchant le rivage.

Elle le prit sous les bras et le tira péniblement sur la terre ferme. Elle s'agenouilla à ses côtés. Son beau visage était détendu, enfin libéré des tourments qui le tenaillaient. Elle sentit les larmes l'assaillir de nouveau, couler sur ses joues. Elle caressa ses cheveux, glissant ses doigts dans les belles boucles noires. Elle avait aimé cet homme et, malgré elle, elle l'aimait encore. Des larmes plein les yeux, elle déposa un baiser sur ses lèvres froides, puis posa la tête sur son torse, refusant sa mort, s'accrochant désespérément à lui, sentant son odeur, le serrant ardemment contre elle. Et soudain elle sentit… ce qu'un homme mort n'est assurément plus en mesure d'avoir. Elle se redressa d'un coup.

— Sandro !

Il ne bougea pas, mais un infime sourire se dessina sur sa bouche. Elle se jeta sur lui et dévora ses lèvres de baisers. Sandro, Sandro était vivant ! Ils s'embrassèrent avec fougue, avec douceur, avec passion, longuement. Puis, d'un geste souple, elle défit son pagne et, oubliant tout, s'oubliant, elle se joignit à lui. Là, le temps suspendit sa course, la Terre cessa de tourner. Élianta rejeta la tête en arrière. Le ciel rose avait viré au pourpre. Les étoiles, complices, scintillaient tant qu'elles pouvaient.

# Remerciements

Je tiens à remercier chaleureusement mes éditeurs, Philippe Robinet et Pierre Dutilleul : c'est un vrai bonheur d'être entouré de professionnels positifs et compétents.

Merci également aux équipes de Kero et de Plon, et plus particulièrement à Mathieu Quéré, Béatrice Calderon, Camille Lucet, Stéphane Billerey, Caroline Rasmont, Catherine Eveno et Aurélie Streiff. Merci aux équipes d'Interforum pour le travail accompli.

Merci à Malika Whitaker pour sa création graphique et à Philippe Marchand pour la couverture.

Merci à Maria Guitart, Patrick Fichaux, Babeth Desplats, Isabelle Abbadie-Baousson et Carine Haniche pour leurs avis éclairés.

Merci enfin à mon épouse Zoé pour son soutien indéfectible et son aide précieuse.

Composé par Nord Compo
à Villeneuve-d'Ascq (Nord)

Imprimé en Espagne par
Liberdúplex
à Barcelone
en juin 2016

POCKET – 12, avenue d'Italie – 75627 Paris cedex 13

Dépôt légal : avril 2014
S23487/02